만년 만에 귀환한 플레이어

나비계곡 퓨전 판타지 장편소설

WISHBOOKS FUSION FANTASY STORY

만 년 만에 귀환한 플레이어 5

나비계곡 퓨전 판타지 장편소설

초판 1쇄 찍은 날 | 2019년 11월 12일
초판 1쇄 펴낸 날 | 2019년 11월 19일

지은이 | 나비계곡
펴낸이 | 권태완 우천제

기획 | 위시북스
편집책임 | 한준만
편집 | 위시북스

펴낸곳 | (주)케이더블유북스
등록번호 | 제25100-2015-43호
등록일자 | 2015. 5. 4
KFN | 제2-9호

주소 | 서울시 구로구 디지털로31길 38-9, 401호
전화 | 070-8892-7937 팩스 | 02-866-4627
E-mail | fantasy@kwbooks.co.kr

ⓒ나비계곡, 2019

ISBN 979-11-293-4241-6 04810
         979-11-293-3914-0 (set)

만년 만에
귀환한 플레이어
5
나비계곡 퓨전 판타지 장편소설
WISHBOOKS FUSION FANTASY STORY
Wish Books

만년 만에

귀환한 플레이어

CONTENTS

◆ 1장 ◆
일본으로

리리스.

강우가 지옥에 있던 시절, 발록과 더불어 최측근 부하였던 악마. 발록이 대공과 견줄 수 있는 힘의 상징이었다면 리리스는 각종 환술과 제어 능력으로 대공군을 섬멸하는 데 힘을 보탰다.

환술과 지배류 마법. 이 두 가지에 한해서는 리리스가 권능을 사용한 강우보다 뛰어났다. 머리도 상당히 좋았기에 실질적으로 마왕군을 운영하는 역할을 맡았다.

그리고… '공식적'으로는 강우의 부인이었다.

'시바.'

강우가 구천지옥에 도착하여 발록과 함께 세력을 키워가고 있을 때, 대공 사탄의 습격에 기껏 키워둔 기반 세력이 깡그리

날아갔던 경험이 있었다. '너무 강해서 서로 죽이지 못한다'라는 말이 나돌 정도로 대공은 막강했고, 기반 세력을 잃은 강우는 패배하기 직전까지 몰렸다.

그런 그를 구해준 것이 '지옥 최고의 미녀'라는 칭호를 가지고 있던 리리스였다.

'최고의 미녀는 개뿔.'

그 '촉수'를 떠올리니 욕지기가 절로 흘러나왔다.

여하튼 당시 대공 아스모데우스의 도를 넘어선 구애에 시달리고 있던 리리스는 모든 대공과의 전쟁을 선포한 강우의 세력에 합류했다.

강우의 미적 감각으로는 도저히 이해할 수 없었지만 어쨌든 리리스는 모든 악마를 한 번에 홀릴 수 있었다. 그녀를 따르는 세력은 사탄의 습격에 날아간 강우의 세력을 다시 복구하고도 남을 정도로 많았고, 다행히 위기를 넘겨 대공과의 전쟁을 지속할 수 있도록 도와주었다. 그 뒤로 힘을 합쳐 대공과 싸우면서 리리스는 강우에게 강한 연심을 품게 되었다.

리리스를 추종하는 악마들은 그녀의 사랑이 결실을 보기를 바랐고, 강우는 어쩔 수 없이 형식적으로나마 그녀와 결혼을 맹세하게 됐다. 세력의 대부분이 강우만큼 리리스를 따랐기에 여론을 무시할 수 없었던 것이다.

'제기랄.'

결혼 이후의 생활을 떠올리니 피부 위에 절로 소름이 돋았다. 리리스는 하루가 멀다 하고 그의 침실에 침입했고, 강우는 매일 그녀의 촉수에 시달리며 필사적으로 도망 다녀야 했다. 그런 끔찍한 생활은 모든 전쟁이 끝나고 지구로 귀환하기 전까지 계속 이어졌다.

'다시 그런 생활로 돌아갈 순 없어.'

주먹을 움켜쥐었다.

지금 상황에서 리리스가 소환되는 것은 어쩌면 그때보다 끔찍한 결과를 낳을 가능성이 높았다. 강우는 지금 그녀에게 도망 다닐 수 있는 힘이 없었다.

지난 3개월간 그 누구보다 빠르게 강해졌지만, 아직 리리스나 발록과 같은 구천지옥의 대악마가 지닌 힘에 비하면 가소로웠다. 리리스가 소환된다면 말 그대로 그녀에게 잡아먹힐(?) 수도 있었다.

'대체 어떻게 리리스를 소환할 수 있는 거지?'

강우는 이해할 수 없었다.

'칠천지옥의 오리악스, 팔천지옥의 암두시아스를 소환했으니 이제는 구천지옥의 존재를 소환하자'라는 식의 간단한 문제가 아니었다. 리리스는 구천지옥 내에서도 대공을 제외하면 최상급에 속하는 대악마였다. 오리악스, 암두시아스 따위와 비교할 게 아니었다.

'그 정도로 가이아 시스템이 약화됐다는 건가.'

절망적인 상황이었다. 강우가 예상했던 것보다 사태가 심각했다. 만일 리리스와 같은 대악마가 지구에 대거 나타난다면 현재 인류로서는 감당할 수 없다.

"화연이에게 듣던 대로 정의감이 투철한 청년이군."

장현재는 흡족한 표정으로 고개를 끄덕였다. 강우의 다급한 외침을 다르게 해석한 것 같았다.

차연주가 미묘한 눈빛으로 강우를 바라보았다. '아니, 네가 왜?'라고 따지는 듯한 표정.

강우는 대답하지 않았다. 지금은 사소한 오해 따위가 중요한 게 아니었다.

"……우선 지금 일본 상황에 대해서 알려주시겠습니까."

강우는 낮은 목소리로 물었다.

장현재는 지금 일본의 상황이 굉장히 좋지 않다고 말했다. 앙숙 관계인 한국에 도움을 요청할 정도로. 어쩌면 거기서 이번 일에 대한 힌트를 얻을 수도 있었다.

"후우. 이건 절대 외부로 발설하지 말아 주게."

장현재는 깊은 한숨을 내쉬었다.

그의 시선이 차연주와 백화연, 구현모, 강우를 한 번씩 훑어봤다. 방 안의 네 사람은 고개를 끄덕였다.

"현재 쿠로사키 유리에가 악마교에 납치된 상황이다."

"쿠로사키 유리에?"

처음 들어보는 이름이었다.

하지만 강우를 제외한 다른 세 사람은 그 이름을 알아들었는지 창백하게 질린 표정으로 입을 쩍 벌렸다.

"쿠, 쿠로사키 유리에라고요?"

"그게 진짜야, 아저씨?"

"……설명 좀 해줘."

강우는 차연주의 옆구리를 가볍게 찔렀다.

차연주는 그것도 모르냐는 눈빛으로 그를 쏘아보다가 입술을 살짝 깨물었다.

"하늘의 무녀. 지금 일본인들의 정신적 지주라고 해도 과언이 아닌 여자야."

"호오. 신기하네. 왜 후지모토 료마가 아니라 그 쿠로사키인가 하는 여자가 정신적 지주라는 거야?"

"여러 이유가 있지만… 일단 신분이 장난이 아니야."

"신분?"

차연주가 고개를 끄덕였다.

"일왕의 손녀거든."

"……."

일왕. 사실 일본에서는 상징적인 의미만 클 뿐 정치적인 영향력은 거의 없는 존재였다. 아니, 사실 현대에 와서는 그

상징적인 의미조차 희미해지고 있었다.

하지만 지난 5년간 일본의 상황이 급변하면서 그 '상징적'인 존재의 가치가 급부상했다.

5년 전, 격변의 날에 일본이 입은 피해는 한국보다 훨씬 심각했다. 이유는 한 가지였다. 홋카이도에 열린 SS급 게이트.

게이트에서 나타난 강력한 몬스터들에 의해 국가 전체가 기능을 상실하기 직전까지 갔었다. 이후 플레이어의 등장으로 상황이 훨씬 나아진 후에도 홋카이도는 인외(人外)의 지역이었다.

이처럼 나라 상태가 말이 아니다 보니 상징적 의미에 불과하던 일왕에게 국민들이 기대를 하기 시작했다. '이렇게 힘드니 너희가 뭐라도 해라'라는 식의 기대였다.

여기서 나선 것이 일왕의 손녀인 쿠로사키 유리에.

그녀는 해외에 지원을 요청하는 한편, 일본 내 플레이어들에게 지원을 아끼지 않으며 국가가 파탄되는 최악의 상황만은 막아냈다. 그녀의 활약 덕분에 현재 일본이 살아남았다고 해도 과언이 아니었다.

그 모습을 본 국민들은 그녀에게 열광했다. 나이가 들어 제역할을 하기 힘든 일왕을 몰아내고 그녀를 일왕으로 만들어야 한다는 시위가 열릴 정도였다. '정신적 지주'라는 차연주의 표현이 정확한 상황.

"흠……. 그래서 하늘의 무녀라고 불리게 된 거야?"

"아, 그건 걔 능력 때문이야. 후지모토 료마처럼 월드 랭커
는 아니라도 꽤 강하다고 들었거든."

"능력이 뭔데?"

"그… 일본 신화에 나오는 신들의 영혼을 몸에 빙의시킬 수
가 있대."

"……."

강우는 가늘게 눈을 떴다. 설명만 들으면 무슨 만마전의 뺨
을 후려갈겨도 이상하지 않을 정도로 사기적인 능력이었다.

차연주의 설명이 이어졌다.

"나도 정확한 건 잘 몰라. 다만 신들의 힘 중 극히 일부만 불
러올 수 있는 것 같아."

당연했다. 온전하게 불러왔으면 벌써 월드 랭커는커녕 세계
최강이 되어 있을 것이다.

"후지모토 료마가 사용하는 스사노오의 눈. 그것도 쿠로
사키 유리에가 신의 힘을 불러들이는 능력으로 만들었다고
하더라고."

"흠……."

강우는 침음을 흘렸다. 그러고는 장현재를 돌아보며 말을
이었다.

"그들이 하늘의 무녀를 납치한 이유에 대해서 밝혀진 게
있습니까?"

"아니. 이유에 대해서는 나도 모르겠다. 대체 왜 그 위험을 감수하면서까지 그녀를 납치했는지는……. 악마 소환과 연관이 있지는 않을까 추측하는 정도다."

"……."

강우는 굳게 입을 다물고, 지그시 눈을 감으며 생각했다.

무수한 가능성이 있었다. 지금 해야 할 일은 주어진 근거로 악마교의 행동을 추론하는 것이다.

'이유가 있을 거야.'

아무 이유 없이 그녀를 납치했을 리가 없었다. 그렇게 하기엔 그녀의 위치가 너무 높았다.

'단순히 소환의 제물로 사용하기 위해?'

문득 떠오른 생각에 그는 고개를 저었다. 단순히 소환의 제물로 사용할 거라면 굳이 그녀를 납치할 필요가 없었다.

'신들의 영혼을 빙의시킬 수 있는 능력.'

강우는 그녀가 가진 능력에 집중했다.

악마교가 쿠로사키 유리에를 납치해야 하는 이유가 있다면 분명 그 능력 때문일 것이다.

"신화에 등장하는 신……."

낮은 목소리로 중얼거렸다. 무언가 잡힐 듯, 잡히지 않았다. 그러다 문득 사탄, 루시퍼와 같은 일곱 대공들이 이름이 떠올랐다.

강우의 눈이 반짝였다.

"그렇게 된 거였군."

이해했다. 알 수 있었다. 그는 과거 지옥에서부터 생각했던 한 가지 의문을 떠올렸다.

강우는 처음 지옥에서 대공의 존재에 대해 들었을 때 꽤 놀랐다. 그들의 이름이 굉장히 친숙한 7개의 대죄에 속하는 악마들이었기 때문이었다. 루시퍼, 사탄, 바알, 레비아탄, 벨페고르, 마몬, 아스모데우스. 모두 그가 알고 있는 이름이었다.

냉정히 생각해 보면 그건 이상했다. 구천지옥이 지구와 그 어떤 연관점도 없는 별개의 세계라면, 그런 일은 있을 수 없었다.

'그 이름들이 신화로 전승되는 것 자체가 이계(理界)의 영향이라면.'

신화에서 등장하는 존재는 지구와는 다른 차원, 이계의 존재라는 가설을 세울 수 있었다.

만약 일본 신화에 등장하는 신들도 지옥처럼 다른 차원에 실재하고 있다면? 하늘의 무녀, 쿠로사키 유리에의 능력은 이렇게 정의할 수 있었다.

'다른 차원의 존재가 가진 힘을 불러들이는 능력.'

어지럽게 흩어져 있던 퍼즐이 맞춰졌다.

이렇게 되면 처음에 이해하기 힘들었던 리리스의 소환도 어느 정도 이해할 수 있었다.

'그 정도로 가이아 시스템이 약화되어 있던 게 아니야.'

갑자기 구천지옥의 대악마, 리리스를 간단하게 소환할 수 있을 정도로 약화된 것이 아니었다.

악마교는 쿠로사키 유리에가 가진 힘의 진짜 정체를 눈치채고, 그것을 소환에 이용하려 한 것이다.

"바로 일본으로 가죠."

강우가 자리에서 일어섰다.

이미 쿠로사키 유리에가 납치된 이상 이제는 시간 싸움이었다. 최대한 빠르게 그녀를 구출하고, 소환을 저지해야 했다.

"……답지 않게 엄청 열정적이네. 알았어. 길드원 불러 모을게."

"아니, 너만 가야 할 거야."

강우는 그렇게 말하며 장현재에게 시선을 옮겼다.

"그렇죠?"

"허……. 듣던 것 이상의 인재로군."

"……무슨 말이야?"

"일본 정부는 하늘의 무녀가 납치됐다는 사실을 필사적으로 감추려고 할 거야. 적어도 구출한 이후 밝히겠지."

지금 일본의 상황에서 그녀가 납치됐다는 소식이 퍼지면 나라가 뒤집힐 것이다.

"대규모 지원은 할 수 없어. 애초에 그럴 수 있는 상황이었다면 이렇게 은밀하게 사람을 모으지도 않았겠지."

입이 많아지면 많아질수록, 소문은 빠르게 퍼지는 법이다.

강우는 장현재에게 물었다.

"동원 가능한 최대 인원이 몇 명입니까?"

"일곱이다."

"여기 있는 사람 다섯 외에 두 명 여유가 남네요."

그렇다면 좋은 후보가 있었다.

"30분 후에 출발하죠. 비행기는 있나요?"

"공항에 대기 중이다."

"공항은 너무 멉니다. 에키드나에게 부탁하죠."

"에키드나……?"

에키드나라는 말에 차연주와 백화연의 표정이 창백해졌다.

장현재가 고개를 갸웃거리자 백화연이 에키드나에 대해서 짧게 설명했다.

"……소환수로 드래곤을 부린다고?"

어처구니없다는 표정.

강우는 그런 그의 물음을 무시하며 스마트폰을 들어 올렸다. 시간이 많지 않았다.

"그럼 지금 바로 연락할 테니 30분 후에 본부 입구에서 기다려 주세요."

"자, 잠깐. 자네 어디로 가야 하는지나 알고 그런 말을 하는 건가?"

당황하는 장현재에게 강우는 짧게 답했다.

구천지옥에 속하는 대악마를 소환하기 위한 악마교의 계획. 그것이 어디서 이루어질지 예상하는 것은 어렵지 않았다.

"홋카이도겠죠. SS급 게이트의 발원지가 삿포로라고 들었으니 정확히는 홋카이도 삿포로겠네요."

"……허."

장현재는 허탈한 웃음을 흘렸다.

정답이었다.

후우웅!

거대한 날개. 현대 지구에서는 있을 수 없는 드래곤이라는 생물이 하늘을 날아가고 있었다.

강우의 연락을 받고 쏜살같이 날아온 에키드나였다.

"……이런 건 언제 준비한 거야?"

차연주가 물었다. 그녀는 에키드나의 등 위에 설치된 의자 위에 앉아 있었다.

강우가 답했다.

"전에 했던 고생을 또 하고 싶지 않거든."

그는 에키드나를 타고 포항으로 향했던 기억을 떠올렸다.

비늘 하나에 의지해서 대롱대롱 날아갔던 비참한 기억. 다시는 경험하고 싶지 않은 기억이었다.

"이거 보호막도 네가 유지하고 있는 거야?"

차연주는 의자 주변을 둘러싼 채 바람을 막아내고 있는 검은 벽을 톡톡 건드렸다.

강우는 고개를 끄덕였다.

"그때보단 상황이 나아져서."

정확히는 마기의 양이 달라졌다.

세 자릿수를 넘어간 마기 스탯은 투영의 권능을 운용해서 에키드나의 몸을 가리는 한편, 보호막으로 바람을 차단해도 문제없을 마기를 주었다.

'마정의 역할도 크고.'

마정을 형성하며 한층 더 손쉬워진 마기 운용. 이전에는 정신을 집중해서 펼쳐야 할 권능도 훨씬 수월하게 펼치는 것이 가능했다.

덕분에 에키드나가 전속력으로 날고 있음에도 강우 일행은 꽤나 편하게 일본으로 향할 수 있었다.

엄청나게 흔들리는 것까지는 어쩔 수 없었지만.

"우욱! 우우욱!!"

구현모가 의자에 앉은 채 헛구역질을 시작했다. 선글라스에 가려진 눈에서 한줄기 눈물이 흘러나왔다.

"제, 제발 좀 천천히……."

"상황이 상황이니 좀 참아라."

"으어어어어어."

장현재의 칼같은 대답에 그는 절망했다. 멀미가 심한 사람에게는 지옥 같은 조건인 게 맞았다.

[강우, 또 싸우러 가는 거야?]

에키드나의 걱정스러운 목소리가 머릿속에 울려 퍼졌다.

[전에 했던 건 하면 안 돼.]

[알았어.]

강우는 쓴웃음을 지으며 고개를 끄덕였다.

만마전의 개방. 목숨을 담보로 하는 무모한 도박을 또 하고 싶은 생각은 그도 없었다.

'필요하다면 해야겠지만.'

마정이라는 새로운 힘도 얻었다. 어지간하면 만마전의 개방 없이 이번 사건을 처리할 수 있을 것이다.

"저어…… 강우 씨."

기어들어 가는 듯한 조심스러운 목소리.

강우는 고개를 돌렸다. 그곳엔 랭커급 플레이어들 사이에 끼어 움츠러든 한설아가 있었다.

"제, 제가 같이 가도 되는 걸까요?"

사자 무리에 섞인 고양이나 다름없는 상황. 그녀는 걱정스러운 표정으로 강우를 바라보았다.

"괜찮아. 뒤에서 버프만 유지해 주면 돼."

"차, 차라리 시훈 씨나 태수 씨가 더 낫지 않았을까요? 제가 강우 씨의 도움이 될지 잘⋯⋯."

"적어도 이번 일에는 설아 네 도움이 더 클 거야."

강우가 에키드나와 더불어 마지막 동행자로 꼽은 건 한설아였다.

그녀의 말대로 단순 전력이라고 하면 김시훈이 훨씬 더 큰 도움이 되는 건 사실이었다. 하지만 그럼에도 강우는 그녀를 선택했다.

이유는 한 가지.

'전에 받았던 버프.'

그녀의 '빛의 은총'이라는 버프는 고유 스탯을 증가시켰다. 아마 당시보다 레벨이 훨씬 올랐으니 효과는 더욱 클 것이다. 세 자릿수에 달한 마기 스탯이 버프로 상승된다면 그 효과는 엄청나다. 게다가 자신에게만 걸어줄 수 있는 버프도 아니었으니 다른 사람들의 전력 상승도 기대할 수 있었다.

'지금 생각해 보니 버프 능력이 거의 사기급이네.'

스탯을 절대치로 상승시켜 주는 버프라니.

고레벨 플레이어가 될수록 스탯 올리기가 얼마나 힘든지를 생각하면 보통 효과가 아니었다. 플레이어들이 눈에 불을 켜고 전설급 장비를 구하려는 이유도 스탯 상승치가 목적인 경우가 대부분이었으니까.

 -강우, 도착했어.

 강우는 고개를 들었다.

 거대한 섬, 아니, 육지의 모습이 보였다. 홋카이도는 면적이 워낙 넓은 탓에 섬이라기보다는 육지 같았다.

 "……."

 위에서 섬의 모습을 내려다본 강우는 굳게 입을 다물었다. 참혹하다는 생각이 가장 먼저 떠올랐다.

 SS급 게이트의 발원지인 삿포로는 눈을 뜨고 보기 힘들 정도로 철저하게 파괴되어 있었다. 포스트 아포칼립스 영화에 나올 법한, 붕괴된 도시의 광경.

 '이게 몬스터를 감당하지 못한 도시의 말로인가.'

 사실 한국에도 이런 장소가 몇 군데 있다고 들었다. 하지만 홋카이도처럼 넓은 범위에 걸쳐 철저하게 파괴된 곳은 없었다.

 "크르르르르르!!"

 그때 파괴된 건물 사이에서 몬스터가 날아올랐다. 10여 미터가 넘는 크기를 가진 거대한 비룡(飛龍)이었다.

 피부는 단단한 돌덩이로 이루어져 있고, 발톱은 강철도 찢어발길 듯이 날카로운 드레이크. SS급 일반 몬스터로 홋카이도를 멸망시킨 주범이다.

-강우.

"일단 피해서 가. 지금 저 몬스터를 상대할 시간은 없어."

-응, 알았어.

에키드나가 선회했다.

"저쪽이다."

장현재가 한곳을 가리켰다.

바다 근처에 모 유명 게임에서 나오는 벙커를 연상시키는 건축물이 있었다.

일본에서 몬스터의 천국이 된 홋카이도를 복구하기 위해 만들어낸 삿포로 기지였다. 물론, 기지를 만들긴 했지만, 아직 큰 효과를 보지는 못하고 있었다.

기지에 내려온 에키드나는 재빠르게 인간의 모습으로 돌아왔다. 투영의 권능을 해제하자 마치 하늘에 뚝 떨어진 것처럼 강우 일행이 나타났다.

"누구냐!"

"가, 갑자기 어디서……."

기지를 지키고 있던 일본인 플레이어들이 무기를 꺼내자, 장현재가 다가갔다.

그는 유창한 일본어로 플레이어들과 대화했다.

"에키드나, 전에 걸었던 통역 마법 있지? 그거 미리 걸어줘."

"응."

마법이 걸리니 장현재와 일본인 플레이어의 대화가 귀에 들어왔다.

"현재 상황을 듣고 싶다."

"내부에서 야마다 총리님과 후지모토 료마 님이 회의 중이십니다. 바로 연락을 드릴 테니 잠시만 기다려 주십시오."

장현재는 고개를 끄덕였다.

잠시 기다리니 벙커의 문이 열리며 주름이 자글자글한 노인 하나와 말끔한 인상의 청년이 걸어 나왔다.

"오오. 이렇게 빨리 지원 병력을 보내주다니⋯ 정말 고맙습니다, 장현재 단장."

"아닙니다. 이웃 나라의 위기니 함께 극복해야죠."

"뒤에 있는 분들은⋯⋯."

야마다 총리는 빠르게 눈동자를 굴렸다. 일단 알고 있는 얼굴은 셋. 레드로즈 길드의 길드장인 차연주와 화랑부대의 백화연, 구현모였다. 하지만 다른 세 명에 대해서는 아는 바가 없었다.

"이번 악마교 토벌 및 인질 구출 작전에 지원해 준 플레이어들입니다. 실력은 제가 보증하겠습니다."

장현재가 나서서 말했다.

사실 그도 강우와 에키드나, 한설아가 어느 정도의 힘을 가지고 있는지 정확히 알지는 못했지만, 그렇다고 총리의 신뢰를 잃을 만한 말을 할 수는 없었다.

"흐음. 알겠습니다. 장현재 단장의 말이라면 믿어야죠."

일단 찬밥 더운밥 가릴 처지가 아니었다.

야마다 총리와의 대화가 끝나자 후지모토 료마가 나섰다.

그는 장현재의 뒤에 서 있는 강우 일행을 향해 정중하게 허리를 숙였다.

"처음 뵙겠습니다. 후지모토 료마라고 합니다."

말끔하게 생긴 외모에 큰 키. 김시훈처럼 비정상적일 정도로 뛰어난 미남은 아니었지만, 흔히 보기 힘든 미청년이었다.

특히 시선을 끄는 건 눈. 푸른빛으로 빛나고 있는 왼쪽 눈은 평범한 검은색 오른쪽 눈과 대비되어 신비로움을 자아냈다. 흔히 말하는 오드 아이였다.

"우선, 이번 사건에 지원해 주셔서 감사합니다. 타국의 일이라고 무시할 수 있는데 마치 자국의 일처럼 열정적이신 모습을 보니 마음이 놓⋯⋯."

"겉치레는 거기까지 하죠."

강우가 그의 말을 끊었다. 순간적으로 후지모토 료마의 표정이 일그러졌다.

"그보다 현재 악마교의 위치와 소환 의식의 진행 단계에 대해서 듣고 싶습니다."

"음⋯⋯."

후지모토는 다시 사람 좋은 미소를 머금으며 고개를 끄덕였다.

"그럼 대략적인 상황에 대해서 알려 드리겠습니다."

그는 벙커 안으로 강우 일행을 안내했다. 벙커 안 회의실에는 현재 삿포로의 지형을 축약해 둔 지도가 있었다.

"현재 악마교가 소환 의식을 준비 중이라고 생각되는 곳은 이곳입니다."

기다란 지휘봉이 지도를 가리켰다.

"SS급 게이트가 처음 열린 삿포로역. 역사 3층에서 악마교는 소환 의식을 준비하고 있습니다. 다만 주변에는 악마교가 풀어놨다고 추정되는 변종 몬스터가 가득하죠. 변종 몬스터 외에 다수의 악마교도 이곳의 주변을 지키고 있습니다."

설명이 이어졌다.

"지금 저희 전력으로는 이곳을 돌파할 수 없었습니다. 여러분께 지원을 요청드린 것도 이 때문이죠."

"작전은 어떻게 됩니까?"

장현재가 물었다.

후지모토 료마가 지도에서 두 곳을 가리켰다.

"양동 작전을 사용할 생각입니다. 먼저 이쪽에서 습격해 악마교의 시선을 끄는 미끼 역할을 하고, 그다음에 뒤쪽에서 급습을 가할 생각입니다. 여기서, 뒤쪽에서의 급습을 한국인 플

28 만년 만에 귀환한
플레이어 5

레이어분들에게 맡기고 싶습니다. 그들은 여러분에 대한 정보가 없을 테니 기습의 효과는 기대해 볼 수 있을 겁니다."

"흠."

장현재의 입에서 침음이 흘러나왔다. 지도를 바라보는 강우의 표정도 썩 탐탁지 않았다.

양동 작전. 한쪽에서 시선을 끌고, 뒤에서 급습한다. 좋은 작전이다. 실제 역사상 수차례 성과가 증명된 방법이기도 했다.

'그게 문제지.'

그렇다. 너무 좋은 작전이라는 게 오히려 문제였다. 상상하고, 대비할 수 있기 때문이었다.

악마교가 무슨 성처럼 거대한 장소를 지키는 것이 아니었다. 그들이 지켜야 할 것은 소환 의식이 벌어지는 장소와 쿠로사키 유리에뿐이다.

"무슨 생각을 하시는지 알겠네요."

후지모토 료마는 방긋 미소를 지었다.

그가 지도의 다른 방향을 가리켰다.

"사실 이번 작전에는 마지막 한 수가 있습니다. 혼란이 가중된 틈을 타 한 명이 이쪽으로 침입해 하늘의 무녀님을 구출하는 거죠."

양동 작전을 비튼 세 번째 수. 제대로 먹혀만 든다면 확실히 나쁜 작전은 아니었다.

아니, 애초에 양동 작전 자체만 하더라도 나쁜 작전이라고 는 볼 수 없었다. 악마교는 한국인 플레이어들의 참전을 아직 모르고 있으니 그의 말대로 제대로 뒤통수를 치는 효과를 얻을 수 있었다.

"이 역할을 제가 맡겠습니다. 아무래도 개인이 움직여야 하는 일이다 보니 제가 하는 게 맞을 것 같아서요."

월드 랭커다운 패기.

'아니, 패기라고 하긴 힘들군.'

강우는 가늘게 눈을 떴다. 후지모토 료마에게서 풍겨오는 욕망의 냄새가 코를 간질였다.

'뭐, 영웅이 되고 싶다 이건가.'

납치당한 일왕의 손녀. 그녀를 구하는 것은 세계에 8명밖에 없는 월드 랭커! 말만 들어도 그림이 그려지고, 드라마가 떠오르는 구도였다. 아마 후지모토 료마 자신도 그 사실을 누구보다 잘 알고 있을 것이다.

'상관없지.'

그가 영웅이 될 욕심을 가지든 말든 강우와는 상관없는 일이었다. 그딴 건 중요하지 않았다.

중요한 건 그가 제안한 작전 자체는 성공 가능성이 괜찮다는 것이고, 제대로 성공만 한다면 리리스의 소환을 막을 수 있다는 사실이었다.

"그럼 바로 시작하죠."

강우는 자리에서 일어섰다.

샷포로역 북쪽 출구.

강우 일행은 무너진 잔해 틈에 몸을 숨기고 있었다.

숨소리조차 거의 들리지 않을 정도로 기척을 숨긴 그들은 날카로운 눈으로 주변을 살폈다.

"크르르르르……."

후지모토 료마의 말이 거짓은 아니었던 듯, 샷포로 역 주변에는 수많은 마물이 어슬렁거리고 있었다.

아직 악마교도로 보이는 존재는 보이지 않았다. 하지만 지성이라는 것이 없는 마물들이 서로에게 달려들지 않고 나름 규칙적으로 움직이는 것을 보니 누군가의 통제를 따르는 건 확실해 보였다.

"어떻게 할 거야?"

차연주가 귓가에 바짝 입을 가져다 대며 물었다. 귀가 가려웠다. 강우는 침묵의 권능을 펼치며 말했다.

"이제 밖으로 소리 안 새어 나갈 테니까 그렇게 말할 필요 없어."

"웃……! 뭐, 뭐야? 기분 나쁘다 이거야? 나도 기분 나쁘거든!"

새빨갛게 붉어진 얼굴로 그녀가 소리쳤다. 강우는 피식 웃으며 장현재에게 고개를 돌렸다.

"신호가 오면 정면 돌파한다는 것으로 괜찮으시겠습니까?"

"음. 혼란을 가중시키는 것이 목적이니 그 방법이 제일 좋을 것 같군."

잠깐 고민하던 장현재는 이내 고개를 끄덕였다. 위험 부담이 큰 수단이었지만, 가장 효율적이라는 것도 부정할 수 없는 사실이었다.

"그럼 신호가 오면 설아는 바로 전원에게 버프 돌리고 뒤를 따라와. 무리하게 치료할 필요는 없어. 버프 유지에만 집중해."

"네, 강우 씨."

"연주랑 에키드나. 둘은 후방에서 설아를 지키면서 원거리 지원을, 나머지는 돌격하는 거로 하죠. 아, 장현재 단장님은 어떤 무기를 쓰시죠?"

"난 환도를 쓰네."

"그렇다면 근접 전사 계열이니 같이 돌격하면 되겠네요."

"……."

순식간에 끝난 작전 브리핑. 원래 자신이 했어야 할 역할을 뺏긴 장현재는 묘한 시선으로 강우를 바라보았다.

'뛰어난 인재라는 얘기는 들었지만…….'

오강우라는 플레이어에 대해 들었던 소식 중 가장 놀라웠던 사실은 당연히 대련에서 차연주를 이겼다는 얘기였다. 그 밖에도 엘 쿠에로 토벌이나 이수역 사건을 실질적으로 처리한 것도 그라고 들었다.

처음 그에 대한 얘기를 들었을 때는 단순히 싸움에 대해서 타고난 재능을 가진 플레이어라고만 생각했다.

'그게 전부가 아니었군.'

만난 시간은 하루도 채 지나지 않았지만, 그가 단순히 힘만 센 플레이어가 아니라는 것 정도는 쉽게 알 수 있었다.

냉철하고 머리 회전이 빨랐다. 판단력과 행동력이 뛰어나고 사람들을 따라오게 만드는 카리스마를 갖췄다.

'크게 될 남자야.'

화랑부대라는 특수 부대를 다년간 이끈 장현재조차 어느새 그의 말을 따르고 있을 정도면 말 다했다.

장현재는 몬스터에 더해 악마교라는 근본을 알 수 없는 사이비 종교가 활개 치는 정세에서 그와 같은 사람이 나타났다는 것에 안도했다.

우우우웅!

그런 안도도 잠시, 장현재가 들고 있는 수신기에서 진동이 울렸다. 그리고 멀리서 요란한 소리가 들리며 마물들이 그쪽으로 몸을 돌리는 것이 보였다.

"……역시."

마물들의 움직임을 살피던 강우가 중얼거렸다.

악마교도 생각이 없지는 않았다. 북쪽 출구에서 소리가 나는 곳으로 움직인 마물은 소수. 양동 작전에 대해서 어느 정도 대비를 해뒀다는 배치였다.

하지만.

'설마 배후를 급습하는 전력이 우리라고는 상상 못 했겠지.'

후지모토 료마를 제외한 일본인 플레이어들의 평균 레벨은 낮다. 쿠로사키 유리에처럼 랭커급이 없는 건 아니었지만, 확실히 한국에 비하면 랭커급 플레이어의 숫자가 적다.

양동 작전을 대비했다고 해도 한국인 랭커들이 오리라고는 상상도 하지 못했을 것이다. 아니, 상상했다고 해도 의미 없었다.

'내가 있으니까.'

강우가 오른손을 들어 올렸다. 그러자 빙결의 권능과 철부의 권능이 합쳐졌다.

리바이어던. 냉기를 뿜어내는 도끼가 그의 손에 쥐어졌다.

누군가 조력자가 있을 것까지는 예상할 수도 있었다. 하지만 그 조력자 중에 월드 랭커 이상의 존재가 있을 거라고는 절대 상상할 수 없을 것이다.

강우는 가진 힘에 비해서 이름이 거의 알려져 있지 않았다. 그 자신이 의도적으로 정보를 숨기려고 손을 써뒀기 때문이었다. 보이는 검보다 보이지 않는 검이 무서운 법이다.

"준비."

강우가 낮게 말했다.

일행은 고개를 끄덕이며 무기를 꺼냈고, 한설아도 버프 마법 캐스팅에 들어갔다. 이어 에키드나까지 콧김을 내뿜으며 광역 마법을 준비했다.

"빛의 장막."

[물리방어력 300, 마법방어력 300 상승합니다.]
[중급 체력 회복 버프가 적용됩니다.]

광역 버프. 한설아의 레벨을 생각하면 나쁘지 않은 효과였다. 물리, 마법방어력 300 상승이면 유니크 등급 장비 하나를 낀 수준이었으니까.

하지만 강우가 원한 것은 이 버프가 아니었다.

"전에 걸어줬던 빛의 은총, 그걸로 부탁해."

"아, 네. 강우 씨! 근데 빛의 은총은 단일 버프에 지속 시간이 엄청 짧은데……."

"괜찮아."

스탯을 절대치로 상승시켜 주는 사기적인 버프가 지속 시간까지 길 거라고는 생각하지 않았다.

한설아는 마법의 캐스팅을 새로 했다. 머지않아 그녀의 손에 빛이 맺혔다.

"빛의 은총!"

[빛의 은총을 받았습니다.]
[물리방어력 300, 마법방어력 300, 고유 스탯(마기)이 3 증가합니다.]

'역시 전보다 버프 효과가 좋아졌어.'

106을 찍은 마기 스탯.

강우는 폭발적으로 차오르는 마기에 만족스러운 미소를 지었다.

만약 그가 스탯이 낮은 저레벨 플레이어였다면 3 스탯 상승으로 큰 효과를 보지는 못했을 것이다. 하지만 그는 스탯만 놓고 본다면 월드 랭커에 버금가는 플레이어였다. 절대치 스탯 상승 버프가 큰 효과를 볼 수밖에 없었다.

"개시."

"다크 스웜!"

에키드나의 낭랑한 목소리가 울렸다. 검은 연기가 주변에 뻗어나갔다. 연기에 닿은 마물의 피부가 녹아내리며 끔찍한 악취가 피어올랐다.

차르르르륵!

붉은 쇠사슬이 넓게 퍼지고, 사슬에 닿은 마물의 육체가 처참하게 잘려 나갔다.

강우는 몸을 일으켰다. 그러고는 발을 박차며, 마물들을 향해 돌진했다. 공중에 몸을 띄워 리바이어던을 움켜쥔 채 내려 찍자, 무시무시한 한기가 폭발했다.

얼어붙은 마물들의 육체가 비산했다.

"하압!"

"으랏차!"

백화연과 장현재, 구현모도 무기를 꺼내 들고 북쪽 출구를 향해 달려 나갔다. 이수역 사건 때보다 훨씬 강력한 마물들이었지만, 그를 상대하는 전력은 한국 최고라고 해도 손색이 없는 플레이어들이었다.

쿵! 콰드득!!

"키에에에에에엑!!"

3미터에 달하는 거체를 가진 마물이 괴성을 내질렀다. 부에르와 같이 이천지옥에 속하는 마물, 데몬 골렘이었다. 그밖에도 일천~삼천지옥에 속하는 다양한 마물들이 출구를 지키고 있었다.

악마교가 어떻게 이들을 소환했고, 제어하는지 알 수 없었지만, 적어도 지옥의 존재를 소환하고 다루는 점에서는 강우 자신이 가진 지식을 아득히 넘어서고 있다는 것은 지난 '융합' 사건에서도 밝혀진 사실이었다.

'중요한 건 아니지.'

눈앞의 마물이 지옥에서 소환한 마물이건, 몬스터에게 마정을 심어 만든 마물이건, 인간을 마기에 노출시켜 만든 마물이건 중요치 않았다. 어차피 그가 해야 할 일은 하나였고, 그것에 집중하는 것조차 벅찼다.

"키에에에엑!"

삐쩍 마른 마물이 달려들었다. 좀비나 미라처럼 생긴 마물이었다.

리바이어던을 집어 던졌다. 회전하며 날아간 냉기의 도끼가 마물의 머리통을 박살 냈다.

양손을 들어 올렸다. 지옥불의 권능이 맺혔다. 팔을 내려 긋자 지옥불이 부채꼴 모양으로 퍼져 나갔다.

몸을 반바퀴 돌리고 오른 주먹을 당겨 몸을 낮췄다. 파쇄의 권능이 주먹에 집중됐다. 마기가 마치 쐐기와 같은 형태로 뭉쳤다.

데몬 골렘이 달려들었다.

주먹을 내질렀다. 골렘의 몸에 거대한 구멍이 뚫리더니

그대로 쓰러졌다.

화르르르륵!

"크아아아아아!!"

"으아아아아! 노, 놀랐잖아!"

구현모의 비명이 들렸다.

뜨거운 열기가 뺨을 스쳐 고개를 돌려보니, 세 개의 머리를 가진 개가 이쪽을 노려보고 있었다.

케르베로스. 삼천지옥의 마물이었지만, 오천지옥에 서식하는 마물 이상의 힘을 가진 포악한 마물이었다.

'케르베로스까지 조종한다 이거지.'

처음 그가 소환수로 뽑으려고 했던 마물이었다.

물론 에키드나를 소환한 지금 케르베로스는 그저 머리 세 개 달린 똥개로밖에 보이지 않았다.

"흐압!"

장현재가 케르베로스를 막아섰다.

백화연과 구현모가 합세할 것까지도 없었다. 케르베로스가 강력한 마물이긴 하지만 랭커급 플레이어, 그것도 그중 최상급이라고 할 수 있는 장현재라면 충분히 상대하고도 남았다.

화르르르륵!

"크르르르!"

문제는 그 케르베로스가 한 마리가 아닌 세 마리라는 점.

백화연과 차연주가 각각 한 마리씩 맡았으나, 파죽지세로 돌파하던 기세가 한풀 꺾일 수밖에 없었다.

　"이쪽에서 전선을 유지하고 있어!"

　"가, 강우 씨!"

　소리친 강우가 혼자서 출구를 돌파하기 시작했다. 차근차근 정리하고 돌파하는 것이 몇 배는 더 안전하지만, 상황이 급했다.

　'후지모토 그 자식은 언제 오는 거야?'

　강우는 주변을 살폈다. 혼란이라면 이미 차고 넘칠 정도로 일으켰다. 북쪽 출구를 수비하고 있는 마물들은 거의 궤멸 직전이었고, 처음 빠져나갔던 병력들도 허겁지겁 북쪽으로 몰려들고 있었다.

　콰아앙!

　때마침 강렬한 폭음과 함께 바람이 몰아쳤다. 갑작스러운 태풍이라도 몰아친 것 같은 강렬한 바람.

　'후지모토다.'

　그는 주로 '스사노오의 눈'을 이용한 바람 마법을 사용한다고 들었다. 갑작스러운 태풍은 그가 벌였을 가능성이 컸다.

　강우는 후지모토 료마와 합류하기 위해 몸을 움직였다.

　귀찮을 정도로 마물이 달려들었다. 적당히 마물을 쓸어버리고 앞으로 나가자 위로 올라가는 계단이 보였다.

　'최상층에 있다고 했지.'

고층 빌딩이 아니다 보니 최상층이라고 해봐야 3층이나 4층 정도일 것이다. 그 정도라면 창공의 권능을 사용하지 않고 점 프만으로 도달할 수 있는 높이였다.

강우는 발에 힘을 주었다.

"……응?"

그때, 묘한 위화감이 느껴졌다. 맞물리지 않는 톱니바퀴를 본 것 같은, 불쾌한 이질감.

강우는 가늘게 눈을 뜨며 주변을 살폈다. 이질감의 정체는 머지않아 알 수 있었다.

'악마교도가 없다.'

여기까지 오는 길에도, 올라가는 계단에도, 아래서 보이는 위층에도 악마교도는 보이지 않았다.

그건 이상했다.

소환 의식이 중요하다면 그를 지키기 위한 병력이 깔려 있어 야 했다. 마물이 있긴 하지만 부족하다. 대기하지 않고 있더라 도 이런 정신 나간 소란이 일어나는데 모습도 보이지 않는 건 말이 되지 않았다.

그때 후지모토가 마물들과 싸우며 최상층으로 향하는 것 이 보였다.

생각이 계속 이어졌다.

'소환 의식이 최상층에서 일어나고 있는 게 아니라면?'

가능성 있는 일이었다.

물론 추측이 틀렸을 수도 있었다. 소환 의식에 인원이 많이 필요해서 모습을 보이지 않고 있을 수도 있었다.

'어차피 후지모토가 최상층으로 가고 있다.'

후지모토 료마라는 보험이 있었다.

강우는 다시 한번 주변을 살폈다. 마물이 이렇게 깔린 걸 봐서 이곳이 소환 의식이 벌어지는 장소는 맞는 것 같았다. 마기 또한 역 전체에 가득 퍼지고 있었다.

"그렇다면……."

생각은 짧았고, 행동은 빨랐다.

강우는 주먹을 쥐었다. 천력의 권능과 파동의 권능이 맺혔다. 하늘 부수기. 강력한 파괴의 힘이 주먹에 맺혔다.

단순한 소거법이었다.

'위가 아니라면.'

지하밖에 남지 않았다.

그는 주먹을 들어 전력을 다해 내려찍었다.

쿠우웅!! 쿠구구구궁!!!

바닥이 박살 나며 몸이 지하로 떨어져 내렸다. 지하철이 다니는 어두컴컴한 통로였다.

"크읏! 누, 누구냣!"

붉은 악마 가면을 쓴 악마교도가 그를 반겼다.

'빙고.'

강우는 발을 박찼다.

"어떻게 벌써 여기까지……!"

당황하는 악마교도의 목소리가 들렸다. 하지만, 대답하지 않았다.

강우는 칼날의 권능을 사용한 채 낮게 몸을 낮추고, 튀어 오르듯 칼날을 휘둘렀다.

"크읏!"

악마교도가 손을 들었다. 마기의 방벽이 칼날을 가로막았다.

까앙.

맑은 쇳소리와 함께 칼날이 막혔다.

"호오."

강우는 눈을 빛냈다. 손에 전해진 충격이 꽤나 묵직했다. 생각했던 것보다 악마교도가 지닌 힘은 강했다.

"후지모토가 아니라니……. 넌 누구지?"

가면 속 눈빛이 강우를 향했다.

강우는 손을 뻗었다. 두 개의 권능이 교차하며 기다란 창한 자루가 만들어졌다.

바이던트를 움켜쥔 그가 낮은 목소리로 말했다.

"비켜."

"뭐… 대답할 리가 없나."

악마교도가 두 주먹을 움켜쥐었다. 그러자 강렬한 마기가 뿜어졌다.

'일본에 있는 악마교가 훨씬 세력이 크다고 하더니 그 말이 맞나 보군.'

의식에 참여하지 않고 이곳에 있는 악마교도가 백강현과 같은 추기경급은 아닐 것이다. 그렇다면 일반 사제급인 악마교도가 이 정도의 힘을 가지고 있단 의미. 한국과는 꽤나 비교되는 상황이었다.

'하지만.'

창을 움켜쥔 손에 힘을 더했다.

한국보다 강하다고는 하나 결국 일반 사제급에 불과한 악마교도. 강우가 밀릴 일은 없었다.

우우우웅!

악마교도가 두 팔을 들어 올렸다. 강력한 마기 방벽이 통로를 막았다.

"넌 못 지나간다!"

나름대로 자신 있는지 큰소리로 외친다.

강우는 피식 웃음을 흘렸다. 한 번 공격을 튕겨냈다고 저런 자신을 보이는 그의 모습이 가소롭게 느껴졌다.

단전에 정신을 집중했다. 마정의 마기가 흘러나와 바이던트의 날에 맺혔다.

몸을 낮추고 창대를 당기며 진각을 밟았다. 통로 전체가 울리는 충격과 함께 손에 쥔 바이던트를 집어 던졌다.

"어, 어어?"

콰드드득!

악마교도의 눈빛이 떨렸다. 일순간에 마기 방벽을 뚫어버린 바이던트가 그를 노렸다.

그는 다급히 몸을 옆으로 굴렀다. 꼴사납게 바닥을 굴렀지만 현명한 판단이었다. 그를 지나쳐 날아간 바이던트가 거대한 폭발을 만들었다.

"히, 히익!"

악마교도는 혼비백산하며 뒷걸음질 쳤다. 공포에 질린 그에게 다가가 가면을 벗겨내자, 20대 후반으로 보이는 뚱뚱한 청년의 얼굴이 드러났다.

"의식은 어디서 진행 중이지?"

"쿠, 쿨럭! 어, 어떻게 이런……!"

우드드득!

"아아아악!"

"많이 묻지 않을 거야."

청년의 얼굴이 공포에 질렸다. 그는 기이한 각도로 꺾인 손가락을 부여잡으며 입술을 깨물었다.

"절, 대로… 알려줄 수 없다!"

타오르는 듯한 의지. 강렬한 신념이 서린 눈빛. 군주를 위해 목숨을 바치는 기사와도 같은 비장함이 흘러나왔다.

'뭐야?'

강우는 놀랐다. 이제까지 만난 악마교도들 중에서 이처럼 '충성심'을 가진 존재는 없었다. 악마교의 기본적인 구조상 그럴 수가 없기 때문이다.

악마교가 신도를 모을 때 내거는 조건은 두 가지였다. 마기로 인한 영생과 힘의 상승. 백강현의 경우 힘을 더 갈망했지만, 일반적으로는 '영생'이라는 점에 주목한다.

당연했다. 억만금을 들여도 죽음을 피할 수는 없다. 수백, 수천억이 있어도 늙으면 죽는다. 수명의 제약을 없앨 수 있다는 것은 악마교가 전 세계적으로 세력을 키울 수 있었던 핵심적인 이유였다.

국가, 인종, 가치관의 다름은 문제가 되지 않았다. 생물인 이상 영생을 갈망하는 것은 필연이었다. 교리? 신앙? 그딴 건 필요조차 없었다. 그들이 당장 제공할 수 있는 영생이라는 절대적인 가치 앞에 다른 모든 가치는 의미를 잃었다.

물론 단점도 있다. '내 목숨 바쳐 천국으로 간다면 그걸로 족하다'라는 식의 논리가 통용되지 않기 때문에 일반적인 사이비 종교에 비해서 그 충성도가 절대적으로 낮았다.

'분명 그래야 하는데……'

"나는 죽음을 택하겠다!"

악마교도가 핏발 선 눈으로 혀를 씹었다. 곧 동맥이 끊어지며 피가 쏟아졌다.

혀를 깨물어서 자살하다니, 어지간한 정신력으로는 시도도 할 수 없는 일이었다.

"뭐야 이 미친 충성심은……."

허탈한 웃음이 흘러나왔다. 그가 알고 있는 악마교가 맞는지 의아할 정도였다.

"제기랄."

시체를 집어 던지고, 주시자의 권능을 펼쳐 의식이 펼쳐지는 곳을 살폈다. 하지만 통로 안에 가득한 마기가 너무 짙은 탓에 쉽게 찾아지지 않았다. 숲에서 나무를 찾는 격이었다.

강우는 몸을 움직였다. 다른 방법이 없다면, 두 발로 뛰어서라도 찾아야 했다.

"누구닷!"

"막아라!!"

악마교도가 하나둘씩 튀어나오고, 격렬한 교전이 일어났다. 그들의 힘은 위협적일 정도는 아니었지만, 발을 묶기에는 충분했다. 계속되는 무의미한 교전에 짜증이 밀려왔다.

"오오오오!"

"어?"

그렇게 지하 통로 전체를 뒤지고 있을 때, 환호성이 귓가에 들렸다. 강우는 소리가 들리는 방향으로 움직였다.

'찾았다.'

작은 제단이 보였다. 긴 흑발을 가진 아름다운 여인이 제단 위에 누워 있는 것이 보였고, 그녀의 몸에서 흘러나온 푸른빛이 균열을 파고들어 가고 있었다. 필시 저 여인이 하늘의 무녀, 쿠로사키 유리에이리라.

강우는 다시 한번 리바이어던을 만들어 손에 쥔 채 제단으로 다가갔다.

제단을 둘러싸고 있는 악마교도들과 의식을 주도하고 있는 가면의 사내가 보였다. 몇 번을 보아왔던 소환 의식 장면이었다.

"뭐야 이건……."

강우의 입이 벌어졌다. 분명 소환 의식을 하고 있는 건 맞았다. 그런데, 뭔가가 달랐다. 그가 알고 있던 악마교의 모습이 아니었다.

"으랏차! 애들아! 조금만 기다려라! 곧 소환할 수 있을 것 같다!"

"오오오오! 역시 추기경님! 믿고 따르겠습니다!!"

"힘내십쇼, 아키야마 추기경님!!"

"저희도 힘을 보태겠습니다!!"

미칠 듯한 텐션.

악마를 숭배하고, 마기를 받아들이는 사악한 존재들이라고
는 생각할 수 없는 뜨거운 모습. 악마교의 소환 의식이라기보
다 무슨 운동부의 회식 같은 분위기였다.

아키야마 추기경이라고 불린 사내가 두 주먹을 움켜쥐었다.
그의 전신에서 뿜어진 마기가 균열을 키웠다.

"가자! 목표는 리리스! 서큐버스 퀸이다!!"

"아아, 드디어! 드디어 우리의 오랜 숙원이⋯⋯!"

"죽어도 여한이 없습니다, 추기경님!"

아키야마의 외침에 악마교도들이 열광했다. 혼돈이라는
표현이 정확히 들어맞는 풍경이었다.

강우는 아연한 표정으로 그 모습을 바라보았다.

'이 미친놈들은 대체 뭐야.'

지옥으로 다시 돌아온 기분이었다. 대체 무슨 상황이 일어
나고 있는 건지 감조차 잡히지 않았다.

예상치 못했던 전개에 강우는 당황했다.

'아니, 이걸 예상하는 게 더 이상한 거 아냐?'

억울하다는 생각이 들 정도.

균열이 꿈틀거리며 몸집을 키우더니, 쿠로사키 유리에의 몸
에서 흘러나온 푸른빛과 균열이 섞였다.

아키야마가 두 손을 높이 들어 올리며 외쳤다.

"드디어 우리의 진정한 신을 모실 때가 왔다!"

"오오오오!!"

"더 이상의 히토미는 없다! 모니터 너머의 삶을 갈망할 필요도 없다! 지금 여기서! 우리들의 신념은 차원을 넘는다!!"

"크흡! 추기경님······!"

"따르겠습니다!!"

열광에 찬 연설이 이어지던 그때.

"어, 어어? 추, 추기경님! 침입자입니다!"

그제야 강우를 눈치챈 악마교도들이 자리에서 일어나 무기를 꺼내 들었다.

강우는 한 손을 들어 그들을 말렸다.

"아냐. 일단 하던 거 마저 하고 있어봐. 잠깐… 잠깐만 생각할 시간을 줘."

간절한 목소리.

강우는 복잡한 머리를 정리할 시간이 필요했다. '지금 꿈을 꾸고 있는 게 아닌가' 하는 생각이 들 정도였다.

눈을 비벼봤지만, 여전히 그들의 모습은 변함이 없었다.

'애들이 악마교라고?'

음침하고 탐욕과 광기에 찬 악마교의 이미지와는 달랐다.

'아니, 이것도 음침하고, 탐욕과 광기에 차 있다고 하면 그렇긴 한데.'

그래도 달랐다. 결정적인 무언가가 달랐다.

"흠, 침입자로는 후지모토가 올 거라고 생각했는데 의외로군."

아키야마 추기경이 나섰다. 그는 붉은 가죽 채찍을 들어 올렸다.

"쯧, 그녀를 위해 준비해 둔 물건이지만… 어쩔 수 없군."

"……그녀를 위해 준비해 뒀다는 건 또 무슨 소리야."

"하하하! 그건 당연히."

"아냐. 듣고 싶지 않아."

강우는 질린 표정으로 고개를 저었다.

아키야마 추기경이 표정을 굳혔다.

"홍, 먼저 물어봐 놓고서 듣고 싶지 않다는 건 무슨 소리냐?"

"……."

이 복잡한 감정을 어떻게 설명해야 할지 알 수 없었다. 강우는 침묵했다.

"추기경님! 여기는 저희가 맡겠습니다!"

"소환 의식을 계속해 주십쇼!"

"너희들……."

아키야마 추기경은 눈물을 삼켰다. 그는 고개를 저으며 앞으로 나섰다.

"아니! 여기서 내가 가만있을 수는 없지! 억압과 위기 속에서 피어나는 사랑! 이것이 더 불타지 않겠느냐 애들아!"

"아아아……."

"추기경님……."

뭔지 모를 사나이의 우정이 뿜어져 나왔다.

강우는 미쳐 버릴 것 같다는 듯이 이마를 감쌌다.

"너희… 설마 서큐버스 퀸을 소환하려는 이유가 설마… 시바 진짜 설마……."

말이 제대로 나오지 않았다. '설마'라는 단어를 세 번이나 반복할 정도로 믿고 싶지 않았다.

"소환하려는 이유라! 그거야 하나뿐이지 않은가!"

영혼을 담은 외침이 이어졌다.

"내가! 아니, 우리가! 무엇 때문에 악마교에 들어왔다고 생각하는가!"

"모르겠어. 진짜… 진짜 모르겠어. 대체 뭐야, 너희."

"당연히 우리가 섬겨야 할 여왕님을 현세에 부르기 위해서다!"

"당연하긴 뭐가 당연해, 이 새끼야!"

"쯧쯧. 이래서 로망을 모르는 놈하고는 대화가 통하지 않아."

아키야마가 채찍을 휘둘렀다.

짜악!

채찍이 바닥을 후려쳤다.

그는 빛을 뿜어내듯 이글거리는 눈빛으로 말을 이었다.

"서큐버스야말로 남자의 로망! 이상 그 자체가 아닌가!"

"……."

설마 했던 일이, 믿고 싶지 않았던 사실이 아키야마의 입을 통해 흘러나왔다.

일본의 악마교가 굳이 많고 많은 악마 중에서 리리스를 소환하려고 한 이유는 머리가 새하얗게 될 정도로 머저리 같은 이유였다.

차라리 영생을 원했더라면. 차라리 힘을 원했더라면. 이런 정신 나갈 것 같은 답답함은 느끼지 않았을 것이다.

"서큐버스가 로망이라고……?"

강우는 몸을 떨었다. 당황과 분노, 짜증이 뒤섞였다.

서큐버스.

솔직하게 말하면, 과거의 강우도 기대했었다. 끔찍한 괴물들만 가득한 지옥 생활에 지쳐 서큐버스라도 만나고 싶다고 생각한 적이 있었다.

"하하하! 그렇다! 우리의 신념은 오롯하다!"

"이런 다리 사이에 대가리가 있는 개자식들이."

떨리는 목소리.

과거의 기억이, 트라우마가 생생하게 떠올랐다.

처음 리리스를 봤을 때, 강우는 좌절했다. 생각과 달랐다. 달라도 너무 달랐다. 차라리 발록이 더 아름다워 보일 정도였다.

촉수가, 흉측하게 꿈틀거리는 촉수들이 떠올랐다. 18개의 동공이 그를 바라보고 있었다.

"지옥을 얕보지 마라."

바이던트의 날이 꼬였다. 세 가지 권능이 합쳐진 게이볼그가 광포한 기세를 뿜어냈다.

"그곳에 로망 같은 건 없어."

"쯧, 역시 말이 통하지 않는군."

"적어도 너한테 그딴 말을 듣고 싶진 않다."

마정의 기운을 전신에 퍼뜨리자, 게이볼그의 창끝에 마기가 피어올랐다.

'크라켄의 분노.'

블랙펄 코트의 특수 효과를 사용했다.

절대치로 증가하는 5의 스탯. 여기에 한설아의 버프까지 겹쳐 마기 스탯이 111에 도달했다.

우우우우우!

'호오.'

강우의 눈이 빛났다.

100~109의 스탯과 또 110을 넘긴 스탯은 차이가 컸다. 스탯도 레벨처럼 10단위로 큰 변화가 있는 것 같았다.

전신을 채우는 마기에 강우는 게이볼그를 쥐었다. 지금이라면, 천무진이 오더라도 압살할 수 있을 것만 같았다.

강렬한 힘의 파동에 전신이 전율했다. 이것이 한설아의 버프와 블랙펄 코트의 효과로 주어진 일시적인 힘이라고 하더라도 힘에 취하지 않을 수는 없었다.

쿠웅!

발을 박차 게이볼그를 찔렀다. 채찍이 살아 있는 생물처럼 움직여 게이볼그를 감쌌다. 하지만 신경 쓰지 않았다.

강우는 채찍에 휘감긴 창대를 있는 힘껏 뒤로 당겼다.

"어, 어어?"

아키야마는 항거할 수 없는 힘에 몸이 당겨져 꼴사납게 바닥을 굴렀다.

강우가 당겨지는 그를 향해 창을 내지르자.

"추기경님!"

악마교도 하나가 창끝을 막아섰다.

강우는 그대로 창을 내질렀다. 살을 찢고, 뼈를 뚫으며 검붉은 창날이 쏘아졌다. 하지만 아주 찰나의 틈이 만들어지는 것은 어쩔 수 없었다.

아키야마가 몸을 옆으로 굴렀다. 창날이 그의 옷을 스치고 지나갔다.

"네노오오오옴!!"

분노의 찬 일갈.

아키야마는 거칠게 채찍을 휘둘렀다.

마기에 휩싸인 채찍이 무서운 속도로 몸을 휘감았다. 강철도 종잇장처럼 찢어버릴 정도의 힘이 몸을 옭아맸다.

'철벽의 권능.'

빠르게 판단을 마친 강우가 게이볼그를 손에서 놓자 권능이 풀린 게이볼그가 허공에 흩어져 사라졌다. 그리고 곧바로 마정의 마기를 모두 철벽의 권능에 투자했다. 그러자, 마기 방벽이 생긴 것처럼 그의 몸이 어둠에 휩싸였다.

"이이이익!"

아키야마의 얼굴이 붉어졌다. 전력을 쥐어짜 냈지만, 어둠을 뚫을 순 없었다. 전략을 바꾼 그는 채찍을 풀고 힘을 불어넣었다. 채찍의 끝에 마기가 집중됐다.

콰득!

'됐다!'

한 점에 집중된 마기가 방벽을 뚫고 피해를 입혔다. 강우의 오른쪽 어깨의 살점이 한 움큼 떨어져 나갔다.

하지만 강우의 표정에는 아무런 동요도 없었다. 아니, 오히려 짙은 미소를 짓고 있었다.

채찍의 속박에서 풀려나온 강우가 다시 몸을 움직였다. 재생의 권능을 사용할 틈은 없었다. 신속의 권능을 사용해 폭발적으로 쏘아진 그는 깔끔한 되돌려 차기를 먹였다.

퍼억!

"커헉!"

무기로 한 공격이 아니라고 해도 신속의 권능을 사용한 발차기였다. 포탄이 터지는 듯한 소리와 함께 아키야마의 몸이 튕겨졌다.

벽이 박살 나고 희뿌연 연기가 통로를 채웠다. 하지만 추가적인 공격을 하지는 않았다.

강우는 점점 더 몸집을 키우고 있는 균열을 향해 달려갔다.

"막아랏!"

"균열을 지켜!"

제단을 둘러싸고 있던 악마교도들이 달려들었다.

악마교도와의 전투가 이어졌다. 어렵지 않은 적이었지만 역시 숫자가 많으니 시간이 지체되는 건 막을 수 없었다. 한 명의 손으로 열 명의 손을 막는 것은 쉽지 않은 일이었다.

'제기랄.'

다가오는 악마교도를 파동의 권능이 담긴 주먹으로 후려쳤다. 내부의 장기가 터지는 감각과 함께 악마교도의 입에서 검붉은 피가 쏟아졌다.

하지만 악마교도의 공격은 멈추지 않았다. 그들은 불꽃에 달려드는 부나방처럼 죽음을 도외시하고 달려들었다.

시간이 지체됐다. 크라켄의 분노의 지속 시간이 점점 더 줄어들었다. 설상가상으로 아키야마의 상태도 심상치 않았다.

"아, 아아……."

아키야마는 절망에 찬 신음을 흘렸다. 뜻을 함께했던 부하들이 처참히 당하는 모습에 가슴이 찢어질 것만 같았다.

'내가 더 강했더라면.'

그는 주먹을 움켜쥐었다.

자신이 추기경 중에서 단 3명만이 하사받았다는 '악의 사도'급이었다면 저 정체불명의 침입자에게서 부하들을 구할 수 있었을 것이다.

부하를 지키지 못한 분노와 후회가 그를 짓눌렀다.

"도망가라."

채찍을 움켜쥐며, 그가 말했다. 악마교도의 시선이 그에게 모였다.

"저놈은 내가 맡겠다! 다들 도망쳐라!"

"추, 추기경님……!"

"그, 그럴 순 없습니다!"

애절한 외침이 오갔다.

그는 떨리는 목소리로 소리쳤다.

"걱정 마라! 이곳에서 비록 내 육신은 죽을지라도 우리들의 신념은! 바람은! 앞으로도 영원할 것이다!"

"아아!"

"사람이 언제 죽는다고 생각하나! 심장이 창에 꿰뚫렸을 때?

아니! 마기를 제어 못 하고 마물이 될 때? 아니, 아니다! 우리의 신념이 잊혔을 때! 그때가 우리가 죽는 순간이다!"

악마교도들의 눈에서 뜨거운 눈물이 흘러나왔다. 아키야마도 그들을 따라 눈물을 흘렸다.

보기만 해도 가슴이 울컥해지는 모습에, 강우가 입을 열었다.

"지랄 똥 싸고 있네."

신랄한 비판에 아키야마는 표정을 구겼다.

"우리의 신념을 모욕하지 마라!"

"어디 만화에서 주워들은 대사를 진지하게 내뱉지 마라. 보는 내가 다 쪽팔리니까."

"웃⋯⋯!"

진짜 만화의 대사였던 듯 아키야마의 몸이 흠칫 떨렸다.

"악역이면 악역답게 적당히 크크크 쪼개다가 찌그러지라고."

강우가 손을 뻗자 세 가지 권능이 겹쳐지며 2미터에 달하는 대검을 만들어냈다.

확실히 악마교라고 생각할 수 없을 정도로 뜨겁고, 열정적인 놈들이었지만 그렇다고 해서 손속에 사정을 둘 생각은 없다.

그들은 악마교였다. 어떤 방법으로 세력을 키우고, 악마를 소환했는지 상상하는 것은 어렵지 않았다. 나사 하나 빠진 머저리들로 보이지만 그들 또한 누군가에게 공포이자, 절망이었을 것이다.

신념이 뭔지 알 바 아니었다. 그딴 건 중요치 않았다. 해야 하는 일이 있었고, 시간은 촉박했다.

"그렇게 신념이 중요하면, 그걸 위해서 뒈져."

대검을 들어 올린 후, 어느새 천장까지 닿을 정도로 커진 균열을 향해 검을 던졌다.

"안 돼!!"

아키야마가 몸을 던졌다. 그람이 그의 몸을 꿰뚫고 검붉은 피가 사방에 튀었다.

"커헉! 컥!"

"추기경님!!"

남은 악마교도들이 절규했다. 하지만, 그들을 신경 쓰고 있을 틈이 없었다. 강우는 균열을 향해 다가갔다.

"크윽……!"

남은 악마교도들이 그를 노려보았으나, 더 이상 달려들지는 않았다. 그들은 죽어가는 아키야마의 몸을 들어 도망쳤다.

강우는 도망가는 그들의 뒷모습을 노려보았다. 뒤를 쫓아 마무리 짓는 것은 어렵지 않았다. 그러는 편이 후환도 없을 것이다. 하지만.

"제길."

강우는 짧은 욕지기를 흘렸다. 뒤를 쫓기에는 이미 균열이 너무 커져 있었다. 리리스의 소환을 막는 게 더 급했다.

균열로 다가갔다. 한설아의 버프도, 크라켄의 분노의 지속 시간도 모두 끝났다.

마정의 마기를 양손에 집중한 후 균열에 손을 댔다.

"크으……."

균열의 힘이 손을 압박했다. 그가 악마 소환 쪽 지식에 대해 해박했다면 좀 더 효율적으로 균열을 닫을 수 있었겠지만, 지식이 전무한 지금은 억지로 닫을 수밖에 없었다.

무식한 방법이었지만 효과는 있었다. 균열의 크기가 조금씩 작아지기 시작했다.

'좋아.'

닫을 수 있다는 희망이 생겼다. 그때였다.

찔꺽. 찔꺽.

균열의 틈에서 촉수가 뻗어 나왔다. 익숙한 '그' 촉수였다. 강우의 표정이 창백하게 질렸다.

'안 돼.'

균열에서 빠져나온 촉수가 강우의 피부에 닿았다. 촉수에 달린 빨판이 그의 몸을 음미하듯 빨아들였다.

부르르르.

그의 몸에 닿은 촉수가 떨렸다. 환희와 전율로 떨고 있는 것이 전해졌다. 몸을 맛보고 환희에 떤다면 이 촉수의 주인이 누군지는 생각할 필요도 없었다.

-지금 가고 있어요, 나의 왕이시여…….

"안 돼! 오지 마!!"

절규했다. 다시는 만나기 싫은, 만나서는 안 되는 존재가 지구로 오려 하고 있었다.

강우는 마정의 기운을 폭발시켰다. 만마전의 개방을 해야 할지 일순 고민이 됐다.

'만마전은…….'

에키드나의 목소리가 떠올랐다.

고민은 길지 않았다.

'목숨을 걸면서까지 막을 필요는 없어.'

리리스와 다시 만나기 싫은 것은 사실이었다. 하지만 목숨을 건 도박을 해서까지 만나기 싫냐고 하면 애매하다.

'지금 할 수 있는 걸 한다.'

이런 일에 목숨을 거는 건 머저리 같은 짓이었다.

강우는 마정의 기운으로 균열을 억누르는 동시에 포식의 권능을 사용했다. 지금 균열을 이루고 있는 마기. 그것을 권능으로 먹어치우기 위함이었다.

몸 안으로 마기가 들어오고 균열의 마기가 마정과 섞였다.

'조금만 더.'

균열의 크기가 점점 더 작아졌다. 이제는 사람 하나가 겨우 통과할 수 있는 수준이었다.

-아아아아……!

리리스의 탄성이 들려왔다. 그의 몸을 감싸고 있던 촉수들이 조금씩 균열 안으로 다시 사라졌다.

강우의 눈이 반짝였다.

그는 모든 힘을 쥐어짜 내며 다시 한번 균열을 억눌렀다. 포식의 권능으로 흡수되는 균열의 마기의 양이 더욱 커졌다.

'마정이 거의 없어.'

너무 힘을 쓴 탓일까. 단전 내의 마정이 거의 남아 있지 않았다. 단순한 마기만으로 균열을 억누르는 것은 힘들었다.

강우는 눈을 감았다. 정신을 집중했다. 김시훈에게 배운 천룡심법을 떠올렸다. 마정이 거의 남아 있지 않다면, 지금 즉석으로 만들 수밖에 없었다.

천룡심법이 극한으로 운용됐다. 포식의 권능으로 마기를 흡수하는 족족 마정으로 만들어냈다.

마정의 팽창에 단전이 찌르르 울리는 감각이 느껴졌다.

'거의 끝났어.'

입술을 깨물었다. 아무리 마기를 제어하는 일에 탁월한 그라도 이 정도로 빠르게 천룡심법을 운용하기란 쉽지 않았다. 몸 안의 기혈이 과부하가 걸려 터질 것만 같았다.

'이제 조금만……!'

탁.

손바닥이 부딪치며 균열이 닫혔다.

닫힌 균열에서 푸른빛이 뿜어져 나와 제단 위에 기절해 있는 쿠로사키 유리에의 몸속으로 들어갔다.

'다른 차원의 존재를 불러들이는 능력'이 그녀에게 돌아오고 있는 듯했다.

"허억, 허억."

거친 숨을 토해낸 강우는 땀에 젖은 채 주저앉았다. 리리스의 소환을 막았다는 짜릿함과 마기를 극한으로 운용하면서 생긴 피로가 뒤섞였다.

"후우……."

숨을 골랐다. 과정이 순탄치는 않았지만, 어쨌든 소환을 막는 것에는 성공했다.

강우는 그 자리에 대(大)자로 뻗었다.

[띠링.]

"응?"

그때 익숙한 방울 소리가 들렸다. 감았던 눈을 천천히 뜨자, 눈앞에 메시지창이 떠올랐다.

[극마지체에 도달하기 위한 마정의 크기가 달성되었습니다.]
[극마지체의 3가지 조건이 모두 충족되었습니다.]
[육체의 변형이 시작됩니다.]

◆ 2장 ◆
극마지체

우드드드드득!

골격이 뒤틀리는 소리가 들리고, 근육이 짓이겨지며 새롭게 채워지는 듯 무시무시한 고통이 전신에 퍼졌다. 온몸을 갈가리 찢어버리고 억지로 기워 붙이는 듯한 끔찍한 고통이었다.

"……."

굳게 입을 다문 강우는 몸 안에서 이루어지는 변화에 정신을 집중했다.

극마지체라는 것이 정확히 무엇인지 스스로 파악해 둘 필요가 있었다. 차오르는 고통이 그 집중을 방해했지만 못 견딜 수준은 아니었다. 고통을 참아내는 것은 익숙했다.

'이게 극마지체인가.'

아직은 잘 모르겠다. 외형적인 변화는 이루어지지 않았고, 육체의 내부만 변화하고 있었다. 근육이 질겨지며 골격이 단단해졌다.

분명 긍정적인 변화는 맞으나 과연 이게 '극마지체'라는 거창한 이름이 붙을 정도냐고 물어본다면, 고개를 갸웃거릴 수밖에 없었다.

'음?'

그런 그의 의문에 해답을 주듯, 새로운 변화가 이뤄졌다. 단전에 자리 잡은 마정의 기운이 혈액 속으로 녹아들기 시작했다. 근육과 뼈에 이어 혈액까지 변화했다. 마기로 가득한 혈액이 전신에 퍼지자, 몸의 곳곳 모세 혈관까지 마기가 퍼져 나갔다.

'호오.'

고통이 그쳤다. 그리고 고통을 대신하여 표현하기 힘든 충만감이 전신을 감쌌다.

강우는 손가락을 움직였다. 방금까지만 하더라도 감각이 없었던 몸이 의지대로 움직였다. 천천히 몸을 일으켰다.

그러자 메시지창이 떠올랐다.

[극마지체로의 변형이 완료되었습니다.]
[모든 스탯이 5 상승합니다.]
[마신이 되기 위한 두 번째 단계가 시작됩니다.]

"호오."

강우의 눈이 반짝였다.

'모든 스탯 5 증가라.'

꽤나 만족스러운 수치였다. 무엇보다 오를 기미가 보이지 않던 마기 스탯이 한 번에 5나 상승한 것이 굉장히 마음에 들었다.

현재 그의 마기 스탯은 108. 아직 크라켄의 분노와 같은 버프 없이는 110을 넘기지 못했지만 세 자릿수의 스탯이 한 번에 5나 상승했다는 것은 분명 큰 변화였다.

실제로 마기 스탯이 증가하니 각성을 통해 만마전의 봉인이 약화되었을 때처럼 마기가 크게 늘어났다.

'하지만 그것보다 더 큰 건…….'

강우는 자신의 오른팔을 내려다보았다.

아키야마의 공격에 의해 상처를 입은 오른쪽 어깨. 그 어깨에서 흘러내리는 피는 선명한 '검은색'이었다.

'혈액에 마기가 완전히 녹아들었어.'

근육이 질겨지고, 골격이 단단해진 것도 꽤나 유의미한 변화였다. 하지만 진정으로 큰 변화는 바로 혈액에 마기가 완전히 녹아들은 것. 혈액에 녹아든 마기가 전신에 퍼져 있었다.

그것도 일반적인 마기가 아닌, 마정처럼 고도로 응축되어 있는 마기였다.

즉, 단전에만 있던 마정의 기운이 지금은 전신에 넓게 퍼져 있단 의미. 마치 몸 전체가 하나의 단전이 된 것 같은 감각이었다.

"좋군."

흡족했다. 구천지옥에 군림하고 있었을 당시에도 없었던 새로운 힘. 강해진다는 감각은 전신을 짜릿하게 전율시켰다.

'그럼 마신이 되기 위한 두 번째 단계는 뭐려나.'

극마지체에 도달함으로써 상상 이상의 변화와 힘을 가지게 되었다. 다음 경지가 궁금해지는 것은 당연지사였다.

강우는 상태창을 열어 두 번째 단계의 정보를 확인했다.

[정보]

마령(魔靈): '마신(魔神)'이 되기 위한 두 번째 단계.

*조건 1: ???

*조건 2: ???

마령이라는 이름과 두 가지 조건이 필요하다는 것 이외에 다른 정보는 없었다.

'육체 다음은 영혼인가.'

이번에도 전과 같이 마령이 어떤 힘을 가져다주는지는 알 수 없었다.

상태창을 바라보던 강우는 이내 시선을 옮겼다. 얻을 수 있는 조건을 알 방법이 없는 이상 계속 고민을 이어가는 건 시간 낭비였다.

강우는 이전에 얻었던 6차 각성 특성을 살폈다. 극마지체에 도달한 이후 완전히 개화한다는 특성이었다.

[6차 각성 특성: 악마의 창조술(Rank: SS)]

효과: 권능의 힘이 담긴 장비를 만들어낼 수 있습니다. '제작'의 과정에서 한 번에 사용된 권능의 숫자가 많으면 많을수록 강력한 힘을 가진 장비를 만들 수 있습니다.

단, 신화 등급 이상의 장비를 만들기 위해서는 그에 걸맞은 등급의 재료가 필요합니다.

*악마의 창조술로 만들 수 있는 장비는 한 개이며, 그 이상을 제작할 시 이전에 만든 장비가 파괴됩니다.

"호오."

짧은 탄성을 지른 강우의 눈이 반짝였다.

'이건 괜찮은데?'

권능의 힘이 담긴 장비를 직접 만들 수 있다는 것은 큰 메리트였다. 신화 등급 이상의 장비를 만들기 위해서는 그에 걸맞은 재료가 필요하지만, 그 말은 전설 등급까지는 별도의 재료가 필요 없다는 의미였다.

블랙펄 코트만 하더라도 얼마나 큰 전력이 되는지를 생각해 본다면 정말 좋은 특성이었다.

'이 특성이 대체 극마지체랑 무슨 연관이 있는지는 모르겠지만.'

극마지체를 달성한 후에 완전히 개화하는 특성이라고 하기엔 전혀 연관이 없어 보였다.

'다른 이유가 있나?'

지금 단계에서는 알 수 없었다. 애초에 극마지체와 악마의 창조술 사이에 연관성이 진짜 있는지 없는지도 모르는 마당에 섣부르게 추측할 순 없었다.

'크게 중요한 건 아니니까.'

중요한 건 극마지체를 달성했다는 것과 그로 인해 한 단계 더 높은 경지에 올라서게 되었다는 것. 그리고 완전히 개화한 6차 각성 특성이 꽤나 쓸모 있다는 것이었다.

강우는 의문을 접으며 오른쪽 어깨에 손을 올렸다. 재생의 권능이 발현되며 상처가 빠른 속도로 재생되기 시작했다.

"나가볼까."

상처를 치료한 강우는 한결 가벼운 마음으로 몸을 돌렸다.

리리스의 소환을 막았고, 극마지체를 달성했다. 레벨이 오르지 않은 것으로 봐서는 레벨 제한까지는 풀리지 않은 것 같았지만 어쨌든 큰 고민거리가 한 번에 두 개나 해결된 것이다.

춤이라도 추고 싶을 정도로 즐거운 상황이었다.

강우는 콧노래를 흥얼거리며 제단에 다가섰다.

'얘가 하늘의 무녀인가.'

겉으로만 봐서는 청초한 이미지의 미녀로만 보였다. 강우는 기절해 있는 그녀를 들어 올렸다.

쿠우웅!

지상으로 올라가기 위해 천공의 권능을 사용하려고 한 그때, 통로의 천장이 박살 났다.

"하아, 하아."

잘생긴 외모의 청년이 거친 숨을 몰아 내쉬며 나타났다. 푸른색과 검은색의 오드 아이가 강우를 향했다.

"무슨……."

"한발 늦으셨습니다."

"소환 의식이 열린 곳이 최상층이 아니라 여기였단 말씀입니까?"

후지모토 료마가 날카로운 눈빛으로 물었다. 강우는 통로에 설치된 제단을 턱 끝으로 가리켰다.

"보시는 대로."

"……어떻게 여기서 소환 의식이 이뤄지고 있단 걸 아신 거죠?"

"위층으로 가는 길에 악마교도가 하나도 없었으니까요."

"하, 그것만 가지고 작전 지역을 무단으로 이탈하셨단 말입니까?"

신경질적인 목소리. 강우는 피식 웃었다.

"저희에게 주어진 역할은 처음부터 혼란을 만드는 것 하나 아니었습니까? 최상층으로 향하지 않았다고 작전 지역을 이탈한 건 아니죠."

"그렇다면 미리 언질을……."

"저도 단순하게 추측을 한 것에 불과했습니다. 확실하지도 않은 정보로 왜 연락을 합니까?"

"……."

막힘없는 그의 대답에 후지모토 료마는 굳게 입을 다물었다. 그는 분하다는 듯 몸을 떨고 있었다.

'공을 혼자 독식하고 싶었겠지.'

처음에 그를 봤을 때부터 알고 있던 사실이었다.

강우는 이글거리는 눈으로 자신을 쏘아보고 있는 후지모토 료마를 지나쳤다. 그가 공로를 독식하고, 말고까지 신경 써줄 이유는 없었다.

"크읏."

후지모토 료마는 거칠게 표정을 일그러뜨렸다. 그러곤 입술을 깨문 채, 앞서가는 강우를 노려보았다.

그는 무언가 갈등하는 듯, 초조한 얼굴로 입술을 달싹였다.

이곳저곳 눈치를 살피던 그가 무언가를 결심한 듯 통신기를 들어 올렸다.

"긴급 상황! 작전 수행 중인 전 부대원에게 지원을 요청한다! 장소는 지하 통로!"

"하. 가지가지 한다, 진짜."

"한국인 플레이어 중에 악마교의 첩자가 있었다! 신속한 지원을 요청한다!"

앞서 걸어가던 강우는 어처구니없다는 표정으로 몸을 돌렸다. 후지모토가 이런 갑작스러운 지랄을 하는 이유를 추측하기는 어렵지 않았다.

'이 자식이 돌았나.'

즐거웠던 기분이 단숨에 바닥까지 곤두박질쳤다.

강우는 눈살을 찌푸리며 입을 열었다.

"뭔 짓을 하려고 하는지는 알겠는데. 그만두는 게 좋을 거야."

"헛소리하지 마라, 이 더러운 악마교도! 어서 무녀님을 내려 놔라!"

"아주 지랄도 풍년이다. 야, 그렇게까지 공을 독식하고 싶으면 네가 가져가라. 어울려 주기도 귀찮다."

강우는 안아 든 쿠로사키 유리에를 그에게 내밀었다. 그러나 후지모토 료마는 뒤로 물러섰다.

그가 양손에 강렬한 바람을 피워 올렸다.

"흥! 어디서 또 같잖은 변명을!"

분노에 찬 듯한 목소리와는 달리 그의 입은 웃고 있었다.

"하아……."

강우는 깊은 한숨을 내쉬었다.

그때 통로에서 사람들이 내려오는 소리가 들렸다. 가장 처음 미끼 역할을 맡았던 일본인 플레이어 부대. 거기에 왜인지 야마다 총리까지 끼어 있었다.

야마다 총리는 다급히 물었다.

"이, 이게 대체 무슨 상황인가!"

"보시는 대로입니다. 제가 악마교를 물리친 순간, 저자가 나타나 무녀님을 다시 납치해 가려고 했습니다!"

"……."

강우가 무언가를 말하기도 전에 후지모토 료마가 발악하듯 소리쳤다. 야마다 총리의 시선이 강우에게 향했다.

"음……."

짧은 침음이 흘러나왔다. '보시는 대로'라는 말과 앞뒤가 맞지 않는 것이 몇 개 있었다.

우선 악마교와 싸웠다는 후지모토의 상태가 너무 멀쩡했고, '긴급 상황'이라고 소리칠 정도로 급박해 보이지도 않았다.

두 번째로는 한국인 플레이어가 안아 든 쿠로사키 유리에의 상태였다.

납치하는 도중이라기에는 그녀의 옷매무새가 너무 정갈했다. 머리칼도 흐트러지지 않았다.

"총리님! 뭐하십니까!"

"아, 미, 미안하네."

야마다 총리가 화들짝 놀라며 부대원들에게 소리쳤다.

"악마교의 첩자를 포위하라!"

일본인 플레이어들이 둘러쌌다.

강우는 야마다 총리를 바라보며 피식 웃었다.

"너도 한패구나."

그는 분명 이상함을 느꼈다. 표정과 태도에서 적나라하게 드러났다. 하지만 후지모토의 일갈을 듣자마자 바로 손바닥 뒤집듯 태도를 바꿨다.

'처음부터 이런 상황도 염두에 두고 있었나.'

애초에 한국인 플레이어가 먼저 인질을 구하면 악마교로 몰아갈 생각도 있었다고 봐야 했다. 그렇지 않다면 벙커에 있어야 할 총리가 작전 지역 주변을 돌아다니고 있을 리가 없었다.

'머리 좀 굴렸네.'

이곳에 무슨 카메라가 설치된 것도, 영상을 녹화하며 작전을 펼친 것도 아니었다. 이런 경우 무죄를 증명할 방법은 목격자의 증언뿐이었다. 거기서 목격자까지 한패라면, 지나가는 누구를 악마교라고 해도 악마교가 될 수밖에 없었다.

전형적인 마녀사냥.

강우가 웃음을 터뜨렸다. 귀엽기까지 한 함정에 차오르던 짜증이 오히려 사라졌다.

'그러고 보니 저놈 눈깔이 신화 등급 장비라고 했지.'

스사노오의 눈. 해외에서도 유명한 후지모토 료마의 트레이드 마크였다.

'신화 등급 장비니까 당연히 재료도 신화 등급이겠지.'

짙은 미소가 지어졌다.

"항복."

그는 그 자리에 쿠로사키 유리에를 내려놓고 두 손을 들어 올렸다.

◆ 3장 ◆
다섯 가지의 실수

"지금 이게 뭐 하는 짓입니까!!"

장현재가 일갈했다.

손에 수갑을 찬 채, 일본인 플레이어에게 끌려오는 강우의 모습이 보였다.

후지모토 료마가 앞으로 나섰다.

"우리가 묻고 싶군요. 이자는 감히 무녀님을 납치하려고 한 악마교의 첩자였습니다."

"……뭐라고요?"

"흠……. 장현재 단장님의 표정을 보아하니 단장님도 속고 계셨던 것 같군요."

후지모토는 장현재와 백화연, 구현모를 쓱 훑어보며 말했다.

사실, 강우를 악마교의 첩자로 몰아간 이상 이 작전에 지원한 모든 한국인을 같이 악마교로 몰아가는 게 더 옳았다.

'그러면 일이 너무 커져.'

떳떳한 입장이 아닌 데다가, 이름 모를 플레이어 한 명을 악마교로 몰아가는 것과 정부 직속 부대의 단장들을 몰아가는 건 차이가 있을 수밖에 없었다.

'어차피 저들도 쉽사리 변호할 수 없어.'

그는 비릿하게 웃었다.

한국 측에서 저 플레이어를 섣부르게 변호하다가는 국가적인 분쟁으로까지 이어질 수 있었다. 하늘의 무녀를 납치하려고 한 악마교를 두둔하는 꼴이 되기 때문이었다. 그리고 무엇보다 변호할 수 있는 증거가 없었다.

승산이 없다는 것은 그들도 잘 알고 있을 것이다.

'머리가 있는 놈들이라면 적당히 빠지겠지.'

간단한 문제였다.

고작 정에 이끌려 국가 분쟁까지 발전할 수 있는 위험천만한 도박을 할 것이냐, 아니면 한 명의 희생으로 상황을 수습할 것이냐.

생각해 볼 것도 없었다. 그들은 도마뱀 꼬리를 자르듯 빠져나갈 것이다.

"……증거는 있나?"

"제가 봤고, 야마다 총리님 또한 보셨습니다. 더 이상 증거가 필요합니까?"

"두 사람이 거짓을 말한다는 증거 또한 없지 않나?"

"지금 저희를 의심하는 겁니까?"

"그건……."

장현재의 표정이 굳었다.

화랑부대 단장이라는 입장상 여기서 함부로 대답할 수는 없었다. 성급히 내뱉은 한 마디가 얼마나 큰 파장을 가져올지 그도 잘 알고 있었다.

"하, 이 새끼들이 진짜."

말문이 막힌 장현재를 대신하듯 차연주가 나섰다.

백화연이 다급히 그녀의 어깨를 잡았다.

"냐."

"연주, 우선 침착하고 대화를……."

"놓으라고."

날카로운 살기가 백화연을 향했다.

차연주는 백화연의 손을 뿌리치고 후지모토 료마에게 걸어갔다.

"눈까리가 파란 걸 보니 어디서 한 대 처맞고 헛것을 본 것 같은데, 다른 쪽 눈알도 파랗게 만들어줄까?"

"하하. 충격이 크신 것 같군요. 저도 그가 무녀님을 납치하려

했을 때 믿기 힘들었습니다. 타국에까지 일본 쪽 악마교의 세력이 뻗어 있을 줄은 예상치 못했거든요."

"이 새끼가 어디서 계속 헛소리를……."

손목에서 붉은빛과 함께 쇠사슬이 뿜어져 나왔다. 그 모습을 지켜보고 있던 강우가 나지막이 입을 열었다.

"차연주, 그만."

"이 상황에서 가만히 있으라고?"

그녀는 거친 목소리로 쏘아붙였다. 강우는 피식 웃으며 답했다.

"괜찮아."

"괜찮기 뭐가 괜찮아! 저 빌어먹을 원숭이 새끼들이……!"

"진정해. 내가 괜찮다고 말해서 안 그랬던 적 없잖아?"

"윽……!"

차연주는 침음을 삼켰다.

"가, 강우 씨……."

한설아가 당장에라도 울 것 같은 표정으로 그를 바라봤다.

"금방 돌아올게. 에키드나랑 같이 있어줘."

"저, 정말 돌아오시는 거죠?"

"그래."

"강우, 어딜 가는 거야?"

"잠깐 오해가 좀 생겨서. 금방 돌아올 테니까 얌전히 있을 수 있지?"

"응. 나, 얌전히 기다릴게."

에키드나는 고개를 끄덕였다.

그녀는 다른 사람들과 달리 강우를 걱정하지 않았다. 강우와 영혼 단계에서 엮어져 있었기에 그가 지금 진심으로 '아무렇지도 않다'라는 사실을 본능적으로 알 수 있었다.

"마지막 인사는 끝나셨습니까? 이렇게 걱정해 주는 사람이 많다니, 악마교도 주제에 꽤나 철저하게 정체를 숨기셨나 보군요."

"……."

"당신의 죄목은 재판에서 철저하게 까발려질 겁니다."

후지모토 료마가 그를 잡아끌었다. 강우는 느긋한 걸음으로 그의 뒤를 따라갔다. 본토로 향하는 배가 정착되어 있는 곳이었다.

배에 올라탄 강우는 의자에 앉아 눈을 감았다. 그의 앞자리에 앉은 후지모토가 가늘게 눈을 떴다.

"꽤나 태연한 표정이군. 여기까지 온 이상 네가 빠져나갈 가능성이 있을 것 같나?"

"……."

강우는 침묵했다.

후지모토 료마는 피식 웃음을 흘렸다.

"너도 알고 있겠지, 결국 버려질 거라고."

그 한 명의 누명을 벗기기 위해 들이는 수고가 너무도 크기에, 버리는 것이 압도적으로 나은 상황.

"진실은 중요한 문제가 아니지. 억울하겠지만 받아들여. 사형까지는 가지 않도록 손을 써두마."

진실은 중요한 문제가 아니었다. 어차피 반론할 수 없는 거짓은 진실이나 다름없었다.

강우는 도쿄에 있는 플레이어 전용 수용소로 옮겨졌다. 혹시나 그가 탈출할까 봐 걱정한 후지모토 료마에 의해 전신에 줄줄이 마력 구속구를 단 채로.

손가락 하나 까딱하기 힘든 구속구에 갇힌 강우는 벽에 기댄 채 앉았다. 좁은 독방인지라 눕는 것도 쉽지 않았다.

후지모토 료마는 철창 안에 있는 그를 내려다보며 씨익 미소 지었다.

"자, 그럼 곧 재판이 열릴 테니까 거기서 보자고."

형식적인 재판이었다.

애초에 명확한 물증이 없는 이상 증인의 발언에 전적으로 기댈 수밖에 없었고, 야마다 총리를 포함한 모든 증인은 그의 꼭두각시였다. 판결을 내릴 판사도 그의 인선으로 뽑히게 될 것이다.

유일한 걱정거리가 쿠로사키 유리에였지만 어차피 그녀는 기절해 있느라 사정을 전혀 알지 못했다.

'이번 일만 잘 풀리면⋯⋯.'

후지모토는 주먹을 불끈 움켜쥐었다.

그가 이런 억지를 부리면서까지 공을 독차지하려는 이유.

'하늘의 무녀를 손에 넣을 수 있다.'

꽤나 오래전부터 계획해 온 쿠로사키 유리에와의 결혼. 이제까지 그녀의 거부로 계속 성사되지 못했지만, 이번에는 여론을 거스르기 힘들 것이다. 사람들은 자극적인 이슈에 민감하게 반응했고, 납치당한 그녀를 홀로 들어가 구출한 사건은 충분히 자극적이었으니까.

'크으, 벌써부터 기사 제목들이 눈에 들어오는군.'

납치된 공주를 구한 영웅과의 결혼.

한 문장만 봐도 그림이 그려지지 않는가?

국민들의 기대를 거절하지 못하는 그녀의 성격상 이제는 더이상 결혼을 거부할 수 없었다.

물론, 남모르게 그녀를 사랑해 왔다는 시시한 이유는 아니었다. 그녀는 분명 아름다웠지만, 그는 그렇게 고지식하고 재미없는 여자에게는 관심 없었다.

'결혼만 잘 성사된다면……'

그는 일본이라는 국가를 손에 넣을 수 있다.

무력을 대표하는 자신과 국민들의 사랑을 한 번에 받고 있는 그녀. 둘이 합쳐진다면 늙은 일왕을 대신해 자신이 그 자리에 앉을 수도 있을 것이다.

'다시 한번 대일본 제국의 위상을 세계에 알리리라.'

격변의 날 이후 크게 손실된 국격. 경제 대국 일본의 위상은 한국보다 아래가 될 정도로 곤두박질쳤다.

후지모토는 월드 랭커의 반열에 올라섰을 때, 일본을 동아시아 최강의 국가로 만들겠다는 야욕을 품었다. 그리고 그 야망의 첫 단계는 바로 자신이 일왕의 자리에 올라서는 것이었다.

"변호사는 네 마음껏 선임해도 좋아. 널 변호해 줄 사람이 있다고는 생각하지 않지만 말이야."

그는 비릿한 웃음과 함께 몸을 돌렸다. 강우는 몸을 돌려 나가려는 후지모토에게 나지막이 입을 열었다.

"너 말이야."

차가운 조소와 함께 말이 이어졌다.

"네가 똑똑하다고 생각하나 보지?"

"……뭐?"

"네가 계획한 대로, 모든 게 잘 흘러가고 있다고 생각해?"

"하."

후지모토는 가소롭다는 듯 웃었다.

"물론이지. 지금 철창 안에 갇힌 네 꼴만 보더라도 쉽게 알 수 있지 않나?"

마력 구속구에 갇혀 손가락 하나 움직이지 못하는 모습. 꿈틀거리는 벌레와도 같은 비참한 모습이었다.

강우는 가볍게 웃음을 터뜨렸다.

"다섯 가지야."

"……뭐가 말이냐?"

"네가 실수한 횟수. 넌 이미 다섯 번이나 실수했다고."

"……하, 하하하! 재밌는 말을 하는군!"

자신의 계획이 완벽하지 않다는 사실은 그도 알고 있다. 즉흥적이었고, 허점이 많은 계획이었다. 하지만 아무리 그래도 지금까지 다섯 번이나 실수를 저지르지는 않았다.

"궁지에 몰리니 되는 대로 헛소리를 내뱉는군."

"글쎄……."

강우는 벽에 몸을 기댄 채, 잠을 청하듯 눈을 감았다.

"나중에 싫어도 알게 될 거야."

"하……. 어이가 없군."

후지모토는 혀를 차며 고개를 저었다.

"과연 그 여유가 재판장에서도 이어질지 보자고."

그 말을 마지막으로 후지모토는 감옥을 나섰다.

달칵.

문이 닫히는 소리와 함께 무거운 침묵이 내려앉았다.

독방은 24시간 CCTV로 감시되고 있었고, 철장은 랭커도 쉽게 부술 수 없는 단단한 재질로 만들어져 있었다.

강우는 눈을 감고, 편안하게 벽에 몸을 기댔다. 악명 높은 감옥에 갇혔다고 볼 수 없을 정도로 느긋한 모습이었다.

시간이 흐르자, 날이 저물고 밤이 드리워졌다.

그는 감았던 눈을 천천히 떴다.

"슬슬 움직여 볼까."

강우는 그렇게 중얼거리며 권능을 사용했다.

혈액 속에 녹아든 마정이 기운이 피어올랐다. 신체의 마력을 억압하는 구속구에 전신이 구속되어 있다고 생각할 수 없는 자연스러운 힘의 발현.

후지모토의 첫 번째 실수.

'나한테는 마력 구속구가 통하지 않아.'

마기와 마력은 효과 자체는 비슷하지만, 근본적으로는 다른 힘이었다. 구속구는 그에게 아무런 제약이 되지 못했다.

강우는 투영의 권능과 함께 인형의 권능을 사용했다. 그렇게 하자 그의 몸이 마치 유체 이탈을 한 듯 구속구에서 빠져나왔다.

고개를 내리자 인형의 권능으로 만들어낸 가짜 육체가 보였다. 강우는 감옥 안에 가짜 육체를 놓아둔 채 수용소를 탈출했다. 범죄자 플레이어가 탈출할 수 없도록 철통 경비를 자랑하는 수용소였지만 온전히 권능을 사용할 수 있는 강우에게는 큰 문제가 되지 않았다.

"후우."

시원한 밤공기가 뺨을 스쳤다. 고작 반나절 감옥에 갇혔을 뿐인데 해방감까지 느껴졌다.

천공의 권능을 사용해 하늘로 날아오르니 도쿄의 번화한 도시가 발아래 펼쳐졌다.

"그럼 이제 재판을 준비해 볼까."

물론, 이대로 도망치는 것도 가능했다. 한국으로 도망가 신분을 세탁하고 살 수도 있었다. 하지만 상대방의 의도에 맞춰 놀아주는 것은 성미에 맞지 않았다.

'악의에는 더 큰 악의로, 살의에는 더 큰 살의로.'

살아남기 위해 그가 터득한 지혜였다.

강우는 기지개를 켰다.

최대한 빠르게 재판을 연다고 했으니 며칠 지나지 않아 재판이 시작될 것이다.

"부지런히 움직여야겠네."

그의 몸이 밤하늘을 갈랐다.

악마교에 의한 쿠로사키 유리에의 납치 사실이 공표되자, 일본 전체가 충격에 휩싸였다.

하지만 그것도 잠시, 후지모토 료마가 납치된 그녀를 극적으로 구출했다는 소식이 전해지자 분위기는 단숨에 반전됐다.

사람들을 열광했다.

일본 플레이어를 대표한다고 할 수 있는 후지모토 료마가 하늘의 무녀의 무녀를 구출했다! 모든 뉴스가 후지모토 료마에 대한 찬양과 앞으로 두 사람의 관계에 대해서 도배됐고, 해외에서까지 큰 사건으로 다뤄졌다.

상대적으로 강우의 사건은 크게 다뤄지지 않았다. 아니, 거의 언급 자체가 없다시피 했다. 완전히 판결이 나기 전에 사건이 커지는 것을 막기 위해 후지모토 료마가 언론에 손을 써뒀기 때문이었다.

그렇게 3일. 국민적인 영웅으로 거듭난 후지모토 료마는 재판장으로 향하고 있었다. 오늘은 작전에 참여한 한국인 플레이어, 오강우의 재판이 있는 날이었다.

"이번 재판은 와카베 판사가 맡도록 했지?"

"옛!"

"좋아."

후지모토는 짙은 미소를 지었다.

와카베 노부히토. 이제까지 몇 번 있었던 법정 시비를 원활하게 풀어준 판사였다. 적당히 탐욕스럽고, 눈치가 빨랐다. 이번에도 재판은 수월하게 진행될 것이다.

"증인으로는 야마다 총리가 나서기로 했습니다."

"하하하! 좋군."

총리의 증언이라니. 만약 와카베가 자신의 인선이 아니라 하더라도 무조건 승소할 수밖에 없는 상황이었다.

후지모토는 자신이 하나하나 쌓아 올린 인맥들이 하나의 성을 이루는 것을 느꼈다.

'그리고 곧 그 성의 왕은 내가 되겠지.'

오강우라는 놈의 여유로운 태도가 못내 거슬리기는 했지만, 이제는 뒤집을 방법이 없다.

마녀사냥에서 그토록 많은 인간들이 희생된 이유는 애초에 자신이 마녀가 아니라는 것을 증명할 수 있는 방법 자체가 없었기 때문이었다.

이번에도 마찬가지. 그에게는 악마교가 아니라는 것을 증명할 방법 자체가 없었다.

'여기서 마정도 몇 개 구할 수 있으면 최곤데.'

마정. 악마교가 사용하는 마기가 응축된 검은 보석이었다. 만약 그것을 구할 수 있다면 더욱 확실하게 그를 악마교로 몰아갈 수 있었지만 아쉽게도 마정을 구하지는 못했다.

'괜히 구하려고 했다가 나까지 악마교로 엮이면 곤란하니까 말이야.'

어차피 야마다 총리가 증인으로 나선 것만 하더라도 그에게 빠져나갈 구멍은 없었다.

후지모토는 가벼운 발걸음으로 재판장에 들어섰다. 자신을 죽일 듯이 노려보는 차연주와 다른 한국인들의 모습이 보였다.

'어지간히 화가 난 모양이군.'

그는 비릿한 미소를 머금었다.

하긴, 자신의 동료가 생뚱맞게 악마교로 몰리게 됐으니 저런 반응을 보이는 것도 이상하지 않았다.

'하지만 지난 3일간 아무 조치를 하지 않았다는 건 저쪽에서도 포기했다는 거겠지.'

화가 나면 또 어떤가. 세상일은 단순히 분노하는 것만으로 바뀌지 않았다.

"후지모토 료마 씨! 이번 재판에 대해 별다른 정보가 없는 상황인데, 어떤 일인지 알려주실 수 있을까요?"

"갑작스럽게 한국인 플레이어에게 재판이 열리는 이유가 무엇입니까?"

재판장에 들어서자 대기하고 있던 기자들이 우르르 몰려왔다. 지난 3일간은 언론을 통제했었지만, 오늘은 그럴 필요가 없었다. 오늘 이 자리에서, 악마교의 첩자 오강우에 대한 진실들이 낱낱이 밝혀질 테니까.

후지모토는 방긋 미소를 지으며 대답했다.

"재판 결과가 나오기 전까지는 말씀드리기 어렵군요."

"무슨 재판인지만이라도……."

"무녀님을 납치한 세력과 연관 있는 재판입니다. 자세한 내용은 여러분이 직접 보시는 게 좋을 것 같습니다."

"무녀님을 납치한 세력이라면……."

"악마교? 악마교와 한국인이 관련 있단 말인가?"

기자들이 술렁였다. 그들은 사전에 정보가 거의 없었던 이번 재판에 대해서 온갖 추측을 떠들어대기 시작했다.

후지모토는 흡족한 미소를 지으며 그들을 바라보다 자리에 앉았다.

저벅, 저벅.

재판장에 들어가 느긋이 기다리자 강우가 모습을 드러냈다. 전신에 찬 마력 구속구는 벗었지만, 여전히 손목이 묶여 있는 상태였다.

후지모토는 강우가 들어오자마자 분노한 표정으로 그를 노려보았다. 벌써부터 나름의 연기를 시작한 것이다.

곧이어 와카베 판사가 재판석에 앉았다.

그의 상태는 썩 좋아 보이지 않다. 창백한 표정에 부들부들 몸을 떠는 게, 마치 공포에 질린 것처럼도 보였다.

탕. 탕.

"재, 재판을 시작하겠습니다."

와카베 판사는 후지모토 쪽을 향해 고개를 돌렸다.

"우선 피고 오강우에 대한 검찰 쪽 증언해 주세요."

"예."

검찰 측이 자리에서 일어섰다.

"피고 오강우는 쿠로사키 유리에 님의 구출 작전에 참여한 한국인 플레이어입니다. 그는 북쪽 출구를 돌파하는 작전 중 갑작스럽게 진영을 이탈, 지하에서 이뤄지고 있던 악마교의 소환 의식에 가담했습니다. 후지모토 료마 씨가 소환 의식을 저지하고 악마교를 쓰러뜨리자, 숨어 있던 그는 제단 위에 기절해 있는 쿠로사키 유리에 님을 납치해 달아나려 했습니다."

"이 개자식들이 무슨 헛소리를 하는 거야?"

쾅!

검찰 측의 말을 듣다 못한 차연주가 자리에서 일어섰다.

장현재와 백화연이 그녀를 다급하게 말렸다. 차연주는 표정을 일그러뜨린 채 두 사람에게 끌려 자리에 앉았다.

짧은 소란 이후, 와카베 판사의 시선이 강우에게 향했다. 느긋한 표정으로 피고석에 앉아 있는 그에게 와카베 판사가 입을 열었다.

"피, 피고인은……."

달그락!

그가 손에 쥐고 있는 판사봉이 떨어졌다.

와카베 판사는 창백하게 질린 얼굴로 외쳤다.

"죄, 죄송합니다!"

누구에게 향하는지 모를 사죄.

그는 다급히 판사봉을 쥐고는 깊게 숨을 들이쉬었다. 그러고는 강우의 눈을 똑바로 바라보지도 못한 채 떨리는 목소리로 말을 이었다.

"크흠. 그럼 재판을 이어가겠습니다. 피, 피고인의 변호사는……."

"없습니다."

"그렇다면 따로 변호하실 말은 없습니까?"

"전 악마교가 아닙니다."

"……."

침묵이 내려왔다.

"끄, 끝입니까?"

"예."

강우는 미소를 지은 채 고개를 끄덕였다.

"푸흡!"

후지모토 료마는 입을 가린 채 터져 나오려는 웃음을 참았다.

'고작 저걸 변호라고 하는 건가?'

이쯤 되면 그냥 저 오강우라는 놈의 지능이 딸린다고밖에 생각할 수 없었다.

후지모토의 머릿속에 남아 있던 불안감이 말끔하게 사라졌다. 이 재판은 이겼다. 질 수가 없다. 처음부터 승자가 정해진 게임이었다. 지금 재판을 하는 것은 단순한 의례에 불과했다.

"그럼 증인으로는 야마다 총리님이 증언하겠습니다."

"증인, 입장해 주세요."

야마다 총리가 증인석으로 걸어 나왔다.

"응?"

후지모토는 고개를 갸웃거렸다.

야마다 총리의 상태가 좀 이상했다. 얼굴은 창백하게 질렸고, 몸은 덜덜 떨고 있었다.

'어제 와카베 판사랑 뭔 일이 있었나?'

지금 와카베 판사의 모습과 뭔가 비슷해 보였다.

'뭐, 늙은이들이니 어쩔 수 없나.'

그들은 플레이어조차 아니었으니 건강에 적신호가 온다고 해도 이상하지 않았다.

후지모토는 느긋한 표정으로 야마다 총리의 증언을 기다렸다. 기자들 또한 눈을 빛내며 야마다 총리를 바라보았다.

"저는⋯⋯."

야마다 총리의 말이 이어졌다. 그는 떨리는 목소리로 입을 열었다.

"오늘 이 자리에서, 숨겨뒀던 진실을 하나 밝히려고 합니다."

"······응?"

후지모토는 눈살을 찌푸렸다.

예상에는 없던 전개였다.

"저는… 후지모토 료마에게 협박을 받고 있습니다."

"뭣?"

"뭐, 뭐야?"

"무슨 말이야 저게?"

재판장에 소란이 퍼졌다.

야마다 총리는 강우를 힐끔 쳐다보더니 다시 말을 이었다.

"후지모토 료마는 자신의 정체를 숨기기 위해 한국인 플레이어를 악마교로 몰아가고 있습니다. 이번에 법정에 선 오강우 플레이어 또한 그 악랄한 계획의 희생자입니다."

"무슨 개소리를 하는 거야!"

쾅!

후지모토가 자리를 박차고 일어났다.

사람들의 시선이 그에게 집중됐다. 그는 주변 기자들의 눈치를 살피며 깊게 숨을 들이쉬었다.

"후우······. 총리님, 갑자기 무슨 말씀을 하시는 겁니까? 정체를 숨기다뇨, 무슨 정체 말입니까?"

"후지모토 료마는……."

야마다 총리는 꿀꺽 침을 삼켰다. 긴장에 찬 그의 목소리가 재판장을 울렸다.

"악마교입니다. 사실 이번 쿠로사키 유리에 님을 납치한 것도 후지모토입니다."

"뭐, 뭐라고? 너 이 개자식이 무슨 헛소리를……."

"초, 총리님! 그게 무슨 말씀입니까!"

"정확하게 말씀해 주십쇼!"

기자들이 자리에서 일어섰다.

후지모토 료마가 쿠로사키 유리에를 납치한 범인이라니. 이건 폭탄을 넘어 자연재해에 가까운 발언이었다.

"사실 저는 오래전부터 이 사실에 대해서 알고 있었습니다. 하지만 그가… 후지모토 료마가 함부로 이 사실에 대해 발설하면 제 일가족을 모두 악마의 제물로 바쳐 버리겠다고 협박했습니다."

"하, 아니, 이 늙은이가 미쳤나……."

후지모토는 어처구니없다는 듯 헛웃음을 흘렸다.

그와 야마다 총리가 상하 관계에 있는 것은 사실이었다. 하지만 자신은 그의 가족을 인질로 잡은 적도, 쿠로사키 유리에를 납치한 적도 없었다. 하늘의 무녀를 납치한 것은 어디까지나 악마교의 소행이었다.

'대체 무슨 일이 일어나고 있는 거야?'

이해할 수 없었다. 야마다 총리가 대체 무슨 이유로 자신을 악마교로 몰아간다는 말인가? 납득할 수 있는 이유가 조금도 생각나지 않았다.

후지모토는 예상 밖의 사태에 정신이 혼미해졌다.

"총리님! 지금 발언이 진실입니까?"

"그렇다면 이번에 후지모토 씨가 인질을 구출한 것에 대해서는 어떻게 설명하실 수 있습니까?"

"그 점에 대해서도 얘기할 게 있습니다. 이번에 무녀님을 구출한 것은 후지모토가 아닌 저기 앉아 있는 한국인 플레이어, 오강우 씨입니다. 후지모토는 오히려 소환 의식이 최상층에서 이뤄지고 있다는 거짓 정보를 흘려 작전을 방해하려고 한 첩자입니다."

다시 한번 커다란 혼란이 일었다. 기자들 중 몇몇은 손에 쥔 녹음기를 떨어뜨리기까지 했다.

"지랄하지 마! 여러분! 모함입니다! 야마다 총리는 지금 제정신이 아닙니다!"

소란이 더욱 커졌다.

강우는 그런 소란을 즐겁다는 듯이 바라보았다. 터져 나오려는 웃음을 필사적으로 억눌렀다.

'이게 네 두 번째 실수지.'

그에게는 대상을 지배해 꼭두각시로 만들 수 있는 권능이 있었다. 다른 사람을 지배할 수 있는 권능이 있는 이상 '증인의 발언으로 죄를 몰아간다'라는 후지모토의 전략 자체가 박살 날 수밖에 없다.

'증인으로 야마다 총리를 세웠으면 안 됐지.'

야마다 총리는 플레이어가 아닌 일반인이었다. 그에게는 지배류 권능에 저항할 수 있는 어떠한 힘도 없었다. 증인이 필요했다면 차라리 그때 같이 지하 통로에 들이닥쳤던 플레이어 중 한 명을 증인으로 세우는 것이 나았다.

"이 미친 새끼가……! 증거 있어? 어? 증거 있냐고!"

후지모토가 발작하듯 외쳤다. 야마다 총리가 고개를 끄덕였다.

"증거는 있습니다. 여러분 이걸 보십쇼. 이번에 후지모토의 자택에서 발견한 물건입니다."

야마다 총리가 품속에서 검은색 보석을 꺼내 들었다.

"이 보석은 마기가 응축된 물건, 마정입니다. 후지모토의 자택에서 이 물건이 발견됐습니다."

"뭐……?"

후지모토는 멍청한 표정을 지었다.

강우는 결국 웃음을 참지 못하고 가볍게 웃음을 터뜨렸다. 마정은 악마교만이 사용하는 물건이며, 만들 수 있는 물건이었다.

하지만.

'나도 만들 수 있단 말이지.'

그의 세 번째 실수. 강우 또한 마정을 만들어낼 수 있는 것을 그는 알지 못했다.

"하, 하하하하!! 이거 참 재밌네요."

한바탕 웃음을 터뜨리며 후지모토가 날카로운 눈빛으로 야마다 총리를 노려보았다. 입은 웃고 있었지만, 그의 눈에는 끔찍한 살기가 일렁이고 있었다.

"으, 으으……."

야마다 총리가 바들바들 몸을 떨었다. 그의 시선이 일순 강우에게 향했다.

야마다 총리는 꿀꺽 침을 집어삼켰다. 분명 후지모토의 살기는 두려웠다. 하지만 강우에 대한 공포에 비할 바는 아니었다. 공포의 권능으로 완전히 지배된 그에게 있어서 오강우라는 존재는 항거할 수 없는 공포였다.

야마다 총리는 바들거리는 몸을 진정시키며 이어지는 후지모토의 말을 기다렸다.

"제 자택을 멋대로 수색한 건 그렇다 쳐도… 거기서 마정이 나왔다는 건 어떻게 증명하실 생각이십니까?"

대체 어디서 마정을 구했는지는 알 수 없었다.

하지만 다짜고짜 마정을 들고 와서 '너희 집에서 발견한 물건이다'라고 말해봤자 의미는 없었다. 경찰도 아닌 사람이 마약을 들고 와 '너희 집을 수색하니 마약이 나왔다'라고 주장하는 것과 마찬가지인 상황이었다.

물론, 야마다 총리는 경찰 이상의 권위를 가지고 있는 인물이었지만 권위라고 하면 국가적인 영웅으로 추앙받는 후지모토 또한 만만치 않았다.

"믿을 만한 길드에게 수색을 요청했다. 이번 사건에 대해서는 그들이 증명해 줄 것이다."

"믿을 만한 길드……?"

후지모토는 표정을 구겼다.

일본에는 '믿을 만한 길드'라고 부를 만큼 강한 영향력을 가진 길드는 없었다. 플레이어의 평균 레벨이 낮았기 때문이다. 그런데 갑자기 믿을 만한 길드에 수색을 요청했다니?

"그건 또 무슨 헛……."

"이번에 후지모토의 저택 수사를 해주신 것은 이분들입니다."

달칵.

재판장의 문이 열리고 사람들이 시선이 문을 열고 들어온 사람들에게 향했다. 곧 경악에 찬 탄성이 재판장을 울렸다.

"처, 천검문!"

"천소연이 왜 여기에……!"

재판장의 문을 열고 나온 것은 동그랗게 머리를 땋은 여인이었다. 가만히 걷는 것만으로도 침이 삼켜지는 색기가 흘러나오는 여인. 천소연. 중국 최대 길드 천검문의 문주인 천무진의 딸이었다.

"반갑습니다. 이번에 후지모토 료마의 악마교 의혹에 대해서 조사를 맡게 된 천소연이라고 합니다."

판사의 허가도 없이 증인석에 선 그녀는 방긋 미소를 지으며 입을 열었다. 그녀는 통역도 없이 능숙한 일본어로 말을 이었다.

"본 사건에 대해서 야마다 총리를 통해 전해 들은 것은 3일 전, 쿠로사키 유리에 님의 납치 사건이 끝난 직후였습니다."

"가, 갑작스럽게 중국 측에서 개입하게 된 이유는……."

"잠시. 우선 제 말이 끝난 후에 질문을 받아도 괜찮을까요?"

"아, 예……. 죄송합니다."

소란스러웠던 재판장에 무거운 침묵이 흘러내렸다.

천소연은 과연 천무진의 딸이라는 탄성이 절로 나올 정도로 묘한 카리스마를 가지고 있었다.

그녀는 강우가 있는 쪽을 힐끔 바라보더니 슬쩍 입술을 핥았다.

"야마다 총리님은 이번 사건을 통해 후지모토 료마가 무녀님을 구한 영웅으로 추앙받는 것에 크나큰 죄책감을 느끼고 계셨다고 말했습니다. 그리고 우리 천검문에게 그의 진짜 정체가 사람들에게 알려질 수 있도록 도와달라고 부탁하셨죠."

"무슨 개소리를 하는 거야!"

흥분한 후지모토의 목소리가 울려 퍼졌다.

천소연은 그의 말을 무시했다.

"악마교의 위험성에 대해서는 우리 천검문도 잘 알고 있습니다. 무려 월드 랭커는 이름으로 전 세계에 이름을 떨치고 있는 그의 정체가 악마교라는 말에 가만있을 수는 없었습니다. 저희는 아마다 총리님의 부탁을 듣고 은밀하게 후지모토의 집을 수색했습니다."

"자, 잠깐. 대체 무슨 소릴 하는 거야 지금?"

"그 결과는……."

천소연의 표정이 어두워졌다.

단순한 표정의 변화만으로 무거운 긴장감이 재판장에 내려앉았다. 무수한 남자의 마음을 들었다 놨다 한 그녀만의 기술이 다른 방향으로 쓰이고 있었다.

"후지모토 료마는 악마교에 몸을 담고 있었습니다. 그의 자택에서는 마정을 비롯한 마기를 지닌 물건을 여럿 발견하였습니다."

"이 미친년이 진짜!!"

후지모토가 발작하듯 소리쳤다.

머릿속이 하얗게 변하는 기분이었다. 상황이 전혀 생각지 않은 방향으로 전개되고 있었다.

'대, 대체 뭐야 이게?'

야마다 총리가 마정을 발견했다고 말했을 때와는 상황 자체가 달랐다.

그녀는 천검문이었다. 중국 최대, 아니, 동아시아에서 최강의 세력을 지닌 천검문! 그들이 직접 조사를 한 후 내뱉은 말이라면 신뢰도의 면에서 차원이 다를 수밖에 없었다.

'왜 천검문이 나선 거야?'

아무리 생각해도 이해할 수 없었다. 천검문 같은 초대형 길드가 왜 이런 사기판에 끼어든단 말인가?

'이대로는……'

표정이 창백하게 질렸다. 숨이 거칠어졌다. 이대로는, 빼도 박도 하지 못하고 악마교로 몰려 버린다. 하지만 그것을 알고 있음에도 아무것도 할 수 없었다.

할 수 있을 리가 없었다. 마녀사냥은 마녀가 아니라는 것을 증명할 방법이 없었기에 이루어졌다.

악마교도 마찬가지였다. 악마교가 아니라는 것을 증명할 방법이 없었다.

마기를 가지고 있지 않다? 악마교도들 중 고위 사제급 이상은 그들의 심장 안에 완벽하게 마기를 숨기는 방법을 가지고

있었다. 심장을 적출해서 확인하지 않는 한 마기의 유무로는 그들을 분간할 수 없었다,

"제길!"

욕지기가 치밀어 올랐다. 억울했다. 자신은 악마교가 된 적도, 되려고 한 적도 없었다. 자신이 하늘의 무녀를 납치하고, 일부러 거짓된 정보를 흘려 작전을 방해하려 했다고? 모두 새빨간 거짓말이었다.

하지만 반론을 할 수 있는 그 어떤 말도, 방법도 생각나지 않았다.

"본 사건에 대해서는 천검문의 이름을 걸고 맹세하겠습니다. 후지모토 료마, 저 악독한 자의 정체는 가면을 쓴 악마교입니다."

쐐기를 박아 넣듯, 그녀가 말했다.

사람들의 시선이 후지모토 료마에게 향했다.

"아, 아니야."

연약한 목소리. 부정하는 그 자신도 지금 이 상황이 돌이키기 힘든 상황까지 갔다는 것을 알고 있었다.

"아니라고!"

"그 점에 대해서는 천검문에서 철저하게 조사하도록 하겠습니다. 판사님, 우선 후지모토 료마에 대한 구속 처분을 내려주시지 않으시겠습니까?"

천소연은 재판석에서 앉아 있는 와카베 판사에게 고개를

돌렸다. 와카베 판사는 다급히 고개를 끄덕였다.

"아, 알겠습니다. 후지모토 료마에 대한 구속 수색을 허가합니다!"

탕! 탕!

판사봉이 큰 소리를 냈다.

이번 재판과는 아무런 연관도 없는, 엉뚱한 판결이었지만 상황이 워낙 정신이 없다 보니 아무도 그 점에 대해서 지적하지 않았다.

"이것들이……."

그는 일그러진 표정으로 입술을 깨물었다. 증오에 찬 시선은 자연스럽게 강우가 있는 방향으로 향했다.

강우는 강 건너 불구경하듯 흥미진진한 표정으로 이쪽을 바라보고 있었다. 옆에서 누가 팝콘이라도 쥐어준다면 정신없이 먹을 기세였다.

'슬슬 끝나가는군.'

강우는 의자 등받이에 느긋이 등을 기댔다.

후지모토의 네 번째 실수. 그것은 강우가 아무런 연줄도 없는 이름 모를 플레이어라고 생각했다는 것이다.

'원치 않게 빚을 지게 됐지만.'

자신을 향해 입맛을 다시듯 입술을 핥았던 천소연의 모습이 떠올랐다.

그녀에게 이번 사기극에 동참해 달라고 부탁한 것은 아니었다. 천소연은 진짜로 후지모토 료마가 악마교라고 생각하고 있었다.

강우가 한 일은 야마다 총리를 조종해 그녀를 불러들이고, 후지모토의 자택에 마정을 숨긴 것밖에는 없었다.

하지만 그녀가 야마다 총리의 부탁에 선뜻 응했고, 천검문의 이름까지 걸어가며 적극적으로 나선 이유는 역시 자신이 억울한 누명을 쓰게 될 상황에 놓였기 때문이리라.

'뭐, 어쨌든 큰 도움이 됐으니까.'

그녀의 말로 인해 쐐기가 박혔다. 후지모토가 빠져나갈 구멍은 없었다.

"여러분! 저는 결백합니다! 천검문은 지금 일본을 집어삼키기 위해 술수를 벌이고 있는 겁니다! 속지 마십쇼! 저들은 중국인입니다! 그들이 어떤 족속인지는 모두 아시지 않습니까!"

'추하다, 인마.'

궁지에 몰려 국가 감정까지 끄집어내는 그의 모습을 바라보며 강우는 가볍게 혀를 찼다.

물증이 있고, 그를 보증할 권위 있는 단체가 있었다. 저들이 중국인이라는 이유 하나만으로는 상황을 뒤집을 수 없었다.

끼익.

그때. 문이 열리며 한 여인이 재판장 안으로 걸어 들어왔다.

"어……?"

"쿠, 쿠로사키 유리에 님?"

쿠로사키 유리에. 지난 3일간 병석에 누워 있던 그녀가 재판장에 모습을 드러냈다.

강우의 표정이 살짝 일그러졌다.

'쟤는 왜 갑자기 여기 온 거야?'

계획에 없었던 일이었다. 예상치 못했던 인물의 등장에 묘한 불길함이 느껴졌다.

"우선 이번 일로 인해 국민 여러분께 심려를 끼쳐 드려 죄송합니다."

그녀는 허리를 숙였다.

청초한 인상의 외모와 맑은 목소리, 단아한 몸짓과 기품 있는 분위기. 순백을 연상시키는 여인이었다.

"이번 사건의 발단이 된 사람으로서, 한 말씀 드리기 위해 이 자리에 왔습니다."

그녀의 시선이 강우를 향했다. 순간 왜인지는 알 수 없지만, 강우의 몸에 묘한 소름이 느껴졌다.

"당시 사건에서 저를 구해주신 분은 저기 계신 한국인 플레이어입니다."

"하, 하지만 그때 쿠로사키 님은 기절해 있으셨다고……."

"아주 조금이지만 의식이 있었습니다. 정확한 내용은 기억나지 않지만… 한 가지는 확실합니다. 후지모토 씨는 저를 구하지 않았습니다."

"……."

침묵이 내려앉았다. 천검문이 쐐기를 박은 상황에 관까지 만들어 후지모토를 집어 처넣는 듯한 상황이었다.

"아, 아……."

후지모토 또한 모든 희망을 잃은 눈빛으로 그 자리에 털썩 주저앉았다.

강우는 여전히 이해할 수 없다는 표정으로 쿠로사키 유리에를 바라보았다.

'이상해.'

당시 쿠로사키 유리에는 완전히 기절해 있었다.

조금이지만 의식이 있었다고? 그랬다면 자신이 몰랐을 리가 없었다. 직접 안아 들기까지 한 사람의 의식이 있는지 없는지 눈치채지 못할 정도로 그의 기감은 무디지 않았다.

'왜 거짓말을 하는 거지?'

그녀의 행동이 이해 가지 않았다. 강우는 그녀에게 지배류 권능을 사용하지 않았다.

아니, 정확히 말하면 사용하지 못했다. 쿠로사키 유리에는 9차 각성을 마친 랭커급 플레이어였기 때문에 지배류 권능이 통하지 않았다. 그렇다면 지금 이 행동은 그녀 스스로의 의지로 한 행동이라는 것.

'분명 국민을 위해 모든 걸 헌신하는 성격이라고 들었는데.'

어쨌거나 후지모토는 일본 국민에게는 무척 중요한 영웅이었다. 영웅이라는 존재가 지금 일본인들에게 얼마나 절실한지는 그녀도 잘 알고 있을 것이다.

진정으로 국민을 위한다면 후지모토 료마를 옹호해 주는 것이 맞았다. 아니, 최소한 침묵이라도 해야 했다. 진짜 의식이 있어서 강우가 그녀를 구한 당사자라는 사실을 알고 있다고 해도 마찬가지였다.

'진실을 명백하게 밝히기 위해?'

그럴 리가. 소년 만화가 아니었다. 진실은 중요하지 않았다. 진실처럼 보이는 것들만이 중요할 뿐이다.

그리고 그 진실처럼 보이는 것들은, 언제나 이해와 타산 속에서 만들어졌다. 쿠로사키 유리에는 이런 행동을 해서 얻을 수 있는 이득이 없었다.

'대체 뭐지.'

생각은 오래 이어지지 못했다. 굉음과 함께 재판장 전체가 뒤흔들렸다. 강력한 폭풍이 재판장 안에 몰아쳤다.

"으아아아아아아!"

후지모토가 절규를 내지르며 재판장의 벽을 박살 냈다. 그의 몸이 하늘로 날아올라 순식간에 사라졌다.

"저, 저저저!"

"잡아라!"

천소연이 데려온 천검문의 무사들이 그의 뒤를 쫓았다.

강우는 자리에서 일어섰다.

우득.

손목에 채워진 마력 구속구가 간단하게 박살 났다.

"가, 강우 씨!"

"이, 이게 어떻게 된 일이야?"

차연주와 한설아가 다급히 달려왔다.

"나중에 얘기해 줄게. 아직 할 일이 하나 남았거든."

"……할 일이 남았다고?"

강우는 고개를 끄덕이며 후지모토가 도망친 방향으로 걸어 갔다.

"먼저 호텔로 돌아가 있어. 저녁쯤에는 돌아갈 테니까 같이 밥이나 먹자. 참, 나 스시 먹어보고 싶은데 맛있게 하는 집 좀 알아봐 줘."

"지금 상황에서 무슨 헛소리를……."

차연주의 말이 끝까지 이어지기 전에, 천공의 권능을 사용 한 강우의 몸이 날아올랐다.

그의 몸이 순식간에 시야에서 사라졌다.

"……."

남겨진 이들은 멍한 표정으로 후지모토가 뚫고 지나간 벽을 올려다보았다.

탁.

강우는 건물 옥상에 도착했다. 일본에 보기 드문 고층 빌딩이었다. 옥상에 서서 잠시 기다리니 하늘에서 빠른 속도로 무언가가 접근했다.

콰아앙!

짙은 연기가 피어올랐다.

연기 속에서 후지모토 료마의 모습이 드러났다. 분노와 당황, 증오로 일그러진 표정.

"너, 이 개자식이 감히……."

"다섯 번째야."

"…뭐?"

강우는 가볍게 웃음을 터뜨렸다.

"이게 네 다섯 번째 실수라고."

"……."

"토사구팽을 하려면 삶아 먹을 게 개인지 사자인지는 분간할 줄 알았어야지."

조롱에 찬 목소리에 후지모토의 얼굴이 붉어졌다.

그는 거친 숨을 몰아 내쉬며, 손을 들어 올렸다. 눈 깜짝할 사이에 만들어진 바람의 창이 강우에게 쏘아졌다.

파아앙!

강우는 철벽의 권능을 사용했다. 몸 주변에 만들어진 검은 방벽이 바람의 창을 박살 냈다.

"죽여주마. 갈가리 찢어서, 그 누구보다 고통스럽게 죽여주마!"

"하아······. 좀 아쉽긴 하네."

"아쉽, 다고?"

"사실 좀 기대했거든. 처음에는 나름 괜찮은 콘셉트로 나왔잖아?"

"무슨 소릴 하는 거냐."

후지모토가 낮은 목소리로 물었다. 강우는 느긋하게 몸을 풀었다.

"겉으로는 친절하고, 예의 바른 척하지만, 뒤에서 조종하는 흑막 같은 캐릭터 말이야. 난 너 같은 놈들을 꽤나 좋아한단 말이지. 그런데······."

가볍게 혀를 찬다.

"실망했어. 너무 쉽게 가면이 무너졌잖아. 차라리 백강현이 더 나았어."

"……."

"발상은 좋았어. 의도도 나쁘지 않았지. 하지만 머리가 너무 모자랐어. 멍청하면 이런 일 하면 안 돼."

"너, 이 개……."

"할 말이 없어지면 욕부터 나오는 것도 좀 실망스러워. 슬슬 그 뻔한 반응에도 질리고 있거든. 차라리… 하아. 그래, 차라리 아키야마라는 놈이 더 나았어."

정말로 실망했다는 목소리였다. 고작 이것밖에 하지 못하냐고 질책하는 듯한 말투였다.

"실망했다고……?"

몸이 떨렸다. 입안이 바짝 타들어 가는 감각이 느껴졌다. 주체할 수 없는 감정에 속이 뒤집어질 것만 같았다. 비참하고, 처참했다. 그를 이용하려 했던 자신의 계획은 더 이상 밑바닥이 보이지 않을 정도로 철저하게 짓밟혔다. 왜 더 잘하지 못했냐는 질책을 이용하려 했던 대상에게 들을 정도로.

믿을 수 없을 만큼 격렬한 분노가, 머릿속에 퍼져 나갔다.

"으, 아."

말조차 제대로 나오지 않았다. 단어가 되지 못한 낱말의 파편들만이 입안을 맴돌았다.

눈앞이 새하얗게 점멸했다. 그의 왼쪽 눈, 푸른색으로 빛나는 '스사노오의 눈'에서 빛이 쏟아졌다.

쿠구구구궁!

폭풍이 휘몰아쳤다. 무겁고 강대한 기운이 눈을 통해 퍼져 나오며, 신화 등급의 장비. 그 힘이 본 모습을 드러냈다.

"아아아아아아!!"

후지모토가 포효하자, 수십 개의 바람의 창이 만들어졌다.

바람의 창이 일제히 강우를 노렸다.

"그래, 차라리 그렇게 나와라. 괜히 폼 잡으면서 괜찮은 척하다가 더 추해지지 말고."

강우는 웃으며 비처럼 쏟아지는 바람의 창을 향해 가볍게 손을 휘저었다. 검은 마기가 장막처럼 일어나 창을 튕겨냈다.

"저녁 먹으러 가야 하니까 빨리 끝내자. 아, 맞다. 너 혹시 스시 맛있게 하는 집 아냐? 기왕 일본까지 왔는데 꼭 한번 먹어보고 싶거든."

"어디까지, 어디까지 날 조롱할 생각이냐!"

"아니, 이건 진짜 궁금해서 물어보는 거야. 너 일본 내에서 엄청 잘나가잖아. 맛집 같은 거 잘 알고 있지 않아? 비싸도 괜찮아. 나 돈 많거든."

"죽이겠다! 살아 있다는 게 증오스러울 정도로, 처절하게 죽여 버리겠다!"

"야. 아, 이 새끼 이거 많이 삐졌네. 알았어, 인마. 내가 잘못했다. 두려울 정도로 완벽한 계획이었어. 종이 한 장 차이로 내가 이긴 거야. 인정한다. 넌 이제까지 내가 만난 그 어떤 적들보다도 완벽했어. 자, 그러니까 스시 집 좀 알⋯⋯."

"으아아아아!!"

후지모토가 돌진했다. 그러자 고도로 응축된 바람이 그의 주먹에 휘몰아쳤다. 몸을 비틀어, 주먹을 내질렀다. 응축된 바람의 포탄이 날아왔다. 아무리 강우라고 할지라도 무시할 수 없는 위력의 공격이었다.

'극마지체를 얻기 전이었다면.'

강우는 뒤로 쓰러지듯 몸을 눕히고, 천력의 권능을 오른발에 집중했다.

오버헤드 킥을 차듯, 바람의 포탄을 올려 치자, 핑음과 함께 포탄의 방향이 비틀어졌다.

그대로 몸을 비틀었다. 쓰러질 듯 뒤로 젖혔던 몸의 중심을 잡고, 손을 뻗었다.

손에 응축된 파동의 권능이 대지를 찢어발기며 쏘아졌다.

콰아아아앙!

폭음이 몰아쳤다. 힘과 힘의 격돌이 이어졌다.

"크윽⋯⋯!"

먼저 물러난 것은 후지모토였다.

뒤로 물러난 그는 공중으로 날아올랐다. 바람을 다루는 특성에 '스사노오의 눈'이라는 사기적인 아이템. 두 가지를 가장 적절하게 사용할 수 있는 전투 방법은 적의 공격이 닿지 않는 공중에서 일방적으로 공격하는 것이다.

"지구에서 공중전을 하게 될 줄은 몰랐네."

하지만 강우에게는 큰 의미 없었다.

천공의 권능을 사용한 강우가 날아올랐다. 공중에서 싸우는 것은 낯설지 않았다. 악마 중에서는 날 수 있는 개체가 꽤 많았으니까.

"이익!"

후지모토의 표정이 초조해졌다.

그는 날아오르는 강우를 향해 바람의 창을 쏟아냈다. 하지만 그가 쏟아낸 무수한 바람의 창은 한 발도 적중하지 못했다.

"이런 미친!"

그는 두 눈을 부릅떴다. 충격적인 광경에 입이 다물어지지 않았다. 자신이 이상하게 쏟아냈기에 한 발도 맞히지 못한 게 아니었다.

강우의 움직임이 너무도 기형적이었다. 마치 관성이라는 것이 존재하지 않는 듯이, 90도로 꺾이는 움직임을 태연하게 실현했다.

"공중전으로는 절대 못 이길걸."

강우가 접근했다. 관성을 무시할 수 있는 그를 공중전으로 상대할 수 있을 리가 없었다.

강우는 허공을 박차듯 발을 굴렀다. 그리고 두 손을 깍지 낀 채 들어 올려 천력의 권능이 담긴 주먹으로 내려쳤다.

"크읏!"

그 순간, 후지모토의 왼쪽 눈이 빛나고 허공에서 만들어진 거대한 손이 강우를 후려쳤다.

퍼어억!

뒤로 튕겨져 나갔다. 아찔한 충격이 몸을 뒤흔들었다.

바닥으로 떨어지는 몸에 다시 권능을 사용해 멈춰선 강우는 고개를 들어 올렸다. 바람으로 이루어진 거인이 후지모토의 등 뒤에 나타나 있었다.

"호오."

그는 흥미롭다는 듯 눈을 빛냈다.

상반신만 무려 20미터에 달하는 바람의 거인. 거인의 몸에서 강력한 마력이 줄줄이 뿜어져 나왔다.

'아니, 마력으로만 이루어져 있는 것도 아니야.'

이제까지 느껴온 마력과는 살짝 다른 느낌이 섞여 있었다.

마력과도, 마기와도 다른 힘.

'이게 신화 속 신들이 가진 힘인가.'

처음 느껴보는 종류의 힘이었다. 파괴적인 느낌의 마기, 포용력 있는 마력과는 달리 신비로우면서도 위압감이 느껴지는 힘.

"재밌네."

강우는 짙은 미소를 지었다. 이름을 붙이자면 대충 신력(神力)이라고 부르는 것이 어울릴 것 같았다.

흥분이 끓었다. 주먹을 움켜쥐자 혈액 속의 마기가 강렬하게 피어올랐다.

지옥과는 또 다른 세계. 신화 속의 신들이 거주하고 있는 세계에서 전해진 힘. 과연 그 힘을 지금 자신이 어느 정도로 상대할 수 있는지 확인해 보고 싶었다.

"허억! 허억!"

후지모토는 거친 숨을 토해냈다. 왼쪽 눈을 타고 타오르는 듯한 격통이 달렸다.

"크으……!"

강신(降神). 스사노오의 눈을 통해 스사노오를 직접 현세에 소환하는 기술. 강신의 힘으로 소환된 신은 신이라는 이름에 걸맞은 힘을 갖췄지만 그만큼 유지하는 데 무지막지한 마력을 잡아먹었다.

'빨리 끝내야 해……!'

천천히 고통을 주며 죽일 생각이었지만 이제는 그럴 시간이 없어졌다. 스사노오를 유지할 수 있는 시간은 모든 마력을 소진해도 고작 1분. 그 사이에 상대를 죽일 수 없다면 생명력까지 모두 빨려 나가 죽어버리고 말았다.

"저 자식을 죽여 버려!!"

후지모토가 스사노오에게 명령했다. 현세에 소환된 폭풍의 신은 자신의 적을 응시했다.

-그대는…….

목소리가 떨렸다. 스사노오는 강우가 단순한 인간이 아닌, 필멸의 굴레를 벗어던진 인외(人外)의 존재라는 것을 파악했다.

그의 시선이 강우의 가슴 쪽으로 향했다.

-아, 아아아…….

전율. 파도와 같은 전율이 스사노오를 떨리게 했다. 그의 심장 안에 품은, 아득한 기운을 읽었다.

-그렇군. 네가 바로 …님이 말씀하신 존재로구나.

스사노오는 손을 들어 올렸다. 바람으로 이루어진 거대한 창이 그의 손에 잡혔다.

그는 흥분에 찬 목소리로 말을 이었다.

-마해(魔海)의 주인이 가진 힘. 지금 여기서 시험해 보도록 하지.

스사노오의 몸에서 강렬한 투기가 뿜어져 나왔다. 그를 필사적으로 유지하고 있던 후지모토의 입에서 피가 토해졌다.

"뭐라는 거야."

강우는 눈살을 찌푸렸다. 바람으로 이루어진 거인이 무언가 말을 하는 듯했지만, 전혀 알아들을 수 없는 언어였다.

통언의 권능을 사용할까도 생각했지만, 이내 그는 고개를 저었다.

'지금 태평하게 잡담이나 하고 있을 때는 아니지.'

스사노오가 투기를 뿜어내는 것을 봐서 평화적으로 나올 생각은 없는 것 같았다. 그리고 그것은 강우 또한 바라는 일이었다.

"오래 살다 보니 신하고도 싸울 일이 생기네."

기대감이 차올랐다.

물론, 지금 후지모토가 소환한 신이 그 본체는 아닐 것이다. 몸도 상반신만 소환된 상태였고, 대부분의 기운이 마력으로 이루어져 있었다. 그럼에도 역시 '신'이라는 존재와의 전투는 가슴을 뛰게 만들었다.

스사노오가 창을 들어 올렸다. 그 또한 장기전을 생각하지는 않는 듯, 거대한 마력이 모두 바람의 창 하나에 집중되고 있었다.

"창이라."

강우는 웃었다.

창이라면 그가 가장 잘 다루는 무기 중 하나였다. 오른손을 뻗어, 지옥불의 권능과 암극의 권능을 겹쳤다.

'바이던트.'

두 개의 날을 가진 창이 만들어졌다.

하지만 부족했다.

'게이볼그.'

창에 파쇄의 권능이 더해졌다. 세 개의 권능이 합쳐진 검붉은 창이 모습을 드러냈다.

'아직 부족해.'

갈증이 났다. 입안이 바짝 타들어 가버릴 것만 같았다. 혈액 속의 마기가 날뛰었다.

강우는 네 번째 권능을 게이볼그에 더했다.

'폭풍의 권능.'

스사노오를 보고 떠오른 것이 있었다.

게이볼그의 창날에 강렬하게 회전하는 바람이 맺혔다.

네 가지 권능이 합쳐진 창. 강우 자신도 처음 써보는 조합의 권능이었다.

'이름은 뭐가 좋을까.'

창신을 움켜쥐었다. 여러 신화 속 무기의 이름들이 머리를 스쳤다.

곧 좋은 이름이 떠올랐다.

"궁니르."

쿠구구구구궁!!

[띠링.]

[‘궁니르’ 스킬을 습득하였습니다.]

[스킬로 등록된 기술은 조금 더 명확하고 간결하게 사용 가능해집니다.]

이름이 붙여진 창이 부르르 몸을 떨었다.

실제 신화에서 다뤄지는 궁니르의 모습과는 달랐지만, 상관없었다. 어차피 이름을 붙이는 것은 이미지를 명확하게 만들기 위한 방법 중 하나일 뿐이었다.

-오라!

스사노오가 외쳤다. 여전히 그의 말을 알아들을 순 없었지만, 어째서인지 그가 무엇을 원하는지는 알 수 있을 것 같았다.

“그래.”

피할 생각은 없었다. 궁니르를 움켜쥔 강우는 거칠게 발을 박찼다.

스사노오의 창과 궁니르가 격돌했다. 무시무시한 힘의 격돌에 고막이 터져도 이상하지 않을 굉음이 울려 퍼졌다.

그리고.

파아아앙!!!

신화 속 거인의 심장을, 궁니르가 꿰뚫었다.

“커헉! 억!”

후지모토가 손을 뻗었다.

전신이 떨렸다. 무언가를 움켜쥐려 뻗은 손끝부터, 몸이 말라비틀어지기 시작했다.

마력 탈진. 강신으로 소환한 스사노오가 한계 이상의 마력을 갈취해 가며 마력 탈진 상태가 온 것이다. 그의 몸이 바닥으로 추락했다.

추락하는 후지모토를 강우가 받아들였다.

"흠……."

강우는 후지모토를 옥상에 눕혔다. 그가 손을 쓰기도 전에 후지모토는 알아서 죽어가고 있었다.

"커헉! 아, 아아아! 사, 살려… 살려주……."

그가 처절한 목소리로 애원했다. 투명한 눈물이 뺨을 타고 흘러내렸다. 스사노오의 힘이 사라지자 그에 대한 대가를 치르는 것이다.

후지모토는 발작을 일으키듯 몸을 비틀었다. 전신의 피부가 찌그러지며 몸이 말라붙어 가고 있었다. 흡혈귀에게 피를 빨리듯, 그는 처참하게 죽어가고 있었다. 일반적인 마력 탈진의 모습에서는 볼 수 없는 일이었다.

"신을 소환한 대가가 꽤나 비싼 것 같네."

강우는 무덤덤한 표정으로 죽어가는 후지모토를 내려다보았다.

스사노오. 지구, 지옥과는 다른 차원의 존재로 추정되는 신.

'확실히 강하기는 했지.'

교전 자체는 짧았다. 지금 그가 감당하지 못할 정도의 힘을 보여준 것도 아니었다. 하지만 스사노오의 힘이 완전하지 않았다는 것을 생각하면 그는 확실히 '신'에 걸맞은 힘을 가지고 있었다.

그가 전력을 다할 수 있는 상태였다면 싸워 이길 수 있었을 거라는 확신이 없었다.

"……이대로 가이아 시스템이 약해지면 그런 놈들도 지구에 나타나는 건가."

눈살이 찌푸려졌다.

신들이 본신의 힘을 온전히 가지고 지구에 나타난다면, 그 이상의 재앙은 상상하기 어려울 것이다.

"……어쩌면 악마교만이 문제가 아닐 수도 있겠군."

악마교보다 골치 아픈 존재들이 지구에 나타날 가능성은 충분했다.

근본적은 해결법은 자신으로 인해 망가진 가이아 시스템을 복구하는 것. 하지만 역시 복구할 수 있는 방법에 대한 실마리는 아직까지 찾을 수 없었다.

'지금 할 수 있는 걸 한다면……'

강우는 상태창을 열었다.

"마신이라."

'마신이 되기 위한 두 번째 단계'라는 문장이 보였다. 과연 이게 몇 단계까지 있는지는 알 수 없었지만, 모든 조건을 충족하면 그 자신이 신과 같은 존재가 되는 것은 확실해 보였다.

'이제까지 시스템이 거짓말을 한 경우는 없었으니까.'

무슨 원리인지, 어떻게 가능한지도 알지 못했지만. 플레이어 시스템의 신뢰도 하나는 확실했다.

'신들을 막기 위해 신이 돼야 한다는 건 좀 오그라들긴 하지만.'

어쨌든 미지(未知)의 존재를 상대하기 위해서는 그에 걸맞은 힘과 격을 갖춰야 한다는 것은 부정할 수 없었다.

"쯧."

강우는 마음에 들지 않는다는 듯 혀를 찼다. 가이아 시스템의 복구처럼 아예 답도 보이지 않을 만큼 막연한 것은 아니었지만, 두 번째 단계인 '마령'의 달성 조건 또한 알 수 없는 것은 마찬가지였다.

'지금 할 수 있는 일부터 한다면.'

말라비틀어져 죽은 후지모토의 시체에 다가갔다. 미라가 된 것처럼 몸이 말라붙어 있었지만, 그의 왼쪽 눈은 여전히 멀쩡한 모습을 유지하고 있었다.

강우는 그의 왼쪽 눈알을 집어 들었다. 스사노오의 눈. 무려 신화 등급을 가진 장비의 이름이었다.

"근데 이 자식 이거 어떻게 장착한 거지? 눈을 뽑고 직접 넣은 건가?"

만약 그랬다면 후지모토의 의지는 인정해 줄 만했다. 스스로의 눈을 뽑는 건 쉽게 할 수 있는 선택이 아니니까.

스르륵.

그런 의문에 답하듯, 손에 쥔 눈이 가루가 되어 흩어졌다. 그리고 그 자리에 탁구공만 한 크기를 가진 푸른 구체가 만들어졌다.

"아, 그럼 그렇지."

아무래도 눈을 직접 뽑은 건 아닌 것 같았다.

강우는 푸른 구체를 자신의 눈 쪽으로 가져다 대었다.

[이미 각인이 완료된 장비입니다.]

"역시 사용할 수는 없나."

예상하고 있던 일이었다. 강우는 스사노오의 눈을 품속에 챙겼다.

그가 필요한 것은 스사노오의 눈 안에 들어 있을 신화 등급의 재료. 그것을 사용한다면 '악마의 창조술' 특성으로 장비를 만들어볼 수 있었다.

'그건 나중에 하고.'

강우는 몸을 돌렸다. 가볍게 발을 박차고, 하늘로 날아올랐다.

'일단 돌아가 볼까.'

후지모토를 엿 먹일 준비를 하느라 지난 3일간 에키드나도, 한설아도 만나지 못했다. 매일 같이 만나던 두 사람과 떨어져 있다는 것은 꽤나 쓸쓸한 일이었다.

지옥에서 느꼈던 고독의 기억이 다시 떠오를 정도로.

일행이 묵고 있던 곳은 도쿄에 있는 어느 3성급 비즈니스 호텔이었다.

차연주나 장현재, 백화연 등이 가진 재력을 생각하면 한참 부족한 호텔이었는데, 아마 강우가 감옥에 잡혀 들어갔기 때문에 일부러 이런 값싼 호텔을 구했을 것이다. 그가 감옥에 잡혀 있는 동안 고급 호텔에서 편하게 있을 수 없다는 그럴싸한 생각과 함께.

'그렇게 속 좁지는 않은데 말이야.'

강우는 쓴웃음을 지으며 호텔로 들어갔다. 그러자, 로비에서 기다리고 있던 일행이 다급히 다가왔다.

"야! 어디 갔었던 거야!"

"마무리를 지으러 갔다 왔지."

"마무리……?"

"그래. 당한 만큼은 갚아줘야 했으니까."

강우는 로비 의자에 앉으며 간단하게 설명했다.

모든 진실에 대해서 얘기하지는 않았다. 천소연이 알고 있는 것처럼, 후지모토 료마의 정체가 진짜 악마교였다는 식으로 설명했다.

"그럼, 처음부터 후지모토 료마가 악마교란 걸 알고 있었던 거야?"

"아니. 지하에 갔을 때 처음 알았어. 그리고 그가 야마다 총리와 함께 날 악마교로 몰아가는 걸 보고 손을 좀 썼을 뿐이야."

"……왜 우리한테는 알려주지 않았던 거야?"

"시간이 없었으니까."

"아무리 그래도!"

쾅!

차연주는 단단히 화가 난 듯 테이블을 후려쳤다.

강우는 희미한 미소를 지었다.

"진정해."

"진정할 수 있겠어? 잘못됐으면 네가 악마교로 몰렸을 수도 있었다고!"

"결과적으로는 별문제 없이 끝났잖아?"

"결과가 중요한 게……."

탁.

흥분한 그녀의 어깨를 한설아가 잡았다.

"진정해요, 연주 씨. 강우 씨 말대로 잘 해결됐잖아요."

"그렇지만……."

"강우 씨도 생각이 있으셨으니 순순히 따라가셨다고 생각해요."

침착한 그녀의 말에 차연주는 한숨을 내쉬었다. 그녀는 의자에 앉아 난폭하게 두 다리를 꼬아 테이블 위에 올렸다.

"강우 씨."

한설아가 옆자리에 앉았다. 그녀는 어딘가 슬픈 표정으로 그의 허벅지에 손을 올렸다.

"이번에도… 도움이 되어드리지 못해서 죄송해요."

"도움은 필요 없었어."

"그래도요."

한설아는 쓸쓸한 미소를 머금었다.

"언젠간… 저도 강우 씨의 도움이 될 수 있을까요?"

"……."

아련한 목소리였다. 잘못 건드리면 그대로 부서져 버릴 것만 같기도 했다.

강우는 한설아의 눈을 바라봤다.

'도움이 되지 못한다라.'

부정할 수 없는 사실이었다. 김시훈, 차연주, 천소연, 에키드나와 같은 사람들에 비하면 확실히 전력으로써의 가치는 없다고 해도 무방했다. 하지만.

"꼭 도움이 돼야만 하는 거야?"

"……예?"

"적어도 난 이해득실을 따져가며 함께 사는 건 아닌데 말이지."

기본적으로 그는 계산적인 인간이었다. 이득이 되지 않는 일은 어지간하면 하지 않았다.

하지만 한설아는 경우가 달랐다. 그는 그녀를 맛있는 밥을 만들어주는 식모로도, 욕구를 충족시키기 위한 도구로도 생각하지 않았다. 그렇게 생각했다면 서울역으로 이사했을 당시에 함께 가지 않았을 것이다.

그녀는 가족과 같은 존재였다. 이해득실을 따져가며 함께 있는 것이 아니다. 같이 있는 것 자체가 소중한 사람이었다.

'직접 말로는 전해주지 못했지만.'

지금 이렇게 '가족'이라고 부르고 싶은 존재가 생긴 것은 처음이었다.

만 년이라는 아득한 시간 동안 단 한 번도 겪지 못했던 일이었다. 심지어 지옥에 떨어지기 전에도 이런 경험은 해보지 못했다. 어색했고, 낯설었다. 표현이 서투를 수밖에 없었다.

'남들이 들으면 속 터진다고는 하겠네.'

고구마를 먹은 듯 가슴을 움켜쥘 수도 있을 것이다.

그렇지만, 어쩔 수 없는 일이었다. 자신은 신이 아니었다. 모든 일에 완벽하지도, 통달하지도 못했다.

"그, 그건 저도 아니에요!"

한설아가 소리쳤다. 목소리가 꽤나 컸다.

그녀는 새빨갛게 얼굴을 붉힌 채 고개를 숙였다. 고개를 숙인 그녀의 입꼬리가 계속해서 위로 올라가고 있었다.

"……드라마는 나중에 둘이서만 있을 때 찍지그래?"

차연주가 날카로운 목소리로 말했다. 그녀는 둘의 모습이 영 마음에 들지 않는 듯 신경질적으로 다리를 떨었다.

"야. 아까 전에 스시 먹고 싶다고 했지?"

"그랬지."

"따라와. 맛있게 하는 집 알고 있으니까."

차연주가 자리에서 일어섰다. 그녀는 멀뚱히 있는 사람들을 쓱 훑어보며 말했다.

"다들 뭐 하고 있어?"

"하하하. 연주의 이런 모습은 또 처음 보는 것 같군."

"시끄러!"

백화연에게 쏘아붙인 그녀는 몸을 돌려 성큼성큼 걸어갔다.

강우는 쓴웃음을 지으며 자리에서 일어섰다.

"아참, 쿠로사키 유리에는 그 뒤에 어떻게 됐어?"

"기자들과 한참 애기하다가 돌아갔다. 그래도 다행이로군. 쿠로사키가 그때 당시의 기억이 없었다면 이 정도로 원활하게 애기가 끝나지는 못했을 것이다."

"아… 뭐, 그렇지."

강우는 가늘게 눈을 떴다. 쿠로사키 유리에. 그녀가 왜 자신을 옹호해 줬는지는 지금도 이해되지 않았다.

'후지모토에게 개인적인 원한이 있기라도 했나?'

알 수 없는 일이었다.

강우는 차연주의 뒤를 따라 호텔을 빠져나왔다.

전통 일본풍으로 만들어진 집. 생활에 필수적인 몇몇 가구 말고는 눈에 띄지 않는 검소한 방 안에 한 여인이 앉아 있었다.

쿠로사키 유리에. 일왕의 손녀이자, '하늘의 무녀'라는 칭호를 가지고 있는 여인이었다.

그녀는 좌탁 위에 놓인 거울을 바라보고 있었다.

"하아."

깊은 한숨이 흘러나왔다.

그때, 거울 속 그녀의 얼굴이 입을 열었다.

-이제 만족했어?

"아니, 만족했을 리가 없잖니."

그녀는 거울 속 자신과 대화를 나눴다. 누가 지금 그녀의 모습을 보면 미쳤다고 하리라.

"아아, 그분을 만나고도 이렇게 먼발치에 지켜볼 수밖에 없다니. 너무 가슴 아픈 일이야."

쿠로사키는 탄성을 흘리며 자신의 뺨을 쓰다듬었다.

-앞으로 어떻게 할 생각인데?

"후훗. 당연히 그분의 도움이 될 수 있도록 준비를 해야 하지 않겠니."

그녀는 거울을 바라보며 웃음을 터뜨렸다.

그 순간, 청초한 외모의 쿠로사키라고는 생각할 수 없을 정도로 폭발적인 색기가 그녀에게서 뿜어져 나왔다.

천소연의 것과는 격이 달랐다. 어떤 남자라도 이 기운을 맛본다면 순식간에 그녀의 노예가 돼버릴 것이다.

쿠로사키의 검은 머리칼이 중력을 거스르며 떠올랐다. 머리칼이 꼬아지며 마치 촉수처럼 꿈틀거렸다.

-그렇게 충성을 바친다면, 왜 직접 찾아가지 않는 거야?

거울 속 쿠로사키가 물었다.

"어머."

그녀는 무슨 소리를 하냐는 듯 눈살을 찌푸리곤, 두 뺨에 손을 올린 채 상상하기도 싫다는 듯이 고개를 저었다.

"이런 못생긴 얼굴로 어떻게 그분을 만나러 가니?"

–…….

거울 속 쿠로사키는 침묵했다.

◆ 4장 ◆
휴식?

"우물우물."

강우가 손을 빠르게 움직이자 눈앞의 초밥들이 빠른 속도로 사라졌다. 이미 식사를 마친 차연주는 질린다는 표정으로 그를 바라보았다.

"그렇게 맛있냐?"

"응."

순순히 고개를 끄덕였다. 차연주는 피식 웃었다.

"누가 보면 스시 처음 먹어보는 줄 알겠네."

"처음이야."

"응? 아……."

그녀의 입에서 짧은 탄성이 흘러나왔다.

'그러고 보니 고아 출신이었지.'

조사한 것과는 너무 다른 인간이라 깜빡 잊고 있었지만, 강우는 고아원 출신이었다. 비싼 음식과는 연이 없을 것이다.

"그래도 최근 돈 좀 벌지 않았어? 먹으려면 얼마든지 먹을 수 있었잖아."

"집밥이 맛있어서 별생각 안 했지."

"아, 그래서."

차연주는 새침한 표정으로 고개를 돌렸다.

그녀는 가늘게 눈을 뜨며 한설아를 노려보았다. 한설아는 아까 전 강우와의 대화를 계속 떠올리고 있는지 멍한 표정으로 히죽히죽 웃고 있었다. 마음에 들지 않았다.

"강우, 나도 좀 더 먹어도 돼?"

"맛있지?"

"흐응! 맛있어."

에키드나는 콧바람을 내뿜으며 고개를 끄덕였다.

강우는 손을 들어 추가 주문을 했다. 물론 자신의 것도 함께.

폭풍 같은 식사 시간이 끝나고, 강우 일행은 다시 호텔로 돌아왔다.

강우는 호텔 로비에서 방 키를 받아 든 후 차연주에게 물었다.

"내일 바로 한국으로 돌아갈 거지?"

"아니. 이번 일로 일본 정부 측이랑 할 얘기가 많아서 당분간은 힘들 것 같아."

"흠……."

"네 대리인으로는 내가 나설 테니까 가만히 호텔에 짱박혀 있어. 아니면 관광이라도 하던지. 일본도 처음일 거 아냐?"

그녀는 퉁명스러운 목소리로 말했다.

말투는 퉁명스러웠지만, 사건의 중심인 강우의 대리인을 자청해 준다는 것은 쉽지 않은 일이었다. 후지모토 료마가 진짜 악마교건 아니건 국가적인 영웅을 잃어버린 일본인들의 증오는 강우를 향할 것이고, 대리인이라고 그 증오를 피해가긴 힘들 테니까.

'나름의 배려인가.'

강우는 쓴웃음을 지었다. 그녀의 이런 마음 씀씀이가 꽤나 기분 좋게 느껴졌다.

"고마워."

"흥. 알면 앞으로 잘하라고."

차연주가 몸을 돌렸다. 입가에 미소가 지어진 것이 보였다.

강우는 방 번호를 확인했다. 803호. 한설아와 에키드나가 있는 802호의 옆방이었다.

"……저, 저는 먼저 들어가 볼게요."

한설아는 아까 전 대화의 충격이 아직 가시지 않은 듯 붉어진 얼굴로 말했다.

그녀가 먼저 들어가자 에키드나가 강우의 옷소매를 당겼다.

"강우, 설아가 이상해."

"뭐……. 이것저것 생각이 많겠지."

사실 그 말을 내뱉은 강우 자신도 꽤나 얼굴이 후끈거렸다. 속된 말로 쪽팔렸다. 시간을 돌릴 수만 있다면 과거 자신의 입을 찢어놓았으리라.

'나중에 이불 좀 몇 번 차겠네.'

강우는 머리가 아픈 듯 이마를 짚었다.

"강우, 내일 설아랑 같이 놀러 가기로 했는데 강우도 같이 갈래?"

"어디로?"

"잘 모르겠어. 설아가 일본 오면 전부터 가고 싶은 곳이 있었대."

"음. 뭐, 시간 되면 같이 가자."

워낙 정신없는 일이 연달아 일어났기에 잊고 있었지만, 그도 해외는 처음이었다. 관광에 대해 욕심이 생기는 것은 당연했다.

"흐응! 흐응! 알았어. 그럼 난 설아가 아프지 않게 간병하러 갈게."

신이 난 에키드나가 방 안으로 들어갔다. 아파서 저런 게 아니라는 말을 할 틈도 없었던 강우는 짧은 한숨을 내쉬며 방문을 열었다.

"어머? 좀 늦으셨네요."

"……넌 또 왜 여기 있는 거야."

침대에 걸터앉아 있는 천소연이 보였다. 그녀는 입가를 가리며 가볍게 웃었다.

"누구 씨가 말릴 틈도 없이 날아가 버려서 기다리고 있었죠."

"……."

어떻게 자신이 이 방에 올 줄 알았는지, 어떻게 카드도 없이 방에 들어와 있는 건지는 구태여 묻지 않았다.

강우는 의자에 앉았다.

"어쨌든, 이번에는 도와줘서 고마워."

"후훗. 뭘요. 도움이 필요하면 언제든지 연락하라고 한 건 저였잖아요?"

그녀는 자리에서 일어나 강우가 앉은 의자 팔걸이에 걸터앉았다. 달콤한 향기가 코를 간질였다.

"한 가지 묻고 싶은 게 있어요."

"말해봐."

"후지모토 료마, 정말 악마교 맞았어요?"

"……."

강우는 짧게 침묵했다가 희미한 미소를 지으며 답했다.

"맞아. 월드 랭커가 악마교였다니, 놀라운 일이지."

"흐응. 뭐, 저는 어느 쪽이든 상관없지만요."

그녀는 강우의 어깨에 손을 올렸다.

"저는 아버님이랑 달라요. 정의에 구애받지도, 도덕에 얽매이지도 않는답니다."

"그럼 나랑 잘 안 맞겠네. 난 굉장히 도덕적인 사람이거든."

"후훗. 농담도."

천소연은 있을 수 없는 말을 들었다는 듯 단호하게 고개를 저었다.

'좀 상처받는데.'

이 정도로 단호하게 고개를 저을 줄 몰랐다.

그녀는 강우에게 고개를 기울이며, 손을 들어 그의 턱을 살며시 쓰다듬었다.

"전 당신이 어떤 사람인지 알아요. 냉철하고, 강하며, 거침없죠. 당신은 머지않은 시기에 패왕(霸王)이 될 거예요."

천소연은 눈을 빛내며 입술을 핥았다.

"처음이에요. 지금까지 많은 남자를 봤지만, 당신 같은 사람은 한 명도 없었어요. 아버님도 당신에 비할 수 없을 거예요.

저는 알 수 있어요. 온 세상이 당신의 발아래 고개를 조아릴 순간이 오리란 걸."

그녀의 숨이 거칠어졌다. 흥분에 찬 듯 볼에 홍조가 어린 게 보였다.

"저는 욕심 많은 여자예요. 그 누구보다 강하고, 절대적인 힘을 가진 남자를 원해요. 온 세상이 당신에게 고개를 조아릴 때, 그 옆에 함께 서 있기를 바라요."

뜨거운 눈빛이 강우를 향했다.

강우는 피식 웃었다.

"내가 어떤 사람인지 안다고?"

가소로운 말이었다.

그녀는 그에 대해서 모르고 있다. 알 수 있을 리가 없다. 그는 머지않은 시기에 패왕이 될 존재가 아니었다. 이미 그는 패왕이었고 절대자였으며 가장 높은 곳에 군림하는 포식자였다.

딱!

"꺄악!"

가볍게 손가락을 튕기자, 천소연이 이마를 부여잡으며 벌떡 자리에서 일어났다.

"아는 척하지 마, 이 철부지 아가씨야. 패왕이니 뭐니 관심 없어. 요즘 누가 그런 촌스러운 짓을 하냐."

"초, 촌스럽다고요?"

"그래. 촌스럽다. 같잖고, 유치해."

"……그럼 당신이 원하는 건 뭔데요?"

강우는 의자 등받이에 몸을 기댔다.

"맛있는 것 먹고, 집에서 핸드폰 만지면서 뒹굴고, 가끔 어딘
가로 놀러 가고."

"……그게 끝이에요?"

"그래."

"고작 그런 것만을 위해 썩히기에는 강우 씨가 가진 힘
이……."

"하하하하하!"

그녀의 말이 끊어졌다. 강우는 참기 힘들다는 듯, 웃음을 터
뜨렸다.

"고작이라……."

그의 시선이 그녀를 향했다.

강우의 눈을 본 그녀는 움찔 몸을 떨었다. 아득한, 감히 가
늠할 수 없는 무수한 감정들이 느껴졌다. 무게가 달랐다. 세월
이 달랐다.

그녀는 그의 아무것도 아닌 눈빛 앞에 한없이 작아지는 자
신을 느꼈다. 천무진에게서도 느껴보지 못했던 감각이었다.

"그 고작이란 게 참 쉽지 않단 말이지."

"……."

강우는 쓸쓸히 웃었다.

천소연은 굳게 입을 다물었다. 찌르르 몸이 울렸다. 끝없이 솟은 거악(巨嶽)을 올려다본 기분이었다.

'역시⋯⋯.'

좋았다. 마음에 들었다. 오히려 패왕 따윈 관심 없다는 그의 말에 더욱 짜릿한 전율이 흘렀다. 감히 자신이 가늠할 수 없는 곳에 올라서 있는 그의 모습이 가슴을 떨리게 만들었다.

입술을 핥으니, 바짝 마른 입술이 혀끝에 느껴졌다. 충동을 참기 힘들었다.

'지금은 아니야.'

그녀는 떨리는 마음을 진정시켰다.

아직은 그럴 단계가 아니었다. 조금 더 천천히, 느긋하게 그에게 접근해야 했다.

"아참, 이번에 제가 강우 씨에게 도움이 됐다고 하셨죠?"

"그랬지."

고개를 끄덕였다.

그녀가 없었다면 꽤나 골치 아픈 상황이었다. 해결할 방법이 없는 건 아니었지만 상당히 번거롭고 시간이 걸렸을 것이다.

그의 망설임 없는 대답에 천소연은 방긋 미소를 지었다.

"설마 말로만 고맙다고 하실 생각은 아니시겠죠?"

"흠⋯⋯. 원하는 게 뭔데?"

빚을 졌다. 그 사실을 부정할 생각은 없었다. 들어줄 수 있는 범위 내라면, 그녀의 요구를 들어주는 것이 옳았다.

"후훗. 내일, 둘이서 놀러 가지 않으실래요?"

"음."

에키드나의 말이 떠올랐다.

"내일 말고 그다음 날은?"

"이번 일로 일본 정부 측과 할 얘기가 많아서 내일밖에 없어요."

"끄응."

고민을 이어가던 강우는 한숨을 내쉬며 고개를 끄덕였다.

'두 사람이랑은 모레 가지 뭐.'

차연주의 배려로 시간이 남았다. 하루 정도 약속이 늦춰진다고 큰일은 없을 것이다.

'일단 급한 일이 생겨서 못 가게 됐다고 얘기해 둬야겠군.'

바람 난 남편의 변명과도 같은 말이 내심 걸렸지만 다른 방법은 없었다. 천소연과 단둘이서 놀러 간다는 말을 그녀들이 받아들일 리가 없으니까.

"좋아. 어디로 갈 생각인데?"

천검문의 이름까지 내걸며 도와준 대가가 데이트 한 번이라면 값쌌다.

그의 대답에 천소연의 표정이 밝아졌다. 최대한 감추려고 했지만, 몸이 들썩이고 손가락을 꼬물거리는 것까지는 감추지 못했다. 그런 어설픈 모습이 꽤 귀엽게 느껴졌다.

"후, 후훗. 혹시 강우 씨는 일본이 처음이신가요?"

"응. 처음이야."

"그렇다면 연인이 데이트하기 좋은 장소가 있어요."

"뭐… 연인이라는 건 둘째 치고. 어딘데?"

"저작권을 굉장히 중요하게 생각하는 쥐가 있는 곳이죠. 중국인의 입장에서는 좀 천적 같은 장소예요."

"……?"

무슨 소리를 하는지 알 수 없었다.

천소연은 활짝 미소를 지으며 말을 이었다.

"디×니 랜드요."

"아."

짧은 탄성이 흘러나왔다. 강우는 허탈한 웃음을 흘렸다.

'놀이공원이라.'

설마 천소연이 놀이공원을 가자고 제안할 줄은 예상하지 못했다.

'역시 철부지 아가씨로구만.'

자연스럽게 웃음이 흘러나왔다.

놀이공원이라니, 그것도 아동 취향에 초점을 맞춘 디×니 랜드.

'그러고 보니 어렸을 적에 고아원에서 몇 번 틀어준 적이 있었지.'

그가 말도 안 되는 기억력을 가져서 아득한 과거의 일을 기억하는 건 아니었다. 과거를 기억할 수 있는 건 어디까지나 '생존'을 위한 발버둥의 연장선이었다.

지옥은 끔찍했고, 참혹했다. 그는 그곳에서 끝없이 지구에서의 기억을 떠올렸다. 지구의 기억이라도 떠올리지 않으면, 그곳으로 돌아가겠다는 희망이라도 품지 않으면 제정신을 유지할 수 없을 것 같았다.

"좋아."

강우는 흔쾌히 고개를 끄덕였다. 놀이공원은 한 번도 가본 경험이 없었다. 새로운 경험은, 겪어보지 못한 유흥은 큰 흥밋거리였다.

"그나저나 놀이공원이라니… 보기보다 더 귀여운 취향이네."

"웃……. 부, 불만 있어요?"

천소연이 얼굴을 붉혔다.

강우는 가볍게 웃음을 터뜨렸다.

"우오오오오!!"

홍분에 찬 탄성이 흘러나왔다.

마치 동화 속 세상을 직접 구현해 놓은 듯한 놀이공원. 높게 솟은 성과 아기자기한 캐릭터들. 게이트를 지나 이세계에 온 것이 아닌가, 하는 착각이 들 정도로 신비한 광경이었다.

그런 동화 속 세상에서 어린아이들보다 더욱 열광하고 있는 한 청년이 있었다. 주변 아이들이 한심하다는 표정으로 바라볼 정도로 홍분해 이곳저곳을 둘러보고 있는 청년의 이름은 오강우. 한때 구천지옥이라는 세계의 정점에 올라선 마왕이었다.

"……."

천소연은 굳게 입을 다물었다. 분명 보기보다 귀여운 취향이라며 그녀에게 농을 건넸던 강우가 도시에 갓 상경한 시골 사람처럼 연신 탄성을 흘리며 고개를 두리번거리고 있었다.

"이야, 이거 예전에 봤던 거네!"

강우는 고아원 시절의 기억을 떠올리며 쥐의 형상을 한 인형을 쓰다듬었다. 인형 탈 안에 들어가 있는 아르바이트생은 프로의 정신을 발휘하듯 짧은 팔을 흔들며 강우를 반겼다.

"음……."

천소연은 인형 탈과 함께 사진을 찍는 강우의 모습에 침음을 흘렸다. 솔직히 말하면, 좀 깨긴 했다.

'강우 씨에게 이런 모습이 있을 줄은…….'

마치 태어나서 처음 놀이공원에 온 것 같은 모습이었다. 아니, 애초에 이런 '유흥'만을 위한 장소에 온 것 자체가 처음인 것처럼 보였다. 평소 그의 모습과의 괴리감에 절로 어색한 미소가 지어졌다.

　"후훗. 어제 절 그렇게 놀리시더니, 오히려 강우 씨가 더 신나셨네요."

　"이렇게 즐거운 곳인지는 몰랐지."

　강우는 만족스럽다는 듯 활짝 미소를 지었다. 천진난만한 어린아이와도 같은 그의 웃음에 천소연은 몸을 움찔 떨었다. 가슴이 뜨거워지는 듯한 기분이었다.

　'이런 강우 씨의 모습도 괜찮네.'

　만일 다른 남자가 이렇게 호들갑을 떠는 모습을 봤다면 눈살을 찌푸렸을 것이다. 하지만 자신을 철부지 취급하며 한껏 분위기를 잡던 그가 이런 모습을 보이니 왠지 매력적이게 느껴졌다. 콩깍지라는 이름의 환각에 쓰인 것이다.

　"자, 저기서 놀이 기구도 타봐요."

　자연스럽게 다가온 천소연의 그의 팔을 끌어안았다. 부드러운 감촉이 전해졌다.

　"그래."

　강우는 신경 쓰지 않았다. 정확히는 팔을 타고 전해지는 감촉에 신경을 쓸 여유가 없었다.

'신기해.'

이런 곳이 지구에 있을 거라고는 생각지 못했다.

물론 디×니 랜드에 대해서는 사진으로 몇 번 본적이 있었지만, 직접 본 것과는 느낌이 다를 수밖에 없었다.

대부분이 황량한 사막으로 이루어져 있는 지옥과는 너무도 다른 세계였다.

'내일 에키드나랑 설아를 데리고 한 번 더 와야겠네.'

오늘 아침, 바쁜 일이 생겨 함께 가지 못하게 될 것 같다는 그의 말에 에키드나는 시무룩한 표정으로 고개를 끄덕였다. 죄책감이 느껴지긴 했지만, 고작 하루 일정이 밀리는 것뿐이었다. 내일이 되면 오늘 못 해준 것만큼 잔뜩 놀아주면 되니 괜찮을 것이란 생각이 들었다.

'오늘은 사전 답사를 해두는 거야.'

강우는 발걸음을 옮겼다.

땅을 내디딘 그의 발걸음이 꽤나 경쾌했다. 사전 답사를 한다는 생각과 달리 태어나 처음 오는 놀이공원을 즐길 만반의 준비가 된 모습이었다.

"아, 이게 그 롤러코스터인가 그건가?"

강우는 기차처럼 생긴 놀이 기구를 가리켰다. 사람들이 저런 놀이 기구에 타서 비명을 지르는 사진을 몇 번 본 것 같았다.

"한번 타보자."

"음……. 그런데 아마 별로 재미는 없으실 거예요."

"왜?"

강우가 고개를 갸웃거렸으나, 천소연은 대답하지 않은 채 미소를 지었다.

그 이유는 롤러코스터를 타고난 이후 바로 알 수 있었다.

'느리네.'

아동을 주 대상으로 만든 디×니 랜드였기 때문이 아니었다.

강우와 같은 초인은 롤러코스터가 낼 수 있는 최고 속력보다 5배 이상 빠른 속도를 어렵지 않게 낼 수 있었다. 심지어 그는 천공의 권능을 사용해 하늘까지 날 수 있다. 일반인에게는 충분히 자극적인 놀이 기구라도, 그에겐 별다른 감흥이 없을 수밖에 없었다.

"진작 좀 말해주지."

"말로는 설득되지 않으실 것 같아서요. 그리고 이런 것도 다 경험이잖아요?"

"뭐, 그렇긴 하지만."

강우는 고개를 끄덕이며 놀이공원의 곳곳을 돌아다녔다. 중간에 간단하게 밥도 먹고 벤치에 앉아 쉬기도 하다 보니 어느새 저녁이 되어 있었다.

'생각보다 나쁘지 않았어.'

강우는 천소연과 보낸 하루를 되짚었다.

그녀의 성격이 성격이다 보니 살짝 걱정을 하긴 했지만, 별 문제 없이 하루를 보낼 수 있었다. 솔직한 심정으로는 꽤나 즐겁기도 했다.

"후훗. 어느새 저녁이네요."

"그래."

"오늘은 강우 씨의 또 다른 모습을 볼 수 있어서 좋았어요."

천소연은 입을 가린 채 웃음을 터뜨렸다. 초롱초롱 눈을 빛내며 놀이공원을 둘러보던 그의 모습이 떠올랐다.

강우는 이제야 좀 부끄러운지 침음을 삼켰다.

"슬슬 돌아가자."

"그러죠."

천소연이 그의 팔을 끌어안았다.

놀이공원을 나온 강우는 천소연이 준비해 둔 차를 타고 호텔로 향했다. 꽤나 즐겁고, 만족스러운 시간이었다.

달칵.

호텔 앞에 도착한 강우는 차에서 내렸다.

"그럼. 나중에 한국에서 보자고."

"후훗. 오늘 재미있었어요."

천소연은 방긋 미소를 지었다. 그녀는 이대로 헤어지는 게 아쉽다는 듯 그의 팔을 살짝 붙잡았다.

그때, 그녀의 시선에 무언가가 포착됐다.

'어머나?'

짙은 미소가 지어졌다. 재미있는 장난 하나가 머릿속에 떠올랐다. 기습적으로 발돋움을 하며 고개를 들어 올리자, 순식간에 강우의 입술과 그녀의 입술이 가까워졌다.

하지만 이런 기습적인 움직임에 반응하지 못할 강우가 아니었다. 그는 천소연의 턱을 가볍게 붙잡았다.

강우는 눈살을 찌푸리며 물었다.

"뭐 하는 짓이야."

"흥. 무드도 없는 사람이네요. 연인끼리 작별의 키스 정도는 할 수 있는 거 아닌가요?"

"너랑 연인이 된 기억은 없는데."

"후훗. 뭐, 그럼 오늘은 이 정도까지만 하죠."

키스가 실패했음에도 천소연은 만족스러운 미소를 입가에 머금었다.

"그럼, 나중에 한국에서 봐요, 강우 씨~"

천소연은 다소 다급한 몸짓으로 차 문을 열고 냉큼 안에 탔다. 그녀를 태운 차가 호텔을 빠져나갔다.

"……뭐야 갑자기?"

키스가 실패하자마자 도망치듯 차를 타고 가는 그녀의 모습이 어딘가 부자연스러웠다.

'부끄러워서 그런가?'

강우는 고개를 갸웃거리며 몸을 돌렸다.

몸을 돌리자마자 강우의 표정이 딱딱하게 굳었다. 의문의 해답은 멀지 않은 곳에 있었다. 강우는 왜 그녀가 도망치듯 황급히 차에 탔는지 알 수 있었다.

"강우?"

"강… 우 씨……?"

'이런 시바.'

호텔의 입구, 한설아와 에키드나가 충격을 받은 표정으로 그를 바라보고 있었다.

"……."

침묵이 내려앉았다. 입을 열 수가 없었다.

침묵을 깬 것은 에키드나였다. 그녀는 종종걸음으로 걸어오더니 강우의 옷소매를 붙잡았다.

"강우, 이게 바쁜 일이었어?"

"……."

죄책감이 밀려왔다. 마치 외도의 현장이 들킨 남자처럼, 그는 입을 다문 채 고개를 숙였다.

'제기랄.'

천연덕스레 웃고 있는 천소연의 얼굴이 떠오르며, 저절로 주먹에 힘이 들어갔다.

"강우 씨."

한설아가 다가왔다. 그녀는 방긋 미소를 지은 채 그의 손을 붙잡았다.

"설명, 해주실 수 있죠?"

"……물론입니다."

오늘만큼 한설아의 미소가 두렵게 느껴진 것은 처음이었다. 강우는 한설아의 손에 붙잡혀 호텔 안으로 끌려갔다.

5일이 지났다. 그동안 정신없이 이곳저곳 불려 나가던 차연주도 어느 정도 상황이 정리됐는지 호텔로 돌아왔다.

"……이제 돌아가자."

수척해진 얼굴의 차연주가 말했다. 강우는 쓴웃음을 지으며 고개를 끄덕였다.

"고생 많았어."

"……이 빚은 나중에 꼭 받아낼 거야."

꽤나 고생을 했는지 지친 목소리로 말했다.

귀국길은 화랑부대 전용 비행기로 돌아갔다. 에키드나를 타고 돌아가도 괜찮았지만, 급한 일도 아닌데 굳이 그녀를 수고롭게 할 필요가 없었다.

공항에 내려 택시를 탄 강우 일행은 머지않아 서울역으로 돌아올 수 있었다.

"뭔가 되게 오랜만에 돌아온 기분이네요."

"그러게."

고작 일주일 정도 일본에 있었을 뿐이었지만 서울역의 풍경이 그렇게 느껴질 정도였다.

"하아……. 난 집 들어가서 쉴 테니까 나머지는 알아서 해."

차연주는 지친 목소리로 말하곤 비틀거리며 아파트로 걸어갔다.

"저희도 들어가요, 강우 씨."

한설아가 엘리베이터의 버튼을 눌렀다.

"먼저 들어가."

"강우 씨는요?"

"잠시 할 일이 있어서 있다가 갈게."

강우는 하늘을 올려다보았다. 햇볕이 내리쬤다. 아직 시간은 오후 2시. 집에 들어가 뒹굴며 하루를 마감하기에는 이른 시간이었다.

'차연주처럼 지친 것도 아니고.'

그녀 덕분에 편히 쉴 수 있었다.

한국으로 돌아왔으니 이제 마음속에 정해둔 휴식의 시간도 끝났다. 이제는 다시 움직일 시간이었다.

"그 할 일이라는 게 설마……."

한설아가 가늘게 눈을 떴다. 전과자(?)를 추궁하는 형사의 눈빛이었다.

강우는 웃음을 흘리며 고개를 저었다.

"그런 일 아니니까 걱정하지 마."

"음. 저녁까지는 돌아오시는 거죠?"

"아마도. 오래 걸리지는 않을 거야."

"예. 그럼 식사 준비하고 기다리고 있을게요."

그녀는 활짝 미소를 지으며 말했다. 무심코 가슴이 떨릴 정도로 아름다운 미소였다.

"강우, 또 바람피우러 가는 거야?"

"아니라니까."

"……나도 같이 가도 돼?"

에키드나가 그의 옷자락을 붙잡았다. 지난번 일이 꽤나 충격적이었던 듯했다.

강우는 쓴웃음을 지으며 고개를 끄덕였다.

"같이 가도 괜찮아."

그녀가 온다고 해서 딱히 방해되는 일도 아니었다.

에키드나의 표정이 밝아졌다. 그녀는 한설아에게 쪼르르 달려가더니 작은 주먹을 움켜쥐며 말했다.

"흐응! 강우는 내가 잘 감시할게."

"호호호. 잘 부탁해."

"나만 믿어."

"……."

강우는 끄응 하고 한숨을 내쉬었다.

"강우, 어디로 갈 거야?"

"조용한 곳."

가볍게 발을 박차고 천공의 권능으로 날아올랐다. 에키드나는 등 뒤의 날개를 펼치며 물었다.

"내가 태워줄까?"

"아니, 어차피 먼 곳은 안 갈 거야."

적당히 인적이 드문 곳이면 괜찮았다. 에키드나가 고개를 갸웃거렸다.

"조용한 곳은 뭐 하러 가는 거야?"

강우는 짧게 답했다.

"장비 만들러."

그는 주머니 속에 고이 모셔둔 '스사노오의 눈'을 손에 쥐었다.

◆ 5장 ◆

악마의 창조술

"여기쯤이 좋겠네."

탁.

천공의 권능으로 하늘을 날던 강우는 한적한 산자락에 내려앉았다.

널찍한 바위 위에 앉은 그는 스사노오의 눈을 꺼냈다. 달걀처럼 생긴 반투명한 푸른 구체가 손바닥 위에 놓았다.

'신화 등급 장비.'

겉보기에는 푸른빛을 내는 유리구슬 정도로 보이지만, 그 실체는 전 세계에서도 얼마 없다는 신화 등급의 장비였다.

'한정적이라고는 하나 신을 소환할 수 있다면 충분히 신화 등급이라고 할 만하지.'

스사노오를 떠올렸다.

전신이 폭풍으로 이루어진 거인. 소위 말하는 '장비빨'로 월드 랭커에 든 후지모토는 기본적인 스탯들이 일반적인 월드 랭커에 비해서 많이 꿀렸다.

그럼에도 극마지체에 도달한 강우에게 '위협'이 될 수 있을 정도의 소환을 성공해 냈다. 신화 등급 장비가 가진 성능에 대해서는 의심할 여지가 없었다. 이 장비, 그 격에 걸맞은 재료가 될 것이다.

'권능이 많이 담기면 담길수록 장비가 갖는 힘이 강해진다… 라.'

6차 각성 특성, '악마의 창조술'의 설명을 읽었다. 자연스럽게 스사노오와의 전투에서 사용한 '궁그닐'이 떠올랐다.

'지금은 4가지 권능을 동시에 사용하는 것만으로도 힘들어.'

권능을 동시에 사용하는 것은 2를 제곱하는 것과 같았다. 그렇기에 4가지 권능이라면 한 가지의 권능을 사용하는 것보다 16배나 많은 마기가 필요했다.

'하지만.'

강우는 날카롭게 눈을 빛냈다.

지금은 전투 상황이 아니었다. 권능을 유지하는 동시에 적의 움직임을 파악하고, 공격을 받아칠 필요가 없었다. 순수하게 '권능을 사용'하는 것에 집중할 수 있었다.

'무리하면 5개까지도 가능할 거야.'

강우는 살짝 긴장된 표정을 지었다.

마기 탈진은 마력 탈진에 비해 그 위험도가 훨씬 컸다. 마기는 악마의 육체 자체를 유지시키는 힘이었기 때문에 잘못해서 탈진 상태에 빠지면 후지모토 료마처럼 몸이 말라비틀어져 죽는다.

'우선 연습 좀 해볼까.'

신화 등급 재료는 한 개뿐이었다. 실패한다고 해서 재료가 파괴된다는 내용은 없었지만 조심해서 나쁠 것은 없었다.

"강우, 내가 도와줄 건 없어?"

"주변에 사람이 접근하지는 않는지 확인해 줘. 집중하고 싶거든."

"흐웅! 알았어."

에키드나는 고개를 끄덕이며 가볍게 공중으로 날아올랐다. 주변에 결계라도 칠 생각인 것 같았다.

"시작해 볼까."

강우는 손을 뻗었다.

우선은 익숙한 것부터.

['악마의 창조술' 특성이 발동됩니다.]

바닥에 복잡한 마법진이 떠올랐다.

몸 주변으로 마기가 얽히며 알 수 없는 문자를 만들어냈다. 문자들은 마치 살아 있는 생물처럼 스스로 몸을 움직였다.

꿈틀거리며 몸을 움직인 문자들이 허공에 뭉쳤다. 농구공 크기의 검은 구체가 만들어졌다.

[연성로가 완성되었습니다.]

[신화 등급 이상의 장비를 제조하려면 걸맞은 격의 재료를 넣어주세요.]

강우는 연성로에 손을 올렸다. 마기를 끌어 올렸다.

[재료가 없습니다. 장비의 최대 등급이 전설로 조정되며, 전설 등급으로 감당할 수 없는 권능을 사용할 시 장비가 파괴됩니다.]

"게이볼그."

나지막이 읊조린 강우는 눈을 감고, 이미지를 구체화시켰다.

이윽고 세 가지 권능이 겹쳐졌다. 극마지체를 달성한 지금, 세 가지의 권능을 섞는 것은 어려운 일이 아니었다.

강렬한 마기가 뿜어졌다. 연성로가 꿈틀거리며 움직이기 시작하자, 검은 연기가 짙게 뿌려졌다.

알 수 없는 문자로 이루어진 검은 구체의 표면에 금이 가더니 알이 부화하듯, 표면의 금이 점점 더 커졌다.

그리고.

빠각!

껍질이 깨졌다.

연성로 안에서 검붉은 창이 나타났다.

['게이볼그(유니크 등급)'의 제조에 성공하였습니다.]

"호오."

강우는 짧은 탄성을 흘리며 검붉은 창을 붙잡았다. 확실히 창 안에 자신이 발현했던 '권능'의 힘이 담겨져 있는 것이 느껴졌다.

'그래도 역시 실제 권능의 힘으로 만든 것보다는 못하구만.'

당연하다면 당연한 얘기였다. 마기를 사용해야 유지할 수 있는 게이볼그와, 일단 한 번 만들면 마기 없이도 사용할 수 있는 게이볼그 사이에는 차이가 있을 수밖에 없었다.

"그래도 나쁘지는 않군."

게이볼그를 붙잡아 빙빙 돌렸다. 뜨거운 화염이 뻗어나갔다. 기합과 함께 창을 휘두르며, 근처 바위를 향해 찔러보자.

콰아앙!

바위가 박살 나며 검은 불꽃이 사방으로 튀었다.

"원래 힘의 20% 정도인가."

일단 한 번 만들기만 한다면 다른 권능과 함께 사용할 수 있다는 점에서 생각하면 타당한 성능이었다. 원래 성능의 20%에 불과한 무기라도 천력의 권능, 신속의 권능 등 신체 자체를 강화시켜 주는 권능과 함께 사용한다면 100% 이상의 힘을 발휘할 수 있으니까.

'유니크 등급이라는 게 좀 아쉽군.'

강우는 게이볼그의 정보창을 확인했다. 유니크 등급인 만큼 스탯의 절대치 상승 옵션은 없었다.

"흠……."

생각보다 '악마의 창조술'의 장비 등급 조건이 빡빡했다.

3가지의 권능을 동시에 사용하는 것만으로도 쉬운 일은 아니다. 단순히 마기의 양이 문제가 아니라 각각 다른 권능을 조합시키는 것 자체가 원래는 불가능에 가까운 일이었다. 한 손으로 동그라미를 그리면서 반대편 손으로 세모를 그리는 것조차 쉽지 않은 일인데, 동시에 다른 권능을 사용하는 것은 한 손으로 그림을 그리면서 다른 손으로 글을 쓰는 정도의 난이도였다. 극에 달한 마기 제어 능력을 가진 강우가 아닌 이상 시도할 엄두조차 내지 못하리라.

'그래도 보상이 너무 좋아.'

무리를 해볼 만한 가치가 있을 정도로 그 보상이 좋았다.

5개의 권능을 동시에 운용해 보자는 결심이 섰다.

"일단 좀 더 연습해 봐야겠군."

고작 한 번 만들어보고 바로 신화 등급 장비에 도전할 생각은 없었다. 강우는 게이볼그를 내려놓았다.

에키드나가 다가왔다.

"강우, 무슨 장비를 만들 생각이야?"

"글쎄⋯⋯."

강우는 고민에 잠겼다.

'무기가 가장 좋긴 한데.'

블랙펄 코트와 같은 방어구도 좋지만, 역시 장비의 꽃은 무기였다.

'문제는⋯⋯.'

그가 하나의 무기를 사용하지 않는다는 점.

강우는 도끼, 창, 검을 비롯한 모든 무기를 상황에 따라 사용했다. 그중 가장 익숙한 게 창이라고는 하지만 사실 창술은 펼치는 용도라기보단 대부분 투척용이었다.

'이참에 주 무기를 정해?'

문득 떠오른 생각에 고개를 저었다.

이제까지 그가 좋은 무기를 구하지 못해서 주 무기가 없었던 것이 아니었다. 주 무기가 있다는 것은 그의 다양한 전술에 제약이 걸린다는 것.

그는 김시훈과 천무진처럼 하나의 무기에 통달한 무인이 아니었다. 무수한 전투의 경험을 통해 쌓아 올린 센스로 그때그때 변칙적인 공격을 하는 것이 그의 스타일이었다.

"무슨 고민 있어, 강우?"

"무슨 무기를 만들지 고민이야."

강우는 자신의 고민을 얘기했다.

에키드나가 고개를 갸웃거리며 대답했다.

"형태가 변하는 무기를 만들 수는 없는 거야?"

그녀는 자신의 팔을 드래곤의 그것으로 바꾸며 물었다.

강우의 눈이 반짝였다.

"호오."

간단하면서도, 명쾌한 해결책이었다. 무기 자체가 모습을 바꾸는 능력을 가지고 있다면 굳이 고민을 할 이유가 없었다.

강우는 에키드나의 머리칼을 쓰다듬었다.

"좋은 생각이야."

"흐웅! 흐웅!"

에키드나는 콧바람을 내뿜었다.

한동안 그녀의 머리칼을 쓰다듬던 강우는 다시 한번 '악마의 창조술'을 사용했다.

바닥에 내려놓은 게이볼그가 가루가 되어 흩어졌다.

'형태가 변하는 무기.'

그 이미지를 명확하게 잡기 위해 충분한 연습이 필요했다.

'확신이 섰을 때 스사노오의 눈을 사용한다.'

급할 이유가 없었다. 연습은 결과를 배신하지 않는다.

강우는 눈을 감았다. 연성로가 다시 만들어졌다.

삼 일 후. 강우는 한설아, 에키드나와 함께 다시 산을 찾았다.

"그럼, 시작할게."

"예!"

한설아는 고개를 끄덕였다.

강우가 무얼 하려는지는 오기 전에 들었다. 자신이 그의 도움이 되기 위해 뭘 해야 하는지도.

"빛의 은총!"

빛이 흘러나와 강우의 몸속으로 들어가고, 그의 고유 스탯이 증가했다.

"크라켄의 분노."

블랙펄 코트가 빛났다. 폭발적인 마기가 뿜어져 나왔다. 116에 도달한 마기 수치.

강우는 천천히 눈을 감았다.

'악마의 창조술.'

곧 마법진이 만들어지고, 농구공 크기의 연성로가 떠올랐다.

강우는 스사노오의 눈을 손에 쥐었다. 망설임은 없었다. 지난 3일간 쉬지 않고 연습했고, 확신이 들었다. 준비할 수 있는 것들은 모두 준비했다.

그가 연성로에 손을 집어넣었다.

[신화 등급 장비에서 재료를 추출합니다. 조건이 충족되었습니다. 1회에 한해서, 신화 등급 이상의 장비를 제조할 수 있습니다. 단 충분치 않은 권능의 숫자로 제작을 시도할 경우 전설 이하 등급이 제조될 수 있습니다.]

"후우."

숨을 내쉬고, 머리를 비웠다.

'변형, 파쇄, 참살, 지옥불, 폭풍.'

생각을 마친 강우는 다섯 개의 권능을 끌어 올렸다. 그 순간, 썰물처럼 마기가 빠져나갔다.

일반적인 권능의 32배에 달하는 마기의 사용. 115에 달하는 마기 스탯을 가지고도 다섯 가지의 권능을 동시에 유지하는 것은 힘들었다.

"크으……."

침음이 흘러나왔다. 머리가 깨질 듯이 아파왔다. 소모되는 마기도 마기지만 그를 제어하기 위한 정신력의 고갈도 심각했다.

'집중해.'

고통을 무시했다. 눈을 감고, 연습해 오던 무기의 이미지를 떠올렸다.

어떤 형태로도 자유롭게 변형이 가능한 무기.

'조금만 버티면 돼.'

연성에는 오랜 시간이 필요하지 않았다. 손을 타고 연성로가 꿈틀거리는 것이 느껴졌다.

이대로 10초. 10초만 지나면 그가 원하는 무기가 만들어질 것이다.

[5가지의 권능이 확인되었습니다. 조건을 모두 충족하였습니다. 신화 등급 장비를 제조합니다.]

시스템 메시지의 목소리가 들렸다.

신화 등급. 세계에서도 손으로 꼽는다는 등급의 장비가 그의 손을 통해 만들어지는 것이다.

"……."

침묵이 내려앉았다.

9초. 문득, 한 가지 생각이 떠올랐다.

8초. 대공들이 가지고 있던 일곱 개의 무기. 과연 그 무기들에게 '등급'이 붙여진다면 어디일지 궁금해졌다.

7초. 대공은 강했다. 너무 강해서 서로 죽이지 못한다는 말이 이해될 정도로 그들은 강했다.

6초. 그 강함은 본신이 가진 힘도 있지만, 그들이 지니고 있던 '지옥 무구'의 영향이 컸다.

5초. 구천지옥의 마기가 아득한 세월 동안 모여 만들어졌다는 지옥 무구.

4초. 아무리 생각해도 그 무기들이 '고작' 신화 등급일 리가 없다는 생각이 들었다.

3초. 지옥 무구를 사용한 경험은 없었다. 지옥 무구에는 대공의 영혼이 담겨 있었고, 대공은 그를 주인으로 섬기지 않았다.

2초. 지옥 무구를 모아 지구로 귀환하는 게이트를 연 것은 어디까지나 지옥 무구 자체가 지닌 힘을 편법으로 응용한 것에 불과했다.

1초. 불현듯.

'부족해.'

욕심이 들었다.

강우는 눈을 떴다. 항거할 수 없는 갈망이, 제어할 수 없는 욕망이 끓어올랐다.

부족했다. 이 정도로는 성에 차지 않았다. 머리는 터질 것처럼 아팠고, 마기는 빠르게 고갈되고 있었다.

하지만 그럼에도.

'부족해.'

부족했다.

강우는 여섯 번째 권능을 끌어 올렸다. 무슨 권능을 사용할지는 고민하지 않았다.

['포식의 권능'이 더해졌습니다. 조건이 갱신됩니다.]

['초월' 등급 장비를 제조합니다.]

쿠구구구궁!!!

지진이라도 일어난 듯 산이 뒤흔들렸다. 거대한 힘의 파동이 주변을 휩쓸었다.

"가, 강우 씨?"

"강우!"

두 여인의 비명 소리가 울려 퍼졌다. 강우에게는 들리지 않았다. 마기로 이루어진 검은 폭풍이 그의 몸을 휘감았다.

'아.'

머릿속이 희미해졌다. 망망대해 위에 누워 떠다니는 듯한 아득함이 그의 전신을 감쌌다.

6개의 권능을 동시에 사용하는 것은 지옥에 있던 시절 그에게도 쉽지 않은 일이었다. 6개가 되면 더 이상 마기의 문제가 아니었다. 권능을 제어할 수 있는 연산 능력 자체가 한계에 부딪힌다.

'무리했나.'

자문할 필요도 없었다. 사실 5개의 권능을 동시에 사용하는 것만으로도 나름의 각오가 필요한 일이었다. 그런데 6개라니. 그것도 그가 가진 수백 개의 권능을 중 가장 강력한 포식의 권능을 섞다니. 제정신으로는 할 수 없는 일이었다.

'이거 꽤 위험하네.'

한계까지 부풀어 오른 풍선에 있는 힘껏 바람을 불어넣은 격이었다.

모든 힘을 갖추고 있던 시절에도 이런 정신 나간 짓을 시도하지는 않았다. 지금 당장 전신이 터져 즉사한다고 해도 이상하지 않았다.

'하지만.'

이상하게 후회가 되지는 않았다. 아니, 걱정조차 되지 않았다. 머릿속에서는 위험하다고, 지금이라도 멈춰야 한다고 경고하고 있었다. 하지만 근거를 알 수 없는 확신이 '괜찮아, 이대로 계속해도'라고 그를 부추겼다.

찌억.

연성로에 댄 손바닥이 갑작스럽게 찢어졌다. 검은색 피가 쏟아지고, 쏟아져 나온 피가 연성로에 섞여 들어갔다. 그의 혈액을 타고 연성로 내의 기운과 몸 안의 기운이 섞여 들었다. 아득한 감각이 더욱 강해졌다. 의식이 흐려졌다. 더 이상 6개의 권능을 제어할 수 없었다.

강우는 연산을 포기했다. 그러자 놀라운 일이 일어났다.

'이거였구나.'

그의 몸 전체가 권능의 제어를 대신하고 있었다.

처음 겪어보는 일이었다. 강우는 어째서 '악마의 창조물'이라는 권능이 극마지체를 이룬 후에 완전히 개화했는지 이해했다.

권능의 제어. 머리로 연산을 하는 것이 아닌, 본능에 가까운 감각으로 권능을 제어하는 것. 이것이 극마지체의 진정한 효력이었다. 아니, 이것만을 위해서 극마지체에 도달했다고 해도 과언이 아니다.

연성로에서 흘러나온 기운이 혈액을 타고 강우의 심장으로 뻗어나갔다.

그리고 무언가가 '연결됐다'라는 감각이 느껴졌을 때, 청아한 방울 소리가 귓가를 울렸다.

[‘마해(魔海)의 열쇠(초월 등급)’의 제조에 성공하였습니다.]

시스템 창이 떠올랐다.

동시에 연성로 자체가 응축되듯 한 점에 모여들었다.

[‘악마의 창조술’의 극의를 이루어냈습니다.]

[마기 스탯이 2 증가합니다.]

[더 이상 ‘악마의 창조술’ 특성을 사용할 수 없습니다.]

“호오.”

강우의 눈이 반짝였다. 마기 스탯이 증가하며 버프를 제외

한 기본 마기 스탯이 110에 도달했다.

‘애초에 악마의 창조술 자체가 이걸 만들기 위해 개화한 거

였군.’

연성로가 응축되어 만들어진 검은 구슬을 손에 쥐었다.

생긴 것 자체는 후지모토 료마가 사용하던 ‘스사노오의 눈’

과 비슷했다. 탁구공 정도의 크기를 지닌 검은 구슬.

강우는 ‘마해의 열쇠’의 정보를 확인했다.

[장비 정보]

장비명: 마해(魔海)의 열쇠

등급: 초월(각인 완료)

타입: 성장형 *특정 조건이 완수될 때마다 강화됩니다.

기본 효과: 고유 스탯 +3, 불굴, 변환, ??? *아직 개방되지 않았습니다.

특수 효과: ???, ??? *아직 개방되지 않았습니다.

[효과 설명]

불굴: 어떠한 물리적, 마법적, 영적인 충격으로도 파괴되지 않습니다.

변환: 스킬로 등록된 '무기'로 변환합니다. 권능으로 만든 무기 성능의 34%를 발휘합니다.

"음……."

장비 정보를 확인한 강우의 입에서 침음이 흘렀다.

이번에도 물음표로 가득 차 있었다.

'성장형이라.'

장단점이 있었다.

일단 등급이 초월 등급이니 무궁무진한 미래를 기대해 볼 순 있다. 하지만 당장의 효과 자체는 기대했던 것에 미치지 못한다.

"아니, 잠깐만."

강우는 다시 한번 정보창을 꼼꼼히 살폈다.

그가 집중한 것은 기본 효과. 그중에서도 '변환'의 설명이었다.

'스킬로 등록된 무기라면······.'

그가 한 번이라도 권능으로 만든 무기들은 모두 스킬로 등록됐다. 바이던트도, 게이볼그도, 최근 만들어낸 궁니르도 모두 스킬로 등록되어 있는 상태였다.

'권능으로 만든 무기 성능의 34%.'

악마의 창조술을 통해 만든 게이볼그가 원래의 20% 남짓한 성능을 가지고 있었다. 그것을 고려한다면 1.5배 가까이 차이 나는 성능은 사기적이라고 해도 좋은 효과였다.

'엄청 좋은데?'

변환 효과만 하더라도 초월 등급값을 한다고 평가해도 괜찮을 정도였다. 아니, 지나칠 정도로 사기적이었다. 막말로 말해 미리 권능들을 조합해 스킬들을 등록해 두면 '악마의 창조술'을 그때그때 즉석에서 사용하는 듯한 효과가 아닌가.

'게이볼그.'

시험 삼아 스킬을 사용했다. 그러자 탁구공 크기의 검은 구체가 검붉은 창의 모습으로 바뀌었다.

게이볼그를 움켜쥐자 이전 '악마의 창조술'의 연습으로 만들었을 때보다 강력한 힘이 느껴졌다.

'이거 진짜 사기잖아.'

탄성이 흘러나왔다.

이렇게 된 경우, 무조건적으로 기본 스펙 자체가 뛰어난 스킬을 사용하는 것이 가장 효율이 좋았다. 게이볼그의 34%의 성능보다 궁니르의 34%의 성능을 가진 무기를 만들어내는 것이 당연히 효과가 클 수밖에 없으니까.

'궁니르.'

4가지 권능을 동시에 사용한 스킬을 사용했다.

[현 상태에서는 4가지 이상 권능을 사용한 무기로 변환이 불가합니다.]

"아, 그럼 그렇지."

너무 말도 안 되는 성능이라고 생각하고 있었는데 아니나 다를까, 4가지 이상 권능을 사용한 무기로는 변환이 불가능했다.

하지만, 아쉬워할 것은 없었다.

'아직 무기의 모든 힘이 개방된 건 아니야.'

마해의 열쇠는 성장형이었다. 성장을 위한 조건이 명확하진 않지만 어쨌든 지금보다 더욱 강해질 수 있단 의미.

당장의 성능이 이 정도로 사기급인데 성장을 한다면 얼마나 사기적인 무기가 될지 예측할 수 없었다.

'초월 등급이라는 이름값을 하네.'

만족스러웠다. 그에 자연스럽게 미소가 지어졌다.

강우는 마해의 열쇠를 이리저리 살피며 성능을 체크했다. 그렇게 알게 된 것이 몇 가지 있었다.

'굳이 스킬에 등록된 무기 말고도 형태를 자유롭게 변형할 수 있군.'

물론 그렇게 형태만 바꿀 시 특별한 권능의 힘은 담기지 않았다.

'그리고 변환 가능한 건 역시 무기류 스킬뿐인가.'

그가 권능을 사용하여 사용하는 스킬은 두 종류였다.

게이볼그, 그람, 바이던트 등의 무기를 만들어내어 직접 움켜쥐고 싸우는 '무기형 스킬'. '하늘부수기', '칼날의 대지' 등 단발적인 효과를 지닌 '마법형 스킬'. 그중에서 마해의 열쇠가 변환 가능한 것은 무기형 스킬이었다.

'그것만 해도 충분하지.'

강우는 마해의 열쇠를 반지의 형태로 만들어 오른손 중지에 착용했다.

'마기 스탯 113.'

여기에 크라켄의 분노와 한설아의 버프가 겹쳐진다면 120에도 도달할 수 있었다.

"좋군."

강해진다는 것은, 할 수 있는 것이 많아진다는 것은 역시 기분 좋은 감각이었다. 지금이라면 구천지옥의 악마와도 충분히 싸워볼 수 있었다.

"가, 강우 씨, 괜찮으신 건가요?"

한설아가 조심스럽게 물었다.

"응. 괜찮아."

"휴우. 무슨 일이 일어난 건 아닌가 걱정했어요."

"아무 일 없었어. 그보다 슬슬 돌아가자."

"그 무기를 만드신다는 건 잘 끝나셨나요?"

강우는 손을 들어 보였다. 오른손 중지에 있는 반지가 형태를 바꿔 단검으로 변했다.

"보다시피."

"아……."

그의 손가락에 끼워진 '반지'에 일순 그녀의 몸이 움찔거렸다. 그녀는 크흠, 헛기침을 하며 말을 이었다.

"다행이네요."

"무기도 잘 만들어졌으니 슬슬 돌아가자고."

"예. 아 맞다. 아까 강우 씨가 무기를 만들고 있을 때 연주 씨에게 전화 왔어요."

"차연주한테?"

"예. 줄 게 있다고 잠깐 길드에 들리라고 했어요."

"흠……. 알았어."

강우는 고개를 끄덕이며 한설아의 몸을 가볍게 안았다.

그러곤 천공의 권능을 사용해 하늘로 날아올랐다. 그녀의 얼굴이 붉어졌다.

"그럼 레드로즈 길드 먼저 들렀다 가자."

"아, 왔어?"

사무실의 문을 열자 차연주가 고개를 들었다.

강우는 의자에 앉았다.

"줄 게 뭔데?"

"이번에 쿠로사키 유리에가 물건을 몇 개 보내왔어."

"쿠로사키 유리에가?"

"응. 자신을 구해준 영웅을 범죄자로 몰아가려고 했던 것에 대한 사죄의 의미라네."

"걔가 그런 것도 아닌데 뭔 사죄."

강우는 허탈한 웃음을 흘렸다. 그를 악마교로 몰아가려고 했던 것은 후지모토 료마지 그녀가 아니었다.

"나도 몰라. 일단 한번 받아볼래?"

"음……. 뭐, 그러지."

차연주가 내민 박스를 열었다.

가장 먼저 카드 하나와 편지가 보였다.

[이번에 있었던 불미스러운 일에 대해 진심으로 사죄하는 바입니다. 카드에는 한국에서 사용하실 수 있도록 원화 300억이 들어 있습니다. 그리고 아래는 제 연락처입니다. 혹시 도움이 필요하시다면 언제든지 연락 주세요. 어떤 일이든 제 모든 힘을 다해 강우 님을 도와드리겠습니다.]

"허……."

300억. 아무리 그녀가 일왕의 손녀라고 할지라도 함부로 사용할 수 없는 거액이었다. 거기에 어떤 일이라도 도와주겠다니? 병든 일왕을 대신하여 사실상 일왕의 역할을 대신하고 있는 여인이 할 소리가 아니었다.

'얘 대체 왜 이러는 거야?'

분명 그녀의 목숨을 자신이 구한 것은 사실이었다.

하지만 아무리 생명의 은인이라고 할지라도 일반적으로 이 정도까지 간이고 쓸개고 다 빼주지는 않는다. 물에 빠진 사람 건져줬더니 갑자기 보따리에 집문서를 넣어서 주는 꼴이 아닌가. 그 반대 상황보다야 훨씬 낫지만 이해할 수 없는 건 마찬가지였다.

"네가 꽤 마음에 든 모양인데. 흥, 좋겠네. 공주님에게까지 사랑받아서."

차연주는 영 마음에 안 든다는 듯 핀잔을 주었다.

강우는 끄응 하고 침음을 삼키며 박스 안을 마저 살폈다.

"뭐야 이건 또?"

박스 안에는 냉동 포장된 물건이 하나 들어 있었다.

열어서 안을 확인했다.

"……문어?"

냉동 포장된 박스에는 사람 머리만 한 크기의 문어가 있었다. 무슨 마법적인 장치가 되어 있는 건지 냉동 포장되어 있음에도 촉수와 닮은 8개의 다리를 꾸물거리며 살아 있었다.

"대체 왜 문어를 보낸 거야?"

강우는 복잡한 표정으로 박스 안을 내려다보았다.

◆ 6장 ◆
정의의 검

시간이 흘렀다.

강우는 마해의 열쇠를 다루는 데 전념하는 한편 '변환'의 기능을 최대한으로 살리기 위해 3가지 이하 권능을 섞은 '무기형 스킬'을 미리 등록했다.

극마지체와 더불어 113에 달하는 마기 스탯을 가지게 된 강우에겐 이제 3가지의 권능을 섞는 것은 큰 어려움이 아니었고, 스킬의 숫자는 꾸준히 늘어났다.

스킬을 등록하고 난 후 강우가 집중한 것은 아직도 풀리지 않은 레벨 제한을 푸는 일이었다.

마령의 조건은 알 수 없고, 일반적인 몬스터를 먹어치워서는 더 이상 마기 스탯을 올릴 수도 없으니 일단은 레벨 제한을 푸는 것에 집중한 것이다.

"후-우. 더럽게 안 풀리네, 진짜."

강우는 한숨을 내쉬며 거실 소파에 앉았다.

레벨 제한을 풀기 위해 온갖 시도를 한 지 일주일. 시스템의 저주를 받았다는 차연주의 말이 더 이상 농담처럼 들리지 않았다.

사실 대부분의 플레이어들이 이 6차 각성, '노력의 끝'에 막혀 레벨을 올리지 못하는 것이 일반적이었다.

하지만 그건 어디까지나 일반적인 플레이어들의 이야기. 어느 정도 재능이 있는 플레이어는 별다른 고생 없이 레벨 제한을 극복하고는 했다.

플레이어의 재능만 놓고 보더라도 강우와 비교할 수 있는 건 김시훈 정도밖에 없으니 레벨 제한이 풀리지 않는 것은 확실히 이상했다.

'극마지체를 달성하면 풀릴 거라고 생각했는데 말이야.'

이쯤 되면 그냥 레벨 업을 포기하고 다른 방법을 찾는 것이 좋을 것 같다는 생각이 들었다. 어차피 그는 다른 플레이어와 달리 레벨 업으로만 성장을 기대해야 하는 존재가 아니었으니까.

"쯧……."

강우는 혀를 찼다. 눈살이 찌푸려졌다.

만약 레벨 업이 단순하게 스탯만을 상승시켰다면 진즉에 포기했을 것이다. 문제는 레벨 업을 통해 악마의 창조술과 같은 새로운 특성을 얻을 수 있다는 것과 만마전의 봉인을 약화시킬 수 있다는 것. 특히 만마전의 봉인을 약화시키는 것은 그의 힘을 되찾는 데 핵심적인 요소였다.

'알 수가 없네.'

이 정도까지 레벨 제한이 풀리지 않는 것을 봤을 때 분명 다른 이유가 있을 것이다. 하지만 그것이 무엇인지 지금 상황에서는 알 수 없었다.

"진짜 악마교를 직접 찾으러 가봐야 하나."

우연인지 필연인지 악마교를 처치해 나가면서 얻은 콩고물이 상당히 많긴 했다. 하지만 그들을 찾아 직접 두 발로 뛰는 것은 효율이 좋지 않았다.

차연주에게 최근 러시아 쪽에서 악마교의 조짐이 보이고 있다는 정보는 들었다.

'조짐이 있다 해도 땅덩어리가 그렇게 넓은데 어떻게 찾아.'

차라리 한국이나 일본 때처럼 대놓고 활동하면 모를까. 숨어 있는 그들을 찾기란 쉽지 않았다.

"끄응."

마땅히 할 수 있는 일이 없었다.

강우는 소파에 누웠다.

그때, 방에서 나온 에키드나가 종종걸음으로 그에게 다가와 앉았다.

누워 있는 강우의 배 위에 엉덩이를 걸친 그녀가 물었다.

"강우, 나 TV 보고 싶어."

"……우선 거기서 내려와."

"싫어. 여기가 좋은걸."

에키드나는 장난스러운 미소를 지으며 흐응 하고 콧바람을 뿜었다. 처음 버려진 고양이처럼 조심스러웠을 때와 달리 꽤나 활발해진 모습이었다.

강우는 몸을 일으켜 무릎 위에 그녀를 올렸다. 그러고는 리모컨을 들어 TV를 켰다.

"뭐 보고 싶은 프로그램 있어?"

"러× 라이브!"

꽤나 장수하고 있는 일본 만화의 이름이었다.

"대체 그게 뭐가 재밌다고……."

"애들이 귀여운걸!"

강우는 피식 웃으며 채널을 돌렸다.

채널을 돌리던 중, 뉴스 방송이 나왔다. '속보'라고 적힌 문구가 눈에 들어왔다. 채널을 멈췄다.

-속보입니다. 월드 랭커 알렉 오즈번이 한국에 방문했다고 합니다. '정의의 검'이라는 칭호로 유명한 알렉 오즈번은 이번

이수역 사건을 해결하며 세계적으로 유명세를 얻은 김시훈 플레이어를 만나기 위해 왔다고 내한의 이유를 밝혔습니다. 이에 각 커뮤니티는 이 영웅들의 만남에 대해 뜨거운 반응과 함께……

"정의의 검……?"

이건 또 무슨 유치찬란한 칭호란 말인가.

강우는 헛웃음을 흘리며 스마트폰을 들었다. 그는 검색창에 '알렉 오즈번'의 이름을 검색했다.

작성자(하스 운빨똥망겜): 대박ㅋㅋㅋㅋㅋㅋㅋㅋㅋ!!

와 검룡이 ㄹㅇ 유명하긴 한가 보네. 알렉이 직접 만나러 오고.

작성자(트레샤): 근데 검룡은 아직 월드 클래스 아니지 않음?

솔직히 알렉에 비하면 후달리는데.

└ㅇㅇ: 검룡 월드 클래스임 ㅅㄱ

└사계수: 아마 장기적인 성장 가능성을 생각했겠죠. 검룡은 아직 플레이어 각성한 지도 얼마 안 지났는데.

작성자(제리엠): 국뽕 최대로!!

백강현 새끼 때문에 걸린 암이 나았습니다.

작성자(브론즈 탈출 좀): 솔직히 검룡 별 거 아닌데 ㅉㅉ 암 것도 모르는 넘들.

ㅈㄱㄴ

└우엉부엉: 네 다음 브론즈.

└짱태수: 하하하! 이 사람이 뭘 좀 아는구려! 시훈 씨도 대단하지만 우리 형님이 더 대단하지!

└나비계곡: ㄹㅇ 진짜는 따로 있는데 그걸 모름.

└소소리: 어그로 자제 좀요;;;

└가빈지: 얘들 단체로 왜 이럼?

'아주 난리가 났네.'

이름을 검색하자마자 현재 커뮤니티 반응에 대해서 수많은 글이 올라왔다.

하지만 그가 알고 싶은 것은 커뮤니티의 반응이 아니었다.

알렉 오즈번(정의의 검)-꺼무위키

알렉에 대한 정보를 모아놓은 사이트가 있었다.

강우는 사이트를 보며 알렉 오즈번에 대한 대략적인 정보를 확인했다.

'잘생겼네.'

꽁지 머리를 한 금발 미남의 사진이 보이고, 그 아래로 여러 정보가 정리되어 있었다.

[알렉 오즈번: 영국인, 29세, 월드 랭커.]

['정의의 검'이라 불리는 이유: 알렉 오즈번은 영국을 넘어 세계적인 영웅으로 언제나 약자를 위해 검을 드는 것으로 유명하다. 두 달 전 이수역 사건 이후 자신 또한 오래전부터 악마교와 싸우고 있었다는 사실을 밝혔다. 한 달 전 유럽 쪽에서 움직임을 보이던 악마교 지부를 습격해 사고를 미연에 방지했다.]

"흠……."

인터넷에 적힌 정보로만 보면 꽤나 호인이었다. 착하고 성실하며, 모두에게 상냥하다.

'약간 시훈이랑 닮은 것 같기도 하고.'

외모는 제쳐두고 성격만 보면 김시훈과 비슷한 점이 몇 개 있었다.

'김시훈을 만나러 왔다고 했지.'

강우는 에키드나를 내려놓은 채 자리에서 일어섰다. 이런 상황에서 가만히 있을 수는 없었다. 알렉이 김시훈을 만나러 온 목적이 뭔지 알아야 했다.

'인기 많네, 우리 시훈이.'

천무진에 이어서 알렉 오즈번까지. 주인공(?)답게 온갖 세계 인사들의 관심을 한 몸에 받고 있었다.

"강우, 어디 가는 거야?"

"시훈이 좀 만나러."

오늘은 천무진에게 수련을 받는 게 아니라 한설아, 태수와 같이 게이트에 사냥을 간다고 들었다.

"나도 같이 갈래."

"TV 본다며?"

"강우랑 같이 있는 게 더 좋아."

에키드나가 그의 옷자락을 잡았다.

강우는 피식 웃으며 고개를 끄덕였다.

"가자."

주차장으로 내려와 차를 탔다.

'인천 쪽에 있는 A급 게이트라고 했지.'

아침에 한설아에게 어디로 사냥을 가는지는 들었다. 강우는 인천으로 차를 몰았다.

"강우 형님!! 여기요!!"

A급 게이트에서 얼마 떨어지지 않은 곳에 위치한 한산한

카페. 강우의 연락을 받은 네 사람이 그곳에서 그를 기다리고 있었다.

강우는 의자를 당기며 자리에 앉았다.

"계속 사냥하고 있어도 괜찮았는데."

"하하하! 형님이 오신다는데 그럴 수는 없지 않소? 그리고 안 그래도 오늘은 사냥을 그만두려고 했소."

"알렉 오즈번 때문에?"

"아, 형님도 뉴스를 들었군."

"그것 때문에 온 거니까. 그나저나 너희는 어떻게 뉴스를 들은 거야? 게이트 안이라 통신도 안 통하는데."

"나중에 게이트에 들어온 플레이어들이 시훈 형씨를 알아보고 얘기해 줬소."

강우는 고개를 끄덕이며 김시훈을 향해 고개를 돌렸다.

'얘는 왜 이래.'

김시훈은 마치 오줌을 참는 것처럼 두 다리를 모은 채 몸을 들썩이고 있었다. 입가도 히죽거리고 있는 게 꽤나 이상해 보였다.

"뭐 문제라도 있어?"

"아, 아닙니다!!"

다급한 표정으로 고개를 젓는다.

"그, 그냥… 믿기지가 않아서요. 저, 정의의 검이 절 보러 한국까지 온다니……."

"……그렇게 좋냐?"

"그, 그럼요! 다른 사람도 아닌 정의의 검이라고요! 약자를 위한 검! 이 얼마나 멋있습니까!"

'뭐가 멋있는지 모르겠는데.'

만약 자신에게 그런 칭호가 붙는다면 혀를 깨물어 죽고 싶을 정도로 쪽팔릴 것 같았다.

'뭐, 김시훈이니까.'

김시훈이 딱 좋아할 것 같은 사람이라는 건 부정할 수 없었다.

"흠……."

침음을 삼켰다. 묘하게 거슬리는 게 있었다. 하지만 정확히 뭐가 거슬리는지는 강우 본인도 딱 잘라 말하기 힘들었다.

"그나저나 레벨 업은 잘하고 있어?"

"아, 예! 얼마 전에 드디어 60레벨을 넘었습니다!"

"……뭐?"

이젠 자신보다 레벨이 높아졌다는 그의 말에 황당해졌다.

"레벨 제한은?"

"아… 그게 말이죠."

김시훈은 어색한 미소와 함께 머리를 긁적였다.

한설아가 대신 설명했다.

"시훈 씨는 레벨 제한이 따로 없으셨대요."

"……."

자신이 지금 레벨 제한 때문에 골머리를 썩고 있던 것을 생각하면 억울하기 짝이 없는 일이었다.

'이런 사기꾼 자식이.'

아무리 주인공 보정이 있다고 해도 레벨 제한조차 없다는 게 말이 되는가.

"……다른 사람들은?"

"저랑 태수 씨는 이제 막 레벨 제한에 막혔어요. 은비는 아직 50레벨 중반이고요."

"으……. 이게 다 내가 마법 캐스팅하기도 전에 시훈 오빠가 쓸어버려서 그런 거 아냐! 거기다가 혼자만 레벨 제한도 없고! 사기야, 이건!"

은비는 억울하다는 듯 외쳤다.

'나도 억울하다.'

김시훈이 어떻게 레벨 제한을 풀었는지 참고도 할 수 없었다.

강우는 머리를 움켜쥐었다.

'빌어먹을 재능충.'

자신이 할 말은 아니었지만 아무리 그래도 레벨 제한 자체가 없다는 건 좀 너무하지 않은가. 절로 한숨이 흘러나왔다.

"그, 그나저나 어떻게 해야 할까요? 제가 직접 공항으로 모시러……."

"아니, 그럴 필욘 없을 거야."

커피 잔을 들어 느긋이 한 모금 마셨다.

김시훈은 어리둥절한 표정으로 강우를 바라봤다.

"알아서 찾아오겠지."

무려 월드 랭커다. 기본적인 정보 인프라도 없다는 건 말이 되지 않았다.

달칵.

"어?"

말이 끝나기가 무섭게 카페의 문이 열리고 꽁지 머리를 한 금발의 미청년이 카페 안으로 들어왔다.

"아, 알렉 오스번."

김시훈의 목소리가 떨렸다.

카페로 들어온 알렉은 김시훈을 발견하고는 방긋 미소를 지었다. 가까이 다가온 그는 품속에서 동그란 장치를 꺼내어 목에 댔다.

"처음 뵙겠습니다. 혹시 검룡 김시훈이 맞으신가요?"

또렷한 한국어로 그가 물었다.

김시훈은 얼떨떨한 표정으로 고개를 끄덕였다.

"예, 예! 제가 김시훈이 맞습니다."

"하하. 반갑습니다. 알렉 오스번이라고 합니다."

"아……. 네."

"한국의 영웅과 이렇게 만나게 되어 영광입니다."

알렉이 손을 내밀었다. 김시훈은 그의 손을 붙잡으며 당황한 목소리로 소리쳤다.

"여, 영광이라뇨! 오히려 제가 더 영광입니다!"

흥분에 찬 눈빛. 붉어진 뺨. 아이돌을 만난 소녀와 같은 표정이었다.

"……."

강우는 굳게 입을 다물었다. 뭔지 모를 짜증이 밀려왔다.

'나한테는 그런 표정 지어준 적 없잖아.'

마음에 들지 않았다.

"여긴 무슨 일입니까?"

강우는 다소 날카로운 목소리로 물었다. 가늘게 눈을 뜨고, 알렉을 위아래로 살폈다.

'확실히 이름값을 하는 것 같긴 한데.'

가만히 서 있는 동작에서도 기품과 함께 정돈된 마력의 기운이 느껴졌다. 물론 이게 전부일지, 아니면 더 큰 힘을 숨기고 있는지는 알 수 없었다.

하지만 확실한 것은 한 가지 있었다.

'후지모토보다는 위야.'

본신의 힘보다 스사노오의 눈이라는 사기급 장비의 힘에 기대어 월드 랭커 반열에 오른 후지모토와는 달랐다.

언뜻 보기에 허리춤에 찬 검도 그다지 좋아 보이지 않았다. 순수한 '실력'으로 월드 랭커 반열에 오른 것은 의심의 여지가 없었다.

"당신은⋯⋯."

알렉의 시선이 강우를 향했다.

김시훈이 나서 설명했다.

"제가 친형처럼 모시는 분입니다."

"오, 기사들의 형제애란 건가요?"

"음. 좀 다를지도 모르지만 제가 존경하고 따르는 분이라는 것은 사실입니다."

"하하. 검룡에게 그런 선배가 있을 줄은 몰랐네요. 반갑습니다. 알렉이라고 합니다."

"오강우입니다."

알렉이 내민 손을 마주 잡았다.

강우의 손을 잡은 알렉의 표정이 일순 딱딱하게 굳었다. 하지만 그것도 잠시, 그는 희미한 미소를 지으며 고개를 끄덕였다.

"과연, 검룡이 따를 만한 분이시군요."

"동생에게 부끄러운 형은 되지 말아야죠."

"하하하! 좋은 말씀입니다."

알렉은 주변 사람들을 둘러보았다.

"여러분은 검룡의 동료로 보이는군요. 실례가 아니라면 소개해 주실 수 있겠습니까?"

"아, 예. 물론……."

김시훈이 고개를 끄덕이며 한 명씩 설명하려 했다.

그러나 강우가 손을 들어 그를 막았다.

"우선 머나먼 타지에서 시훈이를 만나기 위해 온 목적부터 듣죠."

괜히 쓸데없는 일로 시간을 끌고 싶지는 않았다. 속 편하게 친분을 쌓을 생각도 없었다.

강우는 자리 앉아 알렉에게 눈짓을 보냈다. 알렉은 난처한 미소를 지으며 의자에 앉았다.

"검룡의 동료분들과 좀 더 친분을 쌓고 싶었는데 아쉽군요. 하지만 일리 있는 말씀입니다. 목적을 말하지 않고선 경계할 수밖에 없겠죠."

그는 차분한 목소리로 말을 이었다.

"저는 한 달 전, 유럽 쪽에서 움직임을 보이는 악마교 세력들과 일전을 벌인 적이 있습니다."

사이트에서 본 내용이었다.

"그들은 강했습니다. 월드 랭커라는 이름이 부끄러워질 정도였죠. 저는 그들과 싸우던 도중 이길 수 없다는 것을 알고 도망쳤습니다."

"······인터넷에는 악마교의 습격을 미연에 방지했다고 적혀 있던데요."

"그들의 사악한 계획 자체를 막아낸 것은 사실입니다. 하지만 그건 어디까지나 계획을 뒤로 늦춘 것일 뿐, 근본적으로 해결하진 못했죠."

그는 씁쓸한 미소를 입가에 머금었다.

"오히려 지금은 악마교도들의 암살자가 제 뒤를 쫓고 있는 상황입니다."

"흐음."

강우는 침음을 삼켰다.

상황은 알겠다. 하지만 그것이 검룡을 찾으러 온 이유는 되지 않았다.

"그래서, 설마 시훈이에게 지켜달라는 목적으로 온 건 아니겠죠?"

냉정하게 말해서 김시훈은 아직 약했다. 그가 세계적으로 주목받은 것은 이수역 사건에서 보여준 영웅적인 모습 때문이었지 그 힘 자체가 아니었다. 차연주만 하더라도 아직까진 김시훈을 어렵지 않게 이길 수 있었다.

"하하, 물론이죠. 아직 얘기드릴 게 더 남았습니다."

알렉 오즈번의 말이 이어졌다.

"그렇게 뒤를 쫓기던 중 저는 '가디언즈'라고 불리는 집단의 도움을 받을 수 있었죠."

"가디언즈……?"

들어본 적 없는 이름이었다.

"아직 유명하지 않은 곳입니다. 다만, 이건 확실하게 말씀드릴 수 있습니다. 가디언즈는 인류의 희망입니다."

뜨거운 눈빛으로 말하는 알렉의 이야기를 들은 강우의 눈이 가늘어졌다. 가디언즈. 그 명칭이 머릿속을 떠다녔다.

알렉은 김시훈을 향해 시선을 옮겼다.

"시훈 씨. 한 가지 물어볼 게 있습니다."

"아, 예……."

"혹시 '수호자'라는 존재에 대해서 들어본 적 있으십니까?"

"……?"

김시훈은 크게 동요한 듯 동공이 커졌다. 그 모습을 본 강우는 표정을 일그러뜨렸다.

수호자. 시스템의 선택을 받은, 세상을 구원하기 위해 나타난 존재들.

"서, 설마 알렉 씨도……?"

더듬거리며 물어보는 질문에 알렉은 고개를 끄덕였다.

"그렇습니다. 저도 '수호자' 중 하나입니다."

"……."

침묵이 내려앉았다.

강우는 갑작스러운 상황을 정리하기 위해 머리에 손을 올렸다.

'수호자라는 존재가 하나가 아니었던 건가.'

가능성에 대해서 생각해 보지 않은 것은 아니었다.

현재까지의 단서로는 가이아 시스템은 '외계(外界)' 간섭을 막기 위한 일종의 대기권과 같은 역할이었다. 그것이 자신에 의해 망가진 후 외계의 간섭에도 세계를 지킬 수 있는 일종의 백신을 만들었다.

'수호자가 정말 백신 같은 존재라면.'

한 명이 아니라고 해도 충분히 이해할 수 있었다. 아니, 오히려 김시훈이라는 한 명의 존재에게 세계 전체의 안전을 맡기는 것이 더 납득할 수 없는 일이었다.

"알렉 씨는 언제쯤 수호자가 되신 거죠?"

"음. 저는 1년쯤 지났네요. 월드 랭커가 된 직후입니다."

"......"

강우의 눈에 이채가 서렸다.

1년 전. 자신이 아직 지구로 귀환하기 전이었다.

'내가 오기 전부터 수호자는 있었다는 얘기군.'

그렇다면 몇몇 가설을 수정해야 했다.

'처음부터 시스템이 망가질 것을 예상하고 있던 건가, 아니면 단순한 대비책이었던 건가.'

아직은 알 수 없었다.

강우는 잔을 들어 커피를 한 모금 머금었다. 단맛이 입안에 퍼졌다.

"시훈이가 수호자인 건 어떻게 아신 겁니까?"

"하하. 그건 제 능력이 아닙니다. 같은 가디언즈 중에 수호자를 찾는 힘을 가진 동료가 있어서요. 저를 찾은 것도 그였습니다."

"……그렇군요."

이제는 그의 목적이 확실해졌다. 가디언즈. 그 얘기를 아무 생각도 없이 내뱉지는 않았을 것이다.

"저는 시훈 씨를 저희 가디언즈에 가입시키고 싶습니다."

'역시 이렇게 나오는 건가.'

강우는 가늘게 눈을 떴다. 수많은 생각이 머릿속을 스쳤다.

"저를 가디언즈에……."

"예. 이수역 사건의 영상을 보았습니다. 당신은 수호자가 될 재능이 있는 사람입니다."

알렉은 뜨거운 목소리로 말을 이었다.

"가디언즈가 된다면, 수호자로서의 힘을 어떻게 더 강화시키는지 알려 드리겠습니다. 그렇다면… 그때의 좌절감을 다시 느끼지 않으실 수 있습니다."

"그때의 좌절감이요?"

"예."

알렉은 고개를 끄덕였다.

그는 마치 모든 것을 알고 있다는 듯, 올곧은 눈빛으로 말했다.

"동영상에서 마물을 베어 넘기는 당신의 표정을 보았습니다. 괴롭고, 슬픔에 찬 표정. 이해할 수 있습니다. 그 마물들의 정체는 무고한 시민이었으니까요."

"아……."

김시훈의 입에서 탄성이 흘러나왔다.

그의 표정이 어두워졌다. 그리고 그때의 기억이 떠올랐다. 그들의 정체를 알고 있음에도 입술을 깨물고 검을 휘둘러야 했던 기억.

알렉은 김시훈의 손을 붙잡았다.

"강해진다면, 그들 모두를 구할 수 있습니다."

"모두를 구한다니 어떻게……."

"제압하는 겁니다. 아직은 그들을 원래대로 돌릴 방법은 알 수 없습니다. 하지만 언젠가는 찾을 것입니다. 모든 사람을 구할 수 있을 겁니다. 시훈 씨, 저희에게는 당신이 필요합니다."

정의감에 불타오르는 눈빛.

'모든 사람을 구하겠다'는 그의 말이 김시훈의 가슴에 스며들었다.

"절망의 빠진 모든 자들을 지켜줄 수호자가 필요합니다."

"……."

김시훈은 굳게 입을 다물었다. 그의 눈에 동요가 퍼지고 있었다.

가슴이 뜨겁게 울렸다. 모든 사람을 구한다. 터무니없는 말이라고 생각하고 있었다. 하지만 지금 눈앞의 알렉은, 정의의 검은 그 터무니없는 말을 진정으로 실현시키려고 하고 있었다.

주먹이 움켜졌다. 정의감으로 불타는 알렉의 눈빛이 가슴속에 스며들었다.

'이건…….'

기회였다. 동경하던 '정의의 검'과 같은 자리에 설 수 있는 기회. 정의에 대한 신념을 배우고, 약자를 지킬 힘을 기를 수 있는 기회!

'검황님에게는 죄송하지만.'

그는 천무진에게 수련을 받고 있었다.

천골이라는 재능은 검황의 수련에서도 빛을 발했다. 스펀지가 물을 흡수하듯 무공을 터득하고 있었고, 오히려 한 발짝 더 발전시키기까지 하고 있었다.

'하지만.'

김시훈의 시선이 알렉에게 향했다. 쿵쿵. 심장이 뛰었다. 올곧은 눈빛이 그를 전율시켰다.

검황 천무진을 통해 무공을 배울 순 있었다. 하지만 '사상'을, '신념'을 배울 수는 없었다.

"저는."

망설일 이유가 없었다. 일순 강우에게 동의를 구하지 않아도 괜찮을까, 하는 생각이 스쳤지만 여기서는 자신이 선택하는 게 옳을 것 같았다.

"함께하겠……."

일순 그의 말이 끊겼다.

김시훈의 동공이 커지고, 몸이 떨렸다. 항거할 수 없는 기운이 그를 옭아맸다.

'뭐지?'

사고가 이어지지 않았다. 의식이 흐릿해졌다. 누군가의 목소리가 들려왔다.

누구의 목소리인지는 알 수 없었다. 하지만 한 가지는 확실했다. 이 목소리에는 저항할 수 없었다.

"죄송합니다. 저는 가디언즈에 참가할 수 없습니다."

"아……."

알렉의 입에서 안타까운 탄성이 흘러나왔다.

"이유를 물어봐도 괜찮겠습니까?"

"……죄송합니다."

대답할 수 없었다. 아니, 정확하게는 대답할 말이 없었다.

그 자신도 왜 알렉의 제안을 거절했는지 알 수 없었다. 그저 '거절해야 한다'라는 생각이 강렬하게 끓어올랐을 뿐이었다.

알렉은 한숨을 내쉬었다.

"아쉽군요. 하지만 저도 바로 제안을 수락하실 거라고는 생각지 않았습니다. 당분간은 한국에 머무를 생각이니 생각이 바뀌시면 언제든 연락주세요."

그는 자신의 연락처가 적힌 명함을 내밀고는 자리에서 일어섰다. 김시훈은 멀어지는 그의 뒷모습을 멍하니 바라보았다.

"……."

탁.

강우는 손에 쥔 커피 잔을 테이블 위에 내려놓았다. 눈앞에는 그만 볼 수 있는 시스템창이 떠올라 있었다.

[종속의 권능이 발현되었습니다.]

[사역마의 행동에 대한 지배가 성공적으로 이루어졌습니다.]

'다행이군.'

오래전에 들어둔 보험이 드디어 활약하는 순간이 왔다.

강우는 깊게 가라앉은 눈빛으로 멀어지는 알렉의 등을 바라보았다.

둘의 대화를 듣는 순간 아까 전에 느꼈던 '묘한 거슬림'의 정체를 깨달을 수 있었다.

'정의의 검.'

올바르며, 올곧다. 누가 지었는지는 모르겠지만 꽤나 어울리는 별명이라는 생각이 들었다. 김시훈의 성격을 생각한다면 그 이름에 선망의 시선을 보내는 것도 당연하리라.

'그렇게는 둘 수 없지.'

묘한 거슬림은 지금 그러한 김시훈의 상태였다.

알렉에 대해 선망의 시선을 보내는 것은 괜찮았다. 존경하는 것도 나쁘지 않았다. 하지만 그와 '똑같이' 되려 한다면 곤란했다.

'알렉은 지나치게 올바르다.'

비유하자면 그는 순백의 검이었다. 검에 피를 묻히기 꺼려하는, 모든 사람들을 구하고만 싶어 하는 새하얀 검. 김시훈의 검을 그처럼 새하얗게 물들게 놔둘 수는 없다.

'시훈아.'

강우의 시선이 김시훈을 향했다.

'네 검은 좀 더 더러워져야 해.'

그렇지 않다면 살아남을 수 없었다.

'걱정 마라.'

강우는 자리에서 일어섰다. 그리고 김시훈의 어깨를 두드리며, 멀어지는 알렉의 뒤를 따랐다.

피 한 방울 묻지 않은 검. 그건 검의 형상을 한 철 쪼가리에 불과하다.

'내가 더러워지게 만들어줄 테니까.'

김시훈과 알렉을 더 이상 만나게 해서는 안 된다. 이것이 두 사람의 대화를 들은 강우의 결론이었다.

그는 지나칠 정도로 올바르고, 올곧았다.

'대체 사람이 어떻게 저럴 수 있지.'

알렉의 일장연설을 들었을 때 솔직히 좀 충격이었다. 무슨 소년 만화에서 튀어나온 주인공도 아니고 그런 헛소리를 진지하게 한단 말인가.

"요즘은 소년 만화도 저 지랄은 안 하겠다."

헛웃음이 흘러나왔다.

사람을 구한다는 말, 약자를 지킨다는 말이 우습다고 생각하는 것은 아니었다. 그것은 존중받아 마땅한 가치가 맞았다. 설사 강우 자신이 그런 인간이 아니라고 하더라도 헛소리라며 비웃지는 않았을 것이다.

'하지만 모두는 아니지.'

문제는 '모든' 사람을 구하겠다는 알렉의 말. 모든 이라는 단어가 들어가는 순간 그 가치는 허황된 이상에 취한 정신 나간 소리로 변해 버렸다. 그건 뭐 신념이고 아니고의 문제를 넘어서 물리적으로 불가능한 일이었다.

그런데 그런 말을 저렇게 진지하게 내뱉는 것을 보면 묘한 이질감을 느낄 수밖에 없었다. 특히 마물로 변해 버린 사람들을 제압하여 언젠가 개발될 치료 방법을 기다린다는 것에는 광기까지 느껴졌다. 좀비 영화에서 좀비를 가둔 후 치료 약이 개발될 때까지 무한정 방치하는 것과 뭐가 다른가.

'극에 달한 이타성은 광기를 함양한다… 인가.'

언젠가 스쳐 지나가듯 들은 말이었다.

아직 알렉이 어떤 사람인지는 확실히 알지 못했지만, 위화감이 느껴지는 것은 사실이었다.

"이럴 땐 직접 확인해 보는 게 가장 좋지."

알 방법이 없는 거라면 어쩔 수 없지만, 지금은 그런 상황도 아니었다. 그는 미지(未知)를 가만히 방치할 만큼 속 편한 성격은 되지 못했다.

강우는 은신의 권능을 사용해 기척을 죽이며 알렉의 뒤를 쫓았다.

"하아."

알렉은 한숨을 내쉬고 있었다.

"설마 거절당할 거라고는 생각 못 했는데…….."

그의 중얼거림이 들려왔다. 가디언즈의 가입 권유를 거절당한 것이 꽤나 상심이 컸던 모양.

"그래도 꼭 설득해야지!"

두 주먹을 움켜쥐며 힘찬 목소리로 외친다. 뒤를 쫓던 강우의 표정이 구겨졌다.

'끈질긴 놈이네.'

마음에 들지 않았다.

김시훈이 그의 사역마인 이상 제안을 거절하게 만드는 것은 어렵지 않았지만, 영향을 받는 것까지는 막을 수 없었다. 그리고 알렉이 주는 영향은 김시훈에게 전혀 도움이 되지 않았다. 아니, 높은 확률로 해가 되리라.

'억지로라도 떨어지게 만들어야 하나.'

강우의 눈빛이 날카롭게 빛났다. 알렉이 이대로 포기하지 않는다면 다른 방법이 없었다.

"누구냐!"

이어지던 생각을 끊어내듯, 알렉의 외침이 울려 퍼졌다.

'들킨 건가.'

강우는 고개를 들었다.

알렉의 시선은 자신을 향해 있지 않았다. 그의 시선이 향한 곳은 으슥한 골목길이었다.

"용케 기척을 느꼈군."

"당신은……."

으슥한 골목길에서 한 사내가 걸어왔다. 어두운 복장에 붉은 악마 가면. 거칠게 뿜어져 나오는 마기.

알렉의 표정이 딱딱하게 굳었다.

"여기까지 쫓아온 겁니까."

"우리의 계획을 방해한 대가는 치르게 해줘야 하니까."

알렉은 검을 뽑아 들었다.

그에 응수하듯 가면의 사내가 양손을 펼쳤다. 짐승과도 같은 날카로운 손톱이 열 손가락에 자라났다.

'아까 전에 말한 암살자인가?'

강우는 건물 옥상 위로 올라가 갑작스럽게 대치하는 두 사람을 내려다보았다.

알렉은 분명 자신이 지난 사건 이후 악마교의 암살자들에게 뒤를 쫓기고 있다고 말했다. 여기까지 쫓아온 거냐고 묻은 것을 봐서는 그 암살자가 맞는 모양.

'타이밍 한번 기가 막히네.'

강우는 웃었다.

알렉에 대해서 정보를 얻을 수 있는 좋은 기회였다.

만약 악마교의 암살자와 싸우다 그가 죽는다고 해도 나쁘지 않았다. 어쨌든 궁극적인 목표는 더 이상 김시훈과 알렉 오즈번을 접촉시키지 않는 거니까.

'어디 한번 지켜볼까.'

강우는 흥미로운 눈빛으로 두 사람을 내려다보았다. 둘의 대화가 들려왔다.

"이제 그만 포기하시죠."

"이번에야말로 그 거만한 콧대를 꺾어주마!"

분노에 찬 목소리.

강우의 표정이 찡그려졌다.

'이번에야말로?'

무슨 암살자가 '이번에야말로'라는 말을 한단 말인가. 암살이란 건 한 번 실패하는 순간 뒤가 없는 행동이었다. 내가 죽이지 못하면 어차피 자신 또한 죽는다.

하지만 둘의 대화는 마치 전부터 이런 일이 빈번히 있었다는 듯이 들렸다.

'무슨 일이지.'

강우는 지켜보기로 했다.

곧이어 두 사람의 전투가 시작됐다.

까앙! 캉!

길게 뻗어 나온 암살자의 손톱이 알렉을 노렸다.

알렉은 검을 들어 손톱을 막았다. 그의 검에서는 새하얀 빛이 쏟아져 나와 주변을 압박하고 있었다.

전투가 이어졌다.

암살자의 실력은 뛰어났다. 그는 월드 랭커를 암살하러 혼자올 정도의 실력을 증명하듯 강력한 마기를 뿜어내고 있었다.

마기에 잠식당해 이성을 잃지도 않았으며, 움직임은 깔끔했고, 휘두르는 공격도 강맹했다. 이전에 싸웠던 백강현과 야마구치 이상으로 마기를 능숙하게 다루고 있었다.

'하지만.'

알렉의 검이 빛을 뿌렸다. 그리고 암살자의 움직임을 제한하며 검이 찔러졌다.

절도 있는 검술. 검술의 정석을 극으로 갈고 닦으면 아마 이런 형태가 되지 않을까 싶은 완벽한 검술이었다.

'역시 수호자라 이건가.'

김시훈이 천재적인 재능을 가지고 있던 것과 마찬가지로 알렉 또한 만만치 않았다.

'이건 알렉이 이기겠군.'

아직 전투가 끝난 것은 아니었지만, 전세는 이미 알렉에게 완전히 기울어 있었다. 내심 알렉이 패배하기를 기대하고 있던 강우는 아쉽다는 표정을 지었다.

"크윽!"

맹공을 퍼붓고 있던 악마교 암살자가 바닥에 쓰러졌다.

검을 든 알렉이 그를 향해 다가갔다.

"죽여라."

암살자 또한 패배를 직감했는지 낮은 목소리로 입을 열었다.

'끝인가.'

이제는 검을 들어 암살자의 목을 가르면 끝.

강우는 생각보다 허무하게 끝난 전투에 가볍게 혀를 찼다.

"그럴 수는 없습니다."

'뭐?'

그때, 알렉의 입에서 예상치 못한 말이 튀어나왔다. 강우는 믿을 수 없는 말을 들었다는 듯 눈을 크게 떴다.

"모든 사람의 목숨은 소중합니다. 당신의 목숨이라고 해도 다르지 않습니다."

'저 새끼 갑자기 뭔 헛소리를 하는 거야.'

"악마교에서 나오세요. 죄를 뉘우치고, 새로운 인생을 사세요."

'……'

절로 입이 벌어졌다. 말이 나오지 않았다.

강우는 믿을 수 없다는 눈빛으로 알렉을 바라보았다.

'제정신인가?'

자신을 죽이려 한 암살자에게 죄를 뉘우치고 새 삶을 살라고 말한다니? 사람이 제정신으로 내뱉을 수 있는 말이 아니었다. 무슨 예수의 화신도 아니고 저런 헛소리를 태연하게 한단 말인가.

"또 개소리를 하는군."

"이번에야말로 당신을 설득해 보이겠습니다. 자, 제 손을 잡으세요. 제가 당신이 새 삶을 살 수 있도록 도와주겠습니다."

알렉이 손을 뻗었다. 당연하지만 악마교의 암살자는 그 손을 잡지 않았다.

강우는 아연한 표정으로 알렉의 헛짓거리를 내려다보았다.

'대체 뭐야 이게?'

이건 정의롭고 아니고의 문제가 아니었다. 정상적인 사고를 가진 사람이 어떻게 저런 행동을 보일 수 있단 말인가.

알렉의 성정이 착하기 때문에?

'지랄.'

모든 사람의 목숨이 중요하다는 이유로 자신을 죽이려고 한 악마교의 목숨까지 살려주는 것은 착한 게 아니었다.

'그냥 머저리 같은 거지.'

생각이 없거나 뇌가 없거나 둘 중 하나가 아니고서야 이런 짓을 할 리가 없었다.

극악무도한 연쇄 살인범을 앞으로 죄를 뉘우치고 새 삶을 살라며 훈방 조치하는 것과 뭐가 다르단 말인가.

강우는 뒷골이 당기는 충격에 머릿속에 복잡해졌다.

"흡!"

콰아앙!

"윳!"

바닥에 쓰러져 있던 암살자가 주머니 속에 물건을 집어 던지자, 강한 폭발과 함께 연기가 골목 전체를 메웠다.

암살자가 몸을 일으켜 도주했다. 알렉이 그 뒤를 쫓았다.

"거기 서십쇼!"

"이 수모는 나중에 반드시 갚아주마!"

암살자는 골목을 돌아 도망쳤다. 그때, 골목 쪽으로 들어오던 여인이 그와 부딪쳤다.

콰직!

비명조차 없었다. 전력으로 달리는 랭커급 강자와 부딪친 것이다. 트럭에 치인 것 이상의 충격이 그녀를 튕겨냈다.

"아, 아아……."

뒤를 쫓아오던 알렉이 멈춰 섰다.

그의 입이 벌어졌다. 암살자와 부딪친 여인은 벽에 부딪혀 즉사했다.

"아, 안 돼!!"

알렉은 쓰러진 여인의 시체를 붙잡았다. 그의 입에서 절규가 터져 나왔다.

"흐윽! 어, 어째서, 왜, 왜 이런 일이……!"

알렉의 볼을 타고 눈물이 흘러내렸다. 그는 그렇게 여인의 시체를 부여잡은 채, 한참을 울었다.

강우는 어이없다는 표정으로 그 모습을 내려다보았다.

'왜 이런 일이 일어났냐고?'

정말 그 이유를 모른단 말인가.

'도저히 못 봐주겠네.'

이대로 있다가는 암에 걸려서 쓰러져 버릴 것 같았다. 강우는 터져 나오려는 욕지기를 참으며 건물 아래로 내려왔다.

그사이, 시체를 부여잡고 눈물을 흘리던 알렉은 자리에서 일어나 골목 밖으로 빠져나왔다.

"뭐 하는 개짓거리야."

"……강우 씨?"

알렉은 갑작스럽게 등장한 강우의 모습에 당황스러운 표정을 지었다.

"왜 암살자를 죽이지 않았지?"

"보고 계셨던 겁니까?"

"묻는 말에나 답해."

알렉은 검 자루에 손을 올리며 대답했다.

"모든 생명은 소중합니다. 설사 그자가 악마교라고 해도 다르지 않죠. 그 또한 하나의 생명입니다. 함부로 죽일 순 없죠."

"하."

헛웃음이 터져 나왔다.

"그것 때문에 아무 죄 없는 사람이 죽었는데도?"

"……."

"네가 그놈을 제때 죽였다면 저 여자가 죽는 일도 없었겠지. 이건 네 잘못이다. 네가 죽인 거나 다름없어."

씹어뱉듯 말했다.

"……."

침묵이 이어졌다. 알렉은 천천히 입을 열었다.

"그게… 무슨 소리시죠? 죄 없는 사람이 죽었다뇨?"

"뭐?"

"암살자를 놓치긴 했지만 다른 피해자가 나온 건 아니지 않습니까."

"무슨 헛소리를 하는 거야. 바로 저기에 피해자가 생겼잖아."

강우는 골목 안에 죽어 있는 여인을 가리켰다. 알렉의 시선이 여인의 시체로 향했다.

"어디에요?"

"……뭐라고?"

알렉은 무슨 소리를 하냐는 듯 고개를 갸웃거렸다.

"아무것도 없지 않습니까."

강우는 굳게 입을 다물었다. 모른 척을 하는 것이 아니었다. 이건.

'진짜 모르는 거야.'

입가가 올라갔다. 가벼운 웃음이 터져 나왔다. 머릿속을 채우던 의문이 사라지는 기분이었다.

제정신을 가진 사람이 자기 목숨을 노리는 암살자를 살려 줄 리가 없다. 맞는 말이다.

'그러니까.'

애초에 알렉은 제정신이 아니었다는 얘기. 그렇게 생각하면 그의 이해할 수도 없는 행동도 납득이 갔다.

"후-우. 그보다 이번에도 악마교를 놓쳐 버리다니…… 면목이 없습니다."

"한 가지만 물어보자."

"예?"

깊게 가라앉은 눈빛으로 알렉을 바라보았다.

"시훈이를 포기할 생각은 없는 거지?"

"물론입니다. 수호자의 숫자는 적으니까요. 그리고 시훈 씨는 수호자에 적합한 성품과 재능을 겸비하고 있습니다."

망설임 없는 대답. 알렉의 말이 이어졌다.

"갑작스러운 제안이라 방황하고 계신 것 같지만, 앞으로도 계속 설득할 생각입니다. 그리고… 무엇보다 시훈 씨 본인이 꽤나 관심이 있는 듯하니까요."

"……."

"시훈 씨를 친동생처럼 여기신다고 하셨으니 걱정하시는 것은 알고 있습니다. 하지만 이건 대의와 인류를 위한 일입니다."

"하……."

강우는 웃었다.

골목 안에는 여전히 여인의 시체가 쓰러져 있었다. 그가 암살자를 죽이지 않았기 때문에 희생된 여인.

하지만 알렉은 여전히 올바르며, 올곧다. 그의 시선에는 정의 이외에 아무것도 비치지 않았다.

"그럼 저는 이만 가보겠습니다. 강우 씨도 시훈 씨를 한번 설득해 주세요."

알렉은 산뜻한 미소를 지으며 몸을 돌렸다.

강우는 돌아서는 그의 뒷모습을 바라봤다. 이제까지 그가 얼마나 많은 죽음을 외면해 왔는지 알 수 없었다. 다만 확실한 것은 이번이 처음이 아닐 것이라는 점이었다.

처음일 수가 없었다. 인간은 그렇게 간단하고 빠르게 망가지지 않는다. 이미 그는 오래전부터 어긋나 있던 것이다. 더 이상 돌이킬 수 없을 정도로.

"인류를 위한 일이라……."

낮게 중얼거렸다.

알렉이 망가진 이유를 예상하는 것은 어렵지 않았다. 과거의 그는 지금과 같이 선악의 구별 없이, 그 어떠한 차별도 없이 모든 생명을 구하고자 했을 것이다.

'그리고 실패했겠지.'

이건 그가 가진 능력이나 재능과는 무관한 일이었다. 터무니없는 이상을 품은 순간 실패는 필연이었다.

사람은 실패를 마주하게 됐을 때 두 가지 행동을 한다. 받아들이거나, 외면하거나. 알렉은 그중 외면한다는 선택지를 골랐을 뿐이었다.

"× 까고 있네."

바닥에 침을 뱉었다.

실패를 받아들이는 것은 괴롭다. 자신이 해왔던 것이 잘못됐다는 것을 인정하는 일은 쉽지 않은 일이었다. 반면에 그 실패를 외면하는 것은 쉽다. 간단하고 편하다.

알렉 오즈번은 자신의 신념을 관철하는 굳은 의지에 찬 인간이 아니었다. 그냥 받아들일 줄 모르는 겁쟁이에 패배자일 뿐이었다.

'김시훈을 포기할 생각이 없다고 했지.'

사실 그가 겁쟁이건, 현실을 받아들이지 못하는 미친놈이건 중요치 않았다. 다른 사람이 이랬다면 세상에 저런 또라이도 있구나, 라고 생각하고 말았을 것이다.

하지만 지금은 경우가 달랐다. 알렉은 김시훈을 자신의 세력으로 끌어들이려 하고 있었다. 김시훈을 '자신과 똑같게' 만들려고 하고 있었다.

'그렇게는 둘 수 없지.'

저쪽에서 포기하지 않겠다면, 이쪽에서도 칼을 뽑아 들 수밖에 없었다.

"오히려 좋은 기회라고 해야 하나."

알렉을 선망의 눈빛으로 바라보던 김시훈이 떠올랐다.

김시훈에게 있어 알렉은 굉장히 중요한 인물이었다. 종속의 권능을 사용해서 강제로 제안을 거절하게 만들어야 할 정도로 알렉에 대한 김시훈의 신뢰는 두터웠다.

스크린 너머의 히어로가 어린아이에게 큰 영향을 주듯, 그 또한 알렉에게 꽤나 많은 영향을 받았을 것이 분명했다. 아마 지금까지 보여준 김시훈의 영웅적인 모습도 알렉을 따라 하고 있었을 가능성이 컸다.

'마음에 들지 않아.'

가늘게 눈을 떴다.

김시훈에게는 기대하는 바가 컸다. 알렉처럼 허황된 이상을 가슴 속에 품은 채 자멸하도록 만들 수는 없었다.

"이제 슬슬 큰 자극을 줄 때도 됐지."

언제까지고 김시훈을 보모처럼 보살필 생각은 없었다. 그가 스스로 판단하고, 행동하게 만들어야 했다.

그를 위해서는 우선 지금 영웅이라는 환상에 젖은 김시훈을 일깨워야 했다.

"흠."

강우는 가만히 눈을 감았다. 머릿속이 빠르게 돌아갔다.

이윽고 괜찮은 계획이 떠올랐다. 그는 감았던 눈을 천천히 떴다. 계획이 정해진 이상 망설일 필요는 없었다.

강우는 고개를 돌렸다.

'그전에.'

계획을 실행하기 전에, 먼저 처리해야 할 일이 있었다.

탁.

가볍게 발을 박찼다. 몸이 공중으로 떠올랐다. 주시자의 권능을 넓은 범위로 펼쳤다.

'저쪽으로 도망갔군.'

강우는 마기의 잔향이 느껴지는 곳으로 고개를 돌렸다.

전에 일본에서처럼 숲속에서 나무를 찾는 것처럼 주변에 마기가 가득한 것이 아니었다. 지금 상황을 비유하자면 메마른 사막에서 나무를 하나 찾는 것.

강우는 악마교의 암살자가 도망친 곳으로 날아갔다.

악마교의 암살자가 향한 곳은 인천 항구 쪽에 있는 폐공장. 격변의 날 몬스터의 침공으로 파괴된 후 아직까지 방치되어 있는 장소였다.

'꽤 멀리 왔네.'

알렉과의 전투로 꽤나 지쳤을 것을 생각한다면 엄청난 속도였다.

마기의 잔향이 폐공장에서 멈췄다. 강우는 공장 위에 올라선 채 잠시 상황을 살폈다.

'추가 세력은 없는 것 같군.'

폐공장 근처에 다른 마기는 느껴지지 않았다.

고위 사제급 이상 악마교도들 중에선 심장 안에 마기를 감추는 자들도 있었지만, 그 경우는 생각하지 않았다. 만약 그 정도 전력이 있었다면 혼자서 알렉에게 덤벼들지는 않았을 것이다.

"허억, 허억!"

거친 숨소리가 들려왔다. 알렉과의 전투 직후 전속력으로 도망치느라 꽤나 지친 것 같았다.

강우는 주먹을 움켜쥐고, 폐공장의 천장을 내려찍었다.

콰아앙!

"크윽!"

희뿌연 먼지가 피어올랐다. 손톱을 길게 빼낸 채 이쪽을 노려보는 암살자가 보였다.

"……넌 누구지?"

붉은 악마 가면 너머로 보이는 암살자의 눈빛에 당혹스러움이 떠올랐다. 알렉이 뒤를 쫓아왔다고 생각했는데 갑자기 엉뚱한 놈이 나타났으니 저런 반응을 보이는 것도 당연하리라.

암살자의 질문에 강우는 피식 웃었다.

"그러는 넌 누구냐?"

"……."

"알려줄 생각 없지? 나도 마찬가지야."

암살자는 몸을 낮춘 채 자세를 취했다. 날카로운 살기가 피어올랐다.

"가디언즈에 소속된 놈이겠군."

아무래도 강우를 알렉의 동료라고 생각한 모양.

강우는 어깨를 으쓱거렸다.

"흥. 그딴 식으로 넘어가려 해도 네가 가디언즈라는 건 알고 있다."

암살자는 손을 넓게 펼쳤다. 30센티 이상 길어진 손톱이 날카롭게 빛났다. 손톱 끝에 마기가 맺혔다.

"그래, 생각하고 싶은 대로 생각해라."

굳이 진실을 알려줄 필요는 없었다. 어차피 사람은 보고 싶은 것을 보고, 듣고 싶은 말을 듣는 법이었다.

"너한테는 물어볼 게 많아."

"내가 말할 거라고 생각하나?"

"아니. 말할 리가 없겠지."

고개를 저었다.

오른손을 들어 올리자, 반지 형태로 있던 마해의 열쇠가 그 모습을 바꿨다.

"그러니까."

꾸물거리며 모습을 바꾼 마해의 열쇠가 검은 권갑의 형태로 변했다. 악마 암두시아스의 권능, '봉쇄의 권능'의 힘이 담긴 권갑이었다.

"말하고 싶어지도록 만들어줘야겠지."

쾅!

땅을 박찼다. 신속의 권능을 사용하며 쏘아진 몸이 순식간에 암살자에게 도달했다.

가면 너머로 보이는 눈이 경악에 휩싸였다.

퍼억!

"커헉!"

권갑으로 명치를 쳤다. 암살자의 몸이 'ㄱ' 자로 구부러지며 튕겨졌다.

즉시 따라가 바닥으로 떨어지는 몸을 발로 걷어찼다.

쿠웅!

폐공장의 벽이 박살 났다. 버려진 철근들이 암살자를 향해 쏟아져 내렸다.

"크윽!"

암살자가 손을 휘둘렀다. 시끄러운 쇳소리와 함께 철근이 토막 났다.

암살자는 몸을 낮게 깔며 질주했다. 아래서 위로 날카로운 손톱이 날아들었다.

탁.

"허업!"

손톱을 잡았다.

천력의 권능으로 손톱을 잡아당겼다. 뿌드득. 뿌리째 뽑혀 나간 손톱이 핏방울과 함께 바닥에 떨어졌다.

고통이 심한 탓일까 암살자의 움직임이 느려졌다.

봉쇄의 권능이 담긴 권갑으로 그의 어깨를 움켜쥐었다.

"아아아아악!"

뼈가 박살 나며 권갑이 그의 어깨에 박혀 들었다. 끔찍한 비명이 터져 나왔다.

"어, 어? 왜 힘이……."

봉쇄의 권능이 퍼진 암살자가 바닥에 쓰러졌다.

강우는 암살자의 입에 손가락을 집어넣어 자살을 못 하도록 막은 후 바로 종속의 권능을 사용했다.

거대한 마기가 암살자의 몸으로 흘러 들어갔다.

[대상이 지닌 영혼이 종속의 권능을 저항했습니다.]

"쯧."

강우는 마음에 들지 않는다는 듯 혀를 찼다.

봉쇄의 권능으로 힘을 봉인시킨 이후라면 종속의 권능이 통할 수도 있다 기대했지만, 생각처럼은 되지 않았다.

'어쩔 수 없지.'

지배류 권능이 통하지 않았다 해서 포기할 이유는 없었다.

권갑에 짓이겨진 어깨에 손가락을 쑤셔 넣었다.

"으으으읍!!"

억눌린 비명이 터져 나왔다.

여기서 멈출 생각은 없었다.

'지옥불의 권능.'

생을 태우는 불꽃이 암살자의 몸 내부를 직접 태우기 시작했다.

애초에 화상은 인간이 느낄 수 있는 가장 큰 격통 중 하나였다. 그런 화상이 몸 밖도 아니고 내부에서 일어난다면 결과는 뻔했다.

"으아아아아아악!!!"

끔찍한 비명이 울려 퍼졌다.

강우는 권능을 거뒀다.

"자, 이제 말하고 싶은 상태가 됐지?"

"허억! 허억!"

"아니면 한 번 더?"

"그, 그만! 제, 제발 그만둬!"

몸 안이 타오르는 고통에는 저항할 수 없는 듯 다급히 소리쳤다.

강우는 만족스러운 미소를 지으며 고개를 끄덕였다.

'뭐부터 물어봐야 하나.'

질문할 것은 많았다. 다만 함부로 물어볼 수는 없었다.

'몸이 터져 죽든 비틀려 죽든 할 테니까.'

이제까지 경험으로 미루어보면 악마교는 내부 정보에 대해서 발설할 수 없도록 장치를 해뒀다. 이번에도 다르지 않을 것이다.

'같은 실수를 반복할 수는 없지.'

학습 능력이 없는 머저리가 아니었다. 강우는 우선 악마교와 관련이 없는 정보를 확인했다.

"가디언즈에 대해서 알고 있는 대로 말해."

"……어째서지? 너도 가디언즈라면 그들에 대해서는 나보다 더 잘… 아아아악!"

"질문하지 마. 묻는 말에만 대답해라."

"허억! 허억!"

끔찍이 고통스러운지 암살자의 눈에 눈물이 맺혔다.

"그들은 세계 곳곳에서 '수호자'라 불리는 이들이 모여 만든 단체다. 정확한 숫자는 나도 모른다. 다만 아무리 많아도 10명 이하라는 것과 그 수장의 이름이 '가이아'라는 것만 알려져 있다."

"수장의 이름이 가이아라고?"

"그, 그렇다."

강우의 눈이 가늘어졌다.

'가이아.'

자연스럽게 가이아 시스템이 떠올랐다. 우연의 일치라고는 생각되지 않았다.

"그 가이아가 있는 장소는?"

"모, 모른다."

"흠."

강우는 고개를 끄덕였다. 가디언즈의 수장이 있는 곳을 악마교가 알고 있는 것도 이상했다.

'이건 확인해 봐야겠군.'

가디언즈와 접촉해 가이아의 정체에 대해서 확인할 필요가 있었다.

"가이아에 대해서 다른 아는 건 없나?"

"여, 여자라는 것과 수호자를 찾아낼 수 있는 능력이 있다는 것만 알고 있다."

"호오."

강우는 고개를 끄덕였다.

'그럼 김시훈을 찾아낸 것도 가이아겠네.'

그렇다면 얘기가 좀 더 편했다.

수호자의 숫자가 손으로 꼽을 정도로 적다는 것을 고려한다면 가이아는 계속해서 김시훈에게 접근을 시도할 것이다.

설사 알렉 오즈번이 사라진다고 해도.

'가만히 기다리면 알아서 오겠군.'

굳이 먼저 찾을 필요도 없어졌다. 김시훈이 이쪽에 있는 이상 가이아와의 만남은 필연이었다.

"나쁘지 않은 정보였어."

강우는 만족스러운 미소를 지었다. 조금 더 구체적인 정보였다면 좋았겠지만, 지금은 이 정도만 하더라도 충분한 수확이리라.

"그렇다면 이제 날 풀어……."

"자, 마지막 질문이야. 대답하면 풀어줄게."

나지막한 목소리로 말을 이었다.

"네가 악마교에 대해 알고 있는 모든 걸 말해. 세력, 위치, 금기, 목표 뭐든 좋아."

"……."

암살자의 표정이 굳었다. 무거운 침묵이 내려앉았다. 그의 숨소리가 거칠어졌다.

강우는 웃었다. 예상했던 대로였다.

"말하면 죽나 보군."

그렇다면 더 이상 들을 가치가 없었다.

"크윽. 다, 다른 정보라면 얼마든지 주마! 그러니……."

암살자의 표정이 다급해졌다. 그는 멀어지려는 삶의 끈을 움켜쥐기 위해 애달프게 손을 뻗었다.

강우는 흥분한 그를 진정시키듯 등 뒤에 손을 올렸다.

"거래라는 건 서로 줄 게 있을 때 성립하지. 난 네게 목숨을 줄 수 있어. 네가 줄 수 있는 건 뭐야?"

암살자의 다급한 목소리가 들려왔다. 유럽의 현재 정세와 가디언즈가 얼마나 몸집을 키우고 있는지 등등 머릿속의 정보를 토해내듯 그는 외쳤다. 하지만 정작 강우가 듣고 싶은 악마교에 대한 정보는 없었다.

"잘 들었어."

"자, 잠깐!"

파동의 권능을 손에 맺혔다. 등 뒤에 가져다 댄 손을 타고 파동의 권능이 암살자의 몸 내부를 곤죽으로 만들었다.

피 분수를 뿜으며 그가 쓰러졌다.

"자, 그럼."

강우는 손을 뻗었다. 그러고는 암살자의 얼굴을 가리고 있던 붉은 가면을 벗겨냈다.

가면을 들어 얼굴에 가져다 대었다. 딱히 고정 장치가 없어도 가면이 얼굴에 들러붙었다.

"이제 시작해 볼까."

붉은 악마 가면 너머로 비치는 눈이 웃었다.

가면을 쓴 강우는 폐공장 밖으로 걸어 나갔다.

이제 본격적인 계획을 시작할 때였다.

◆ 7장 ◆
붉은 가면

"끄응. 피곤하네."

호텔로 들어온 알렉은 쓰러지듯 침대에 누웠다.

10시간에 가까운 비행을 하고 난 후 바로 김시훈을 만나고, 악마교에서 보낸 암살자와 싸우다 보니 꽤나 피로가 몰려왔다.

"내일 다시 시훈 씨를 만나봐야겠네."

수호자의 존재는 소중했다. 한 번 거절당했다고 포기할 수는 없었다. 알렉은 자신을 바라보는 김시훈의 눈빛을 떠올랐다. 선망과 열정으로 타오르는 눈빛.

'설득할 수 있어.'

자신감에 찬 표정으로 주먹을 쥐었다. 그러면 자신이 가진 '신념'에 대해서 공감해 줄 거라는 확신이 들었다.

"그나저나."

오강우. 자신을 김시훈의 의형이라고 밝힌 청년이 떠올랐다.

"그건 무슨 느낌이었지."

처음 그의 손을 마주 잡은 순간 자연스럽게 표정이 굳어졌다. 뭔지 모를 거북함이 그를 짓누른 탓이었다.

"음."

고민이 이어졌다. 하지만 이내 고개를 저었다.

"그냥 기분 탓이겠지."

단순한 거북함에 불과했다. 사소한 감정으로 사람을 판단하는 것은 옳지 않았다.

'왜 죽이지 않았지?'

암살자와의 싸움 이후, 골목 밖에서 만난 강우의 질문이 자연스럽게 떠올랐다.

"하하. 하긴, 이해하시기 힘들겠지."

모든 생명을 구한다.

처음 수호자로 각성할 때부터 품어온 오롯한 신념을 수호자도 아닌 다른 사람이 이해하기는 어려울 것이다.

'하지만 결국 강우 씨도 이해해 줄 거야.'

그의 신념이 얼마나 숭고한 가치를 가지고 있는지, 얼마나 많은 생명을 살릴 수 있는지 시간이 지나면 그도 알 수 있을 것이다.

'아, 아아!! 왜, 왜 이런……!'

"읏."

찌릿.

두통이 느껴졌다. 골목길에 쓰러진 여인의 시체가 보이고, 절규하고 있는 자신의 목소리가 들렸다.

"또 이건가."

알렉은 한숨을 내쉬며 침대에 누웠다.

1년 전부터 가끔 이렇게 두통과 함께 악몽 같은 광경이 떠오르고는 했다.

"에리나……."

그는 한 여인의 이름을 입에 담았다. 슬픔에 잠긴 목소리가 방 안에 울려 퍼졌다.

에리나.

영원을 맹세한 연인의 이름이었다. 다른 사람들에게 인정받기 힘든 그의 신념을 그 누구보다 지지해 줬던 여인이었다.

"보고 싶어."

알렉은 눈을 감았다. 에리나의 사랑스러운 모습이 떠올랐다.

그녀가 어느 날 갑자기 실종된 지도 1년이 지났다. 필사적으로 그녀를 찾았지만, 그녀는 마치 증발하기라도 한 듯 어디서도 찾을 수 없었다.

'반드시.'

알렉은 믿었다. 어딘가에 분명 그녀가 살아 있을 거라고. 그녀를 찾는 것은 그의 가장 큰 목적 중 하나였다.

"그러기 위해서라도 시훈 씨를 빨리 가디언즈에 끌어들여야지."

1년 전. 알렉이 악마교에 대해서 막 조사를 하기 시작할 때였다. 그때 그녀가 실종됐으니 악마교가 연관되어 있을 가능성이 크리라. 그들을 철저하게 조사하기 위해서라도 가디언즈의 세력이 커지는 것은 필수였다.

'일단 오늘은 좀 쉬고.'

두통이 쉽게 가라앉지 않았다. 자신을 역겹다는 듯 바라보는 강우의 시선이 낙인처럼 머릿속에 새겨졌다.

알렉은 일단 한숨 자자고 생각하며 의식의 끈을 놓으려고 했다.

그때였다.

-꺄아아아아악!

여자의 새된 비명이 들렸다. 단순히 놀란 것이 아닌, 죽음의 공포에 질려 내지르는 처절한 목소리였다.

알렉은 다급히 자리에서 일어섰다. 검을 챙겨 들고 비명이 들린 방향으로 뛰었다.

'위.'

정확히는 호텔 옥상. 멀리 떨어진 장소였지만 초인에 가까운 청각을 가진 그는 비명이 어디에서 발생했는지 정확히 구별할 수 있었다.

'제발 아무 일도 없길!'

간절한 표정으로 발을 박찼다. 어떤 상황인지는 알 수 없었지만, 생명을 구하는데 망설임은 없었다. 그의 신념은 여전히 오롯하게 빛나고 있었다.

"너는……."

옥상으로 달려온 알렉의 표정이 굳었다.

호텔의 옥상 위, 붉은 악마 가면을 쓴 남자 한 명이 난간에 걸터앉아 있었다.

"왔냐."

가면의 남자는 가볍게 손을 흔들었다.

"하아. 질리지도 않으시는군요."

알렉은 한숨을 내쉬었다. 붉은 가면을 쓴 남자의 인상착의가 익숙했는데, 오늘 낮에 그를 습격했던 암살자였다.

"여성분은 어디 있습니까?"

날카로운 눈빛으로 추궁하자, 붉은 가면 남자는 피식 웃었다.

"여기."

딱.

그가 손가락을 튕겼다. 아무것도 없는 허공에서 여자의 찢어질 듯한 비명 소리가 울려 퍼졌다.

알렉의 표정이 구겨졌다.

"속임수였군요."

"보통 속은 놈이 멍청하다고들 하지."

"……."

알렉은 경계의 눈빛을 보냈다. 아까 전과는 달리 꽤나 여유로운 태도였다. 뭔가 꿍꿍이가 있지 않고서야 몇 시간 전에 일방적으로 패배했던 상대에게 저런 여유를 부릴 수는 없을 것이다.

'주변에 다른 악마교도 없는 것 같은데.'

기감을 넓게 펼쳐 주변을 살폈지만 아무것도 느껴지지 않았다.

"낮에 그렇게 당하고도 아직 모르시겠습니까? 당신은 절 이길 수 없습니다."

"글쎄. 그건 봐야 알겠지."

난간에 걸터앉아 있던 붉은 가면의 남자가 내려왔다.

가면 너머의 눈이 알렉을 향했다.

'응?'

알렉의 동공이 커졌다. 피부 위에 소름이 돋았다. 가면 너머로 보이는 눈을 마주한 순간 거대한 심연이 눈앞에 나타난 듯한 아득함이 느껴졌다.

"크읏."

알렉은 침음을 삼키며 고개를 저었다. 숨이 거칠어졌다.

'뭐지?'

분명 낮에 봤던 암살자와 똑같은 옷이었다. 그가 휘두른 검에 찢겨져 나간 옷자락도 보였다. 느껴지는 마기도 딱 암살자에게서 느꼈던 정도의 마기였다.

그럼에도.

'달라.'

뭔가가 달랐다.

알렉은 검 자루를 움켜쥔 채 자세를 취했다. 깊게 숨을 들이쉬었다.

가면의 남자가 입을 열었다.

"하나 물어볼 게 있어."

"……뭐죠."

"아까 전에 난 도망치면서 여자 하나를 죽였다. 네가 들은 소리도 그 여자의 것이지."

"그, 그런!"

머리가 멍해졌다. 커다란 망치로 뒤통수를 맞은 기분이었다.

"그래도 날 죽이지 않을 거냐?"

"……."

머릿속이 혼란스러워진 알렉은 입술을 깨물었다. 그러고는 곧 검을 들어 올렸다. 그의 신념과 닮은 새하얀 빛이 검신을 물들였다.

알렉은 흔들림 없는 눈빛으로 대답했다.

"그렇습니다. 대신, 평생토록 그 생명에 대해 속죄를 하며 살도록 만들어 드리겠습니다."

"하하하. 불살이 그렇게 중요해?"

가면의 남자가 웃었다.

"모든 사람을 구원하는 것. 그게 제 신념이니까요."

알렉은 망설임 없이 고개를 끄덕였다.

"신념 같은 소리 하고 있네."

가면의 남자가 손을 들어 올렸다. 아까 전에는 보지 못했던, 검붉은 창이 나타났다.

"입으로 똥 싸지 말고 덤벼, 인마."

[마해의 열쇠가 스킬 '게이볼그'의 형태로 변환합니다.]

[해당 스킬이 가진 성능이 34% 발휘됩니다.]

푸른 메시지창이 떠올랐다.

강우는 게이볼그를 손에 쥔 후, 마기를 덧씌우고 천력의 권능을 운용했다.

'역시 사기적이야.'

원래 성능의 34%에 불과하지만 게이볼그를 추가적인 마기 소모 없이 유지하면서 다른 권능을 사용할 수 있다는 것은 충분히 매력적이었다.

무기를 손에 쥔 채 시간을 확인했다. 스마트폰에 표시된 시각은 오후 8시 43분.

'대충 9시쯤이면 도착하겠군.'

강우는 짙은 미소를 머금은 채 몸을 낮췄다.

남은 시간은 고작 15분 정도. 월드 랭커를 상대하기에는 너무도 촉박했지만 걱정되지는 않았다.

'상대가 저놈이니까.'

알렉을 향해 시선을 돌렸다. 그는 깊은 한숨을 내쉬며 검을 움켜쥐었다.

"어쩔 수 없군요."

곧 새하얀 빛이 터져 나왔다.

알렉이 발을 박찼다. 하얀 잔상이 허공에 남으며 그의 몸이 쏘아졌다. 강맹한 마력이 담긴 검이 강우를 노렸다. 오른쪽 어깨를 노리며 휘둘러지는 검격. 정석의 극한에 달한 검술이 보여주는 단순하지만 날카로운 검이었다.

"그러면 뭐 해."

강우는 차가운 조소를 머금었다. 그러고는 어깨를 내밀며 몸을 비틀었다. 검격을 피하기 위한 동작이 아니었다. 오히려 '더욱 확실하게' 검격을 맞는 동작이었다.

알렉의 검이 강우의 오른쪽 어깨가 아닌 목을 향해 휘둘러지기 시작했다.

"읏?"

알렉은 화들짝 놀라며 검격을 멈췄다. 도중에 공격을 멈추는 것은 쉽지 않은 일이다.

무시무시한 압박이 그의 손을 짓눌렀다. 급브레이크를 밟은 트럭처럼 거대한 관성에 몸이 비명을 질렀다.

"거 봐, 그럴 줄 알았다."

강우는 한심하다는 듯 게이볼그를 휘둘렀다.

검붉은 창대가 알렉의 배를 후려쳤다. 그의 몸이 'ㄱ'자로 구부러지며 뒤로 튕겨져 나갔다.

탁.

땅을 박차, 튕겨져 나가는 알렉에게 따라붙어 아래에서 위로 창을 찔렀다. 알렉이 다급히 몸을 비틀며 공격을 막았다.

하지만 공중에서 어설픈 동작으로 공격을 막은 것 정도로 모든 충격을 상쇄시킬 순 없었다.

화르륵!

"크윽!"

게이볼그의 창날에서 검은 불이 뿜어졌다. 불에 그슬린 알렉은 바닥을 구르며 다급히 불을 껐다.

강우가 달려들었다.

알렉은 튕겨 오르듯 일어서며 검을 내질렀다. 하지만 강우는 피하지 않고 쏘아지는 검을 향해 오히려 머리를 들이밀었다.

그러자 검의 방향이 비틀리고, 검이 뺨을 스쳤다. 붉은 가면이 살짝 갈라지며 검은색 피가 흘렀다. 무시한 채 주먹을 들었다. 진각을 밟고, 탄력을 받으며 주먹을 내질렀다.

퍼억!

"커헉!"

알렉의 입에서 피가 쏟아졌다. '하늘 부수기'에 정통으로 맞은 그의 몸이 형편없이 바닥을 굴렀다.

"크으……. 어, 어떻게."

알렉의 동공이 흔들렸다. 낮에 상대했던 암살자와는 비교 자체가 불가능한 힘에 당황했다.

"쯧."

강우는 어처구니없다는 듯 혀를 찼다.

'의지 하나는 인정해 줘야겠네.'

이런 급박한 상황에서도 살초를 사용하지 않는 걸 보면 사람을 죽이지 않겠다는 그의 의지 하나는 인정할 만했다. 아니, 이 정도면 단순히 의지가 아닌 최면이나 세뇌에 가까웠다.

'이건 차라리 그 암살자가 나았을 정도네.'

전투의 흥분과 긴장이 전혀 느껴지지 않았다.

알렉의 전법은 어디까지나 힘의 격차가 압도적으로 날 때 한정된다. 강우와 같은 월드 랭커 이상의 강자에겐 그와의 전투가 시시하고 하찮게 느껴질 수밖에 없었다.

'어차피 중요한 건 저놈이 아니니까.'

그가 짠 계획에서 알렉과의 전투는 큰 중요 요소가 아니었다. 강우는 다시 한번 시간을 확인했다.

"하압!"

한눈을 파는 사이, 알렉이 달려들었다. 강맹한 마력이 담긴 검이 휘둘러졌다.

강우는 이번에도 오히려 검 쪽으로 급소를 들이밀었다. 공격이 멈췄다.

퍼억!

"으윽!"

"됐다. 그만하자. 이건 뭐 너무 시시해서 상대하기도 짜증 나네."

아득한 시간을 지옥에서 보내며 서로 목숨을 노리는 전투를 해왔던 강우에게 지금 전투는 짜증스럽게까지 느껴졌다.

'이 정도까지 기대 이하일 줄이야.'

마음에 들지 않았다.

강우는 가늘게 눈을 떴다. 지금 이 짜증을 풀 수 있는 방법이 하나 있긴 했다.

"당신은… 누굽니까."

알렉이 낮은 목소리로 물었다.

'오늘 낮에 본 그자가 아니야.'

얼굴에 쓴 가면이야 그렇다 쳐도 옷과 목소리까지 낮에 상대한 암살자와 똑같았다.

하지만 그럼에도 그는 '다르다'고 생각했다. 낮에 상대한 암살자와는 기본적인 실력부터가 차원이 달랐다.

"수호자라는 놈이 그것도 모르냐."

붉은 가면의 남자는 조롱하듯 말을 이었다.

"악마교도가 갑작스럽게 강해졌다면 한 가지뿐이잖아."

"설마……."

알렉의 동공이 커졌다. 그는 입술을 깨물었다.

그의 말대로 악마교도가 이 정도로 갑작스럽게 강해졌다면 그 이유는 하나뿐이었다.

"악마!"

알렉은 검을 지팡이 삼아 일어나며 살기를 피어 올렸다. 이제껏 느껴볼 수 없었던 살기가 느껴졌다.

강우는 고개를 끄덕이며 흡족한 미소를 지었다.

"그래, 그렇게 나와야지."

이제야 싸움다운 싸움을 해볼 수 있을 거란 생각이 들었다.

알렉이 검을 들어 올렸다.

호텔 옥상에서 두 초인이 다시 격돌했다.

콰아앙!

강력한 폭음. 지진이라도 난 듯 호텔 전체가 뒤흔들렸다. 짧은 시간에 격렬한 공방이 이뤄졌지만, 강우의 표정은 영 미지근했다.

'이 새끼 아직도 이러네.'

그가 악마라고 했음에도 적극적인 살초를 펼치지 않았다. 어디까지나 그를 제압하려고 할 뿐이었다. 악마의 생명까지 지키겠다고 지랄하는 것은 아닌 것 같았다.

'단순히 내 생김새 때문인가.'

겉으로 봐서는 인간과 구별이 되지 않는 강우의 모습. 아마 알렉이 그에게 살초를 펼치지 못하는 이유는 그러한 외형 때문일 가능성이 가장 컸다.

그런 그의 행동이 이해가 되지 않는 것은 아니었다. 인간처럼 생긴 괴물과 괴물처럼 생긴 인간 중 누가 더 죽이기 쉽냐를

놓고만 생각해도 간단했다.

'역시 넌 수호자가 될 자격이 없다.'

강우의 눈빛이 깊게 가라앉았다.

수호자의 존재 이유가 뭔지는 정확히 모른다. 하지만 그들이 외계 세력에서 지구를 지킬 의무가 있는 존재라는 건 확실했다.

외계의 세력에는 지옥만 있는 것이 아니었다. 레이날드가 있었던 에르노어 대륙도 있고 스사노오가 있던 신들의 세계도 있다. 그런데 고작 외형이 인간이라는 이유로 죽이지 못한다면 그건 더 이상 수호자로서 가치가 없다는 의미였다.

콰드득!

"커헉!"

알렉의 목덜미를 잡았다. 공중에 떠오른 그가 몸을 바동거렸다.

"쿨럭! 쿨럭! 놔, 놔라!"

"진짜 지랄을 한다, 지랄을 해."

목덜미를 움켜쥔 손에 힘을 더했다.

절로 한숨이 나왔다. 후지모토도 그랬지만 알렉은 더 실망스러웠다.

'월드 랭커가 무슨 세계 등신 순위냐.'

천무진이 얼마나 괜찮은 사람이었는지 새삼 깨닫게 됐다.

시간을 확인해 보자, 생각보다 더 빠르게 전투가 끝나 버렸
다. 사람을 죽이지 못하는 머저리와 싸웠으니 그럴 만도 했다.

'시간도 좀 남았겠다.'

강우는 천천히 입을 열었다. 남은 시간 동안 짜증이라도 풀
생각이었다.

"물론 너도 사정이 있겠지."

인간은 쉽게 망가지지 않는다. 알렉이 이토록 망가진 이유
는 한 개인이 감당하기 힘든 슬픔 때문일 것.

"영화로 만들면 눈물을 질질 짤 만한 스토리가 있었을 거야."

그러지 않고서는 지금 그의 모습은 설명이 되지 않았다.

"그런데 그래서 어쩌라고. 눈을 감는다고 세상이 사라지냐?
고개를 돌리면 있던 일이 없어져?"

"크으!"

"솔직히 말해봐."

강우는 입가를 일그러뜨렸다.

"너도 알고 있지?"

"그게 무슨 말……."

"오늘 골목에서 죽은 여자 있잖아. 사실 너도 봤지?"

"……."

알렉은 굳게 입을 다물었다. 그가 뭘 봤다고 하는지 이해할
수 없었다.

'아, 아아아!'

찌릿.

시야가 흐릿해졌다.

절규하는 자신과, 죽은 여인의 모습이 보였다. 본 적 없는 광경이었다. 기억에 없는 장면이었다.

그럼에도 저절로 입이 열렸다.

"닥, 쳐!"

"하하, 이제 욕도 좀 하고 사람 같네."

강우는 낄낄 웃었다.

"정신 차려, 인마. 네가 하는 건 자위야. 응? 그냥 너 좋으라고 열심히 흔들고 있는 거라고."

조롱의 말이 귓속을 파고들었다. 기억에 남아 있지 않은 장면이 계속해서 떠올랐다.

알렉의 동공이 커졌다.

'에리나.'

그가 영원을 맹세했던 여인의 모습도 보였다. 누군가의 손에 의해 죽은 그녀와 처절히 울부짖는 자신의 모습이 보였다.

알렉은 발작을 일으키듯 소리쳤다.

"네가 뭘 안다고 지껄이는 거냐!"

"왜, 세상 사람들이 네 슬픈 사연을 이해해 줬으면 좋겠어? 그래, 그런 사연이 있었으면 그럴 수도 있지 하면서 손이라도 잡아주길 바랐냐?"

강우는 퉤, 바닥에 침을 뱉었다.

"네가 질질 짜든 머리에 나사 빠진 병신이 되든 너 말고 다른 사람은 ×도 신경 안 쓰니까 감성 좀 그만 팔아, 인마."

절망에 빠진 사람은 세상이 슬프다고 생각한다. 내가 슬프니, 세상도 마땅히 슬퍼야 한다고 생각한다.

하지만 현실은 그렇지 않다. 그랬던 적이 없었다.

"으, 아아아!! 커, 커헉!"

알렉이 괴성을 지르며 발버둥 치기 시작했다. 조금 더 세게 목을 움켜쥐자 억눌린 비명이 흘러나왔다.

강우는 활짝 웃었다.

"어우, 시바. 속이 다 시원하네."

답답했던 속에 사이다를 들이켠 기분이었다.

알렉에게 이런 일장연설을 펼친 이유는 그를 생각해서가 아니었다. 단순히 이제까지 주옥같았던 그의 말들이 몹시 짜증 났기 때문에 속 시원하게 쏟아부어 주고 싶었을 뿐이었다.

"그나저나 애는 언제 오는 거야?"

강우는 눈살을 찌푸렸다. 잡담이 꽤나 길어졌지만 정작 주인공은 모습을 드러내지 않고 있었다.

그때였다.

콰앙!

'호랑이도 제 말 하면 온다더니.'

옥상의 문이 터져 나가며 한 청년이 나타났다.

비현실적으로 잘생긴 외모를 가진 청년이었다. 그가 거친 숨을 몰아쉬며 소리쳤다.

"알렉 씨!!"

김시훈의 다급한 목소리가 울려 퍼졌다.

강우는 마기로 전신을 덮었다. 전신이 장막과도 같은 어둠에 휩싸였다.

'아아, 목소리 조절 잘하고.'

한껏 분위기를 잡으며 천천히 입을 열었다.

-송사리 하나가 끼어들었군.

"누구냐!!"

김시훈이 다급히 검을 빼 들며 외쳤다.

그의 우상이라고 할 수 있는 알렉이 처참하게 목줄이 잡혀 있는 모습이 보였다. 몸이 떨렸다. 숨이 가빠졌다. 지금 보이는 광경을 믿고 싶지 않다는 생각과 함께 아찔한 분노가 차올랐다.

-내가 누구냐고?

어둠에 휩싸인 그가 몸을 돌렸다.

-나는 죽음이다. 나는 종말이다. 모든 분노한 자의 어버이이며, 분노 그 자체다.

장막처럼 드리워진 어둠 속에서, 붉은 가면만이 선명했다.

-나는 사탄이다.

"사… 탄?"

김시훈의 표정이 딱딱하게 굳었다.

사탄. 모르는 사람이 없는 유명한 악마였다. 성경을 비롯한 온갖 장르와 매체에서 최종 보스 격으로 등장하는 존재. 그 유명한 '일곱 개의 대죄' 중 분노를 담당하는 악마.

"네가 사탄이라고?"

김시훈은 믿을 수 없다는 표정으로 붉은 가면을 노려보았다.

그가 생각하는 '악마'의 모습이 아니었다. 검은 장막에 가려져 흐릿하게 보였지만 실루엣은 분명 인간의 것이었다.

-그렇다.

"커헉!!"

스스로를 사탄이라고 밝힌 붉은 가면의 존재가 알렉의 목을 움켜쥔 손에 힘을 더했다. 알렉이 절박한 표정으로 두 다리를 바둥거렸다.

"그만!"

김시훈이 소리쳤다.

당장에라도 목숨이 끊어질 것 같은 알렉의 모습이 보였다.

깊은 초조감이 밀려왔다.

-초조해 보이는군.

"……."

-이자가 네게 소중한 존재인가?

악마가 물었다.

김시훈은 굳게 입을 다물었다. 알렉은 그에게 소중한가? 스스로에게 되물었다.

"네놈에게 알려줄 이유는 없다."

검을 들어 올렸다.

엘 쿠에로 블레이드. 강우가 선물해 준 전설급 무기가 그 모습을 드러냈다.

'강우 형님.'

악마교가 나타났다는 알렉의 다급한 연락을 받자마자 강우에게 바로 연락했지만 다른 용무가 있는지 받지 않았다. 지금 다른 사람의 도움을 기대할 수는 없단 의미.

'내가 저 악마를 처치해야 해.'

불가능하다는 것을 알고 있었다. 터무니없다는 것은 이해하고 있었다. '정의의 검' 알렉 오즈번이 패배한 상대였다. 이길 수 있을 리가 없다.

하지만, 그럼에도.

'창룡쇄도.'

천무진에게 배운 창룡검법이 그 모습을 드러냈다. 빠르고, 강맹한 검격이 사탄을 노리고 쏘아졌다.

퍼억!

"커헉!"

-약하군.

사탄이 실망스럽다는 듯 중얼거렸다.

굳이 몸을 움직일 필요도 없었다. 가벼운 손짓 한 방에 김시훈은 뒤로 나가떨어졌다.

바닥에 쓰러진 김시훈이 비틀거리며 일어섰다. 강렬한 눈빛이 타올랐다.

"약한 건 나도 알고 있어."

김시훈이 검기를 사용하자, 푸른 마력이 검날에 맺혔다. 그는 진각을 밟으며 검을 내리그었다. 살기가 가득 담긴 푸른 검기가 사탄의 머리를 노렸다.

사탄이 가볍게 손가락을 튕겼다. 검은 파동이 일어나 김시훈을 후려쳤다.

"크윽!"

몸이 뒤로 밀려났다. 검붉은 피를 토했다. 고작 손가락을 튕겼을 뿐인데도 거대한 망치에 후려 맞은 듯 몸이 떨렸다.

-필사적이군.

"쿨럭! 쿨럭!"

-왜 그렇게 필사적이지? 알렉 오즈번은 너와 아무 연관이 없는 인간일 텐데.

"……."

김시훈의 시선이 떨렸다. 아무 연관이 없는 인간. 악마의 말이 머릿속에 새겨졌다.

맞는 말이었다. 엄밀하게 말하면 알렉 오즈번은 자신과 별 연관이 없다. 자신이 그의 친우인 것도 동료인 것도 아니었다. 그저 동경하던 영웅에 불과했다. 스크린 너머로 본 영웅을 지키기 위해 목숨을 걸고 싸우는 일은 미련한 짓이다.

"쿨럭!"

핏물이 흘러나왔다.

'알고 있어.'

자신이 지금 얼마나 멍청한 짓을 하는지, 이해하기 힘든 행동을 하는지 그 자신도 알고 있었다. 강우가 이 모습을 본다면 정색하며 그를 질책하리라.

'하지만.'

몸을 일으킨다. 비틀거리는 두 다리로 굳건히 땅을 밟았다.

고개를 돌렸다. 창백한 표정을 지은 채, 당장에라도 숨이 넘어갈 듯이 컥컥거리는 알렉의 모습이 보였다.

'형님은 이해하지 못하시겠지.'

자기 자신에 대한 실소가 흘러나왔다.

아마 강우는 자신에게 알렉이, '정의의 검'이 어떤 존재인지 알지 못할 것이다. 다른 사람에게 한 번도 말한 적은 없었으니까. 단순한 동경이 아니었다. 자신은 스크린 속 영웅에 눈이 먼 어린애가 아니었다. 아이돌에 열광하는 소녀가 아니었다. 고작 그런 이유로 목숨을 걸 리가 없다.

김시훈은 검을 들어 올렸다. 깊게 숨을 들이쉬었다. 저 악마에게 모든 사정을 구구절절 설명할 생각은 없었다.

"아무 연관이 없는 사람을 필사적으로 구하는 게 그렇게 이상하냐?"

-이상하다기보다는 멍청하지.

"멍청하다… 라."

김시훈은 웃었다.

"맞는 말이야."

부정하지 않았다. 이해를 바라지 않았다. 보통 사람도 이해하기 힘든 일을 악마가 이해하리라 생각지 않았다.

"……죄송합니다, 강우 형."

김시훈은 작은 목소리로 중얼거렸다.

강우에게 구원받은 은혜를 아직 갚지 못했다. 아니, 갚기는커녕 그 뒤로 더욱 도움만 받았다. 그것이 못내 아쉬움으로 남았다.

"후우."

호흡하자 단전의 내공이 전신에 퍼져 나갔다. 손에 쥔 검이 단순한 무기가 아닌 팔의 연장선처럼 자연스럽게 느껴졌다.

신검합일. 그 감각에 몸을 맡겼다.

콰앙!

발을 박차고 달려들었다. 붉은 가면의 악마가 한 손을 들어 올렸다. 마기를 뿜어내는 검이 그의 손에 쥐어졌다.

김시훈은 검기가 맺힌 엘 쿠에로 블레이드를 높게 들어 내려찍었다.

푸른빛 검과 검은빛 검이 격돌했다. 1초도 되지 않는 짧은 순간에 어마어마한 검격이 오갔다.

하지만 힘의 차이는 명확했다. 검신을 타고 전해지는 반탄력에 손바닥이 찢겨졌다.

무시했다.

후웅!

발을 뒤로 빼고 몸을 낮췄다.

정면 대결은 답이 없었다. 휘둘러지는 공격을 피해 엘 쿠에로 블레이드를 내질렀다. 한 마리 용처럼 매끄럽게 움직이는 검이 검은 장막을 찔렀다.

"커헉!"

무시무시한 반탄력에 김시훈이 튕겨져 나갔다. 다시 한번 검붉은 핏물이 쏟아졌다. 그의 표정이 딱딱하게 굳었다.

무공의 문제가 아니었다. 기본적인 힘의 차이가 차원이 달랐다. 아무리 달려들어 봤자 계란으로 바위를 치는 것만도 못했다.

'하지만.'

포기하지 않는다. 포기할 수 있을 리가 없다.

김시훈은 덜덜 떨리는 다리로 일어섰다. 다시 한번 검을 움켜쥐었다. 눈앞의 거악(巨嶽)을 향해, 그는 망설임 없이 발을 박찼다.

검을 교차했다. 다시 한번 김시훈이 뒤로 튕겨져 나갔다.

'대단한데?'

강우의 입에서 짧은 탄성이 흘러나왔다. 조롱의 의미가 아니었다. 순수하게 감탄한 것이다.

극마지체를 이룬 자신과 김시훈의 신체 스펙의 차이는 말 그대로 압도적이었다. 무공이 어쩌고 기술이 어쩌고 할 수준을 넘어섰다. 세 살짜리 아기가 기술이 뛰어나다고 프로 레슬링 선수를 이길 수는 없다. 이건 애초에 메워질 수 있는 격차가 아니었다.

'역시 시훈이가 알렉보다 훨씬 낫네.'

흐뭇한 미소가 지어졌다.

알렉의 검은 정도(正道)를 극한으로 갈고 닦은 느낌이었다. 강맹하고 올곧지만 그만큼 단순했다. 하지만 김시훈의 검은 달랐다.

'보이지 않아.'

'알 수 없다'라고 표현하는 게 가장 적절하리라. 김시훈의 검술은 수천, 수만 번의 전투를 겪어온 강우로도 '이해할 수 없었다. 김시훈이 가진 무한한 가능성에 가슴이 두근거렸다.

퍼억!

"크윽!"

김시훈이 다시 바닥을 굴렀다.

물론 그것이 지금 당장 김시훈이 월드 랭커급 강자라는 의미는 아니었다. 당장 알렉과 싸운다고 해도 김시훈이 패배하리라.

'하지만 그건 어디까지나 기본 스펙 차이 때문이지.'

김시훈은 성장하고 있다. 레벨 제한도 그의 성장을 억누르지 못했다. 이제 막 60레벨을 넘긴 플레이어가 강우에게 '공격을 성공시킬 수 있다'는 것 자체가 애초에 불가능한 일이었다. 그런데 김시훈은 그 불가능한 일을 해냈다.

'물론 레벨만 따지면 나보다 높긴 하지만.'

어차피 중요한 것은 레벨이 아닌 실질적인 힘이 되는 스텟이었다. 그런 의미에서 강우는 100레벨 플레이어와도 견줄 수 있는 스텟을 가지고 있었다.

'이거 계획을 좀 수정해야겠군.'

필사적으로 달려드는 김시훈의 모습을 보며 강우는 입술을 핥았다.

원래라면 압도적으로 그를 찍어 누른 후에 본격적인 '자극'을 주려고 했었다. 하지만 생각이 달라졌다. 김시훈은 예상했던 것 이상으로 필사적이었다.

'단순히 동경해서 저러는 건 아닌 것 같은데.'

만약 그랬다면 이 정도로 처절하게 달려들지는 않았을 것이다.

그 이유에 대해서 잠시 생각했지만 이내 고개를 저었다. 그가 사역마라고 해서 모든 것을 알 수 있는 건 아니었다.

'어쨌든 오히려 잘됐군.'

김시훈에게 있어 알렉의 가치가 크면 클수록 자극은 강해질 것이다. 강우는 알렉의 목을 잡은 채로 서서 한 손으로 김시훈을 상대했다.

김시훈의 검이 날카롭게 찔러 들어왔다. 강우의 검과 닿기 직전, 갑작스럽게 검의 방향이 틀어졌다. 교활한 뱀이 사냥하듯 종잡을 수 없는 검술이었다.

까앙!

'옳지, 잘한다.'

장막에 막힌 검이 튕겨져 나갔다.

김시훈은 그 반탄력을 역으로 이용해 한 바퀴 몸을 돌리며 강우의 머리를 노렸다. 곡예를 보는 것처럼 경이로운 움직임이었다.

'그래, 바로 그거야.'

일부러 힘을 낮췄다. 김시훈의 검술이 더욱 강맹하게 그를 몰아붙였다.

카득.

장막으로 보호되지 않는 붉은 가면 끝이 살짝 박살 났다.

'잘한다, 우리 시훈이!!'

알렉처럼 어떻게든 상대방을 제압하려는 검술이 아니었다. 모든 검격 하나하나가 급소를 노렸다. 살기가 물씬 뿜어져 나왔다.

상대를 죽이는 것. 그것 이외에 아무것도 생각하지 않는 완벽한 살검(殺劍)이었다.

'크으, 그래 이게 바로 전투지!'

만약 김시훈의 신체 스펙이 더 높았더라면 정말 짜릿한 전투를 경험할 수 있었으리라. 살짝 아쉬움이 밀려왔지만 이내 고개를 저었다.

'시훈이는 더 강해질 거다.'

하늘이 내려준 재능, 천골. 거기에 무신의 영혼. 검황 천무 진이라는 훌륭한 스승까지. 지금 김시훈에게 부족한 것은 딱 하나였다.

'그리고 지금 그 부족한 걸 채워주려는 거고.'

강우는 날카롭게 눈을 빛냈다. 이제 슬슬 그를 제압할 때였다. 다시금 힘을 끌어 올렸다.

그때였다.

우-우-우-우-웅!!

"허억! 허억!"

검을 휘두르는 김시훈의 몸이 폭발적인 푸른빛에 휩싸였다.

[띠링.]

[사역마 '김시훈'이 무신의 힘을 받아들입니다.]
[사역마 '김시훈'이 창룡검법의 정수를 터득하였습니다.]

'뭐야, 이건.'

눈앞에 푸른색 시스템창이 떠올랐다.

'또 각성한 거야?'

헛웃음이 흘러나왔다. 예상에는 없던 일이었다.

'아니, 얘는 뭐 시도 때도 없이 각성하냐.'

나루토세요?

우우우웅!

푸른빛이 사방으로 뻗어나가고, 김시훈의 몸이 선명한 푸른빛으로 빛났다. 방금과는 비교하기 힘든 내공의 힘이 느껴졌다.

'진짜 각성 머신이 따로 없네.'

남들은 평생에 한 번 하기도 힘든 각성을 벌써 두 번이나 이뤄냈다. 이 정도면 단순히 재능충이라고 부르기도 부족했다.

'그래도.'

강우는 희미하게 웃었다.

흔히 노력으로는 재능을 넘을 수 없다고 한다.

어느 정도는 사실이었다. 재능의 벽이라는 것은 너무도 두껍고 높아 감히 노력으로는 넘볼 수 없었다.

'인간이라면.'

인간의 삶은 유한하다. 아무리 노력한다고 해도 투자할 수 있는 시간은 한계가 있었다. 하지만, 자신은 달랐다. 그는 악마이며, 불멸자이며, 영원을 걷는 자다.

만 년이라는 시간을 살기 위해 발버둥 쳤다. 김시훈이 무신의 영혼을 받아들이건, 하늘이 내려준 재능을 가지고 있건 그 아득한 시간 동안 쌓아 올린 '노력'을 넘어설 순 없다.

'이걸 노력이라고 해야 하나.'

그런 단순한 단어로 표현하기에는 너무도 처절했다.

삶에 대한 갈망. 죽고 싶지 않다는 원초적인 본능이 지금의 그를 만들었다. 고작 하늘이 내려준 재능 따위에 패배할 정도로 어설픈 것이 아니었다.

"하압!"

푸른빛에 휩싸인 김시훈이 쇄도했다.

강우는 손에 쥔 검을 놓고, 가볍게 손가락을 튕겼다. 딱 소리와 함께 파동의 권능이 그의 손가락에 집중됐다.

파아아아아앙!

검은빛 파동이 원형으로 퍼져 나갔다. 피할 수 있는 공간은 없었다. 오로지 막아야만 하는 공격.

김시훈은 다급히 검을 들어 올렸다. 검은 파동이 그의 전신을 휩쓸었다.

"크, 윽!"

그의 무릎이 꺾였다. 방금 전에 각성을 한 것이 거짓말처럼 느껴질 정도로 몸에 힘이 남아 있지 않았다.

'이게 사탄의 힘.'

얼굴이 창백해졌다. 아득한 산을 마주한 기분, 밑이 보이지 않는 심연을 마주한 기분이었다.

이길 수 없다. 처음부터 알고 있던 그 사실에 확신이 더해졌다. 지금 자신의 힘으로는, 저 악마를 결코 넘어설 수 없었다.

-나쁘지 않은 발악이었다.

"크윽."

-하지만 송사리가 발버둥 쳐봐야 결국 그 정도겠지.

"제길……."

딸그락.

손에 힘이 풀리며 엘 쿠에로 블레이드가 바닥에 떨어졌다. 사탄이 그를 향해 다가왔다.

-분한가?

"……."

-이성을 잃을 것 같나? 머릿속이 하얗게 불타 버릴 것 같나?

"닥쳐."

조롱하는 사탄을 향해 욕지거리를 내뱉었다. 사탄은 낄낄 웃었다.

-좋다. 바로 그 눈이다. 분노와 증오에 찬 눈빛. 그것이야말로 생을 이끄는 욕망이자 갈망이다.

"헛소리하지 말고 이제 그만 끝……."

-끝내지 않는다.

"……뭐?"

사탄은 환희에 찬 목소리로 답했다.

-이토록 재밌는 일을 끝낼 리가 없지 않은가.

"그게 무슨……."

-마음에 들었다. 네 분노와 증오가 나를 떨리게 만들었다.

흥분하게 만들었다. 전율하게 만들었다.

사탄이 손을 움직였다. 그의 손에는 아직도 목을 움켜잡힌 알렉이 몸을 움찔거리고 있었다.

보통 사람이라면 죽어도 한참 전에 죽었겠지만, 알렉은 보통 사람과는 격을 달리하는 신체 능력을 가진 초인이었다. 목이 움켜잡혀 호흡이 차단된 상태에서도 1시간 이상 살아남을 수 있었다.

"무슨 짓을 할 생각이냐."

김시훈은 초조한 표정으로 물었다. 사탄의 손에 잡힌 알렉의 얼굴이 가까워졌다.

-이자를 구하고 싶나?

"……그렇다."

순순히 고개를 끄덕이자, 사탄의 눈빛이 광기로 번들거렸다.

-아주 필사적이더군. 너의 그 의지에, 투지에 감탄했다.

"……."

-그러니.

우드드득.

섬뜩한 파골음이 울려 퍼졌다.

알렉의 머리가 찌그러졌다. 두개골이 터지며, 머리가 짓뭉개졌다. 검붉은 피와 새하얀 뇌수가 뒤섞여 흘러내렸다.

"어, 어……?"

김시훈의 입이 벌어졌다. 믿을 수 없는 광경을 봤다는 듯, 이해하기 힘든 장면을 봤다는 듯 그의 동공이 격렬히 떨렸다.

알렉이 죽었다. 정의의 검이, 그의 우상이자 동경 그리고 그 이상의 존재가 죽었다. 눈앞에서. 허무하게.

"아, 아아."

말이 나오지 않았다. 단어가 되지 못한 언어의 편린이 입안에서 맴돌았다. 몸이 떨렸다. 머릿속이 하얗게 점멸했다.

분노.

사탄이 말했던 격렬한 분노가 폭발하듯 몸을 지배했다.

"이, 개자식이이이이!!"

떨어진 검을 움켜쥐고 전신의 힘을 쥐어짜 내 찔렀다. 하지만 이미 힘이 빠질 대로 빠진 손으로는 검을 제대로 움켜잡는 것조차 힘들었다.

팅.

허망한 소리와 함께 검이 튕겨져 나왔다.

김시훈은 바닥을 굴렀다.

바닥을 짚고 몸을 일으키려고 했으나, 손에 힘이 담기지 않았다. 바닥에 쓰러져 몸을 꿈틀거렸다. 바닥을 기어서라도 사탄에게 다가가려 했다.

-그래, 바로 그 눈빛이다.

사탄은 흡족한 목소리로 고개를 끄덕였다. 처절한 김시훈의 모습에 사탄은 웃었다.

느긋이 걸어간 사탄이 김시훈을 들어 올렸다. 증오에 찬 그의 눈빛을 직시하며 천천히 입을 열었다.

-지금 그 분노가, 증오가 너의 양분이 될 것이다.

"……."

-처절하게 발버둥 쳐라. 발버둥 치며, 나를 기억하라.

사탄과 김시훈의 얼굴이 가까워졌다.

-나는 죽음이다. 나는 종말이다. 분노이며, 증오다.

붉은 가면이 기울어졌다.

-나는 사탄이다.

"……."

김시훈은 굳게 입을 다물었다. 붉은 악마 가면이 머릿속에 깊게 새겨졌다.

-강해져라, 인간. 분노를 양식 삼아, 증오를 거름 삼아 성장해라. 그리고…….

낄낄. 악마의 웃음소리가 귓가를 맴돌았다.

-나를 죽여라.

퍼억.

사탄이 내지른 주먹이 김시훈의 배를 쳤다. 간신히 붙잡고 있던 김시훈의 의식이 끊어졌다.

"후우. 말투 한번 개같네, 진짜."

김시훈이 기절한 후 붉은 가면을 벗은 강우는, 손발이 찌그러지는 듯한 오글거림에 헛구역질을 했다.

"사탄 이 새끼는 평소에 무슨 정신으로 이딴 말투를 사용했던 거야."

김시훈에게 했던 말투는 실제 사탄이 사용하던 말투였다.

'뭐, 말투만 같게 한 건 아니지.'

상황도 비슷했다.

처음 사탄과 싸울 때 강우는 패배했다. 압도적으로 짓밟혔다. 그 뒤에 그는 패배한 강우에게 말했다.

'강해져라, 인간. 분노를 양식 삼아, 증오를 거름 삼아 성장해라. 그리고⋯⋯ 나를 죽여라.'

'그리고 진짜 뒤졌지.'

사탄의 최후는 꽤나 웃겼다. 설마 진짜로 자신을 죽일 정도로 그가 강해질 것은 예상 못 했는지 온갖 똥폼을 잡던 사탄은 막상 죽을 위기에 처하자 추해졌다.

'아니, 대체 인간이 어떻게⋯⋯. 어떻게 마해(魔海)를 손에 넣었단 말이냐!'

"그러게 똥 싸지 말고 죽일 수 있을 때 죽여야지."

강우는 가슴을 툭툭 두드렸다.

만마전. 그 끝을 알 수 없는 마기의 바다에 사탄은 잡아먹혔다.

가장 중요한 대공의 영혼은 지옥 무구로 도망쳐 버려 먹지 못했지만, 그가 가진 권능과 막대한 마기는 모조리 먹어치웠다.

'다룰 수는 없지만.'

대공의 권능은 만마전이 봉인당하기 전에도 다룰 수 없었다. 마기를 다루는데 아득한 경지에 올라선 강우로도 '대공의 권능'만큼은 불가해의 영역이었다.

"그나저나."

시선을 옮겼다. 쓰러져 있는 김시훈의 모습이 보였다. '조금 심했나'라는 생각이 머리를 스쳤지만 이내 고개를 저었다.

'지금 김시훈에게는 큰 자극을 줄 필요가 있어.'

김시훈은 모든 걸 갖추고 있었다.

하늘이 내려준 재능과 검황이라는 훌륭한 스승, 시스템의 수혜까지. 하지만 한 가지 그에게 부족한 것이 있었다.

'절박함.'

김영훈과 김재현이 잡혀 들어갔다. 김시훈의 입장에서는 그의 삶을 짓누르던 무거운 짐덩이가 순식간에 사라져 버린 것이다. 지금 그를 움직이는 동기는 강우처럼 되고 싶다는 동경밖에 없었다.

'그거로는 부족하지.'

애들 장난이 아니었다. 강해지기 위해서는 절박해야 했다. 처절해야 했다. 그래야만 알게 모르게 다가오는 안일함을 찢어버리고 성장할 수 있었다.

'이해해라, 시훈아.'

다소 과격한 방법을 사용할 수밖에 없었다. 종속의 권능으로 '절박해져라'라는 명령을 해봤자 실제 절박한 것과는 차이가 날 수밖에 없었다.

'네 검은 더러워져야 한다.'

피 냄새가 물씬 풍기는 검이 되어야 했다. 중요한 순간에 망설임 없이 적의 목을 날려 버리는 검이 돼야만 했다.

그렇지 않으면 죽는다.

'알렉처럼.'

강우는 쓴웃음을 지으며 머리통이 터진 알렉에게 다가갔다. 손을 뻗었다. 검은 불꽃이 알렉의 시체를 불태웠다.

"일단 이걸로 끝인가."

알렉을 처리했고, 김시훈을 자극시켰다. 각성은 덤이었다. 이제는 그 '가이아'라는 인물이 김시훈에게 접근하길 기다리면 됐다.

"기다리는 동안 이 빌어먹을 레벨 제한부터 풀어야 할 텐데."

특성은 둘째 치고 만마전의 봉인을 약화시키는 것도 중요
했다. 레벨 제한에 대해 생각하자 절로 한숨이 흘러나왔다.

'뭐 방법을 알아야 해제…….'

이어지던 생각이 끊어졌다. 귓가에 청아한 방울 소리와 함
께 푸른 메시지창이 떠올랐다.

[수호자를 처치하였습니다.]

[레벨 제한을 막고 있던 시스템의 기운이 약화되었습니다.]

[한계 레벨이 69로 상승하였습니다.]

[누적된 경험치가 적용됩니다.]

[레벨이 10 상승합니다.]

[7차 각성 특성이 개화되었습니다.]

[힘 스탯이 11, 민첩 스탯이 9, 체력 스탯이 8, 지혜 스탯이
4 상승합니다.]

'어라?'

두 눈이 커졌다. 레벨 제한의 해제. 그가 그토록 바라던 일
이 상상도 못 한 타이밍에 이루어졌다.

'수호자를 죽이는 게 레벨 제한을 푸는 거였어?'

허탈한 웃음이 흘러나왔다. 만약 알렉을 죽이지 않았다면
알 방법이 없었을 것이다.

강우는 시스템 메시지를 차분히 살폈다.

'보통은 59레벨의 벽을 한 번 뚫으면 89레벨까지 레벨 제한은 없다고 들었는데.'

89레벨, 즉 9차 각성의 끝에서 다시 한번 '재능의 끝'에 막히는 것 말고는 원래 레벨 제한은 없는 게 맞았다.

'하지만 난 69레벨에 레벨이 제한됐어.'

이제는 더 생각할 필요도 없었다. 시스템. 그것이 그의 성장을 의도적으로 억누르고 있던 것이다.

'그리고 그 제한을 푸는 게 수호자를 죽이는 거라고?'

강우의 시선이 쓰러져 있는 김시훈에게 향했다.

아주 잠깐. 정말 사알짝 입가에 군침이 돌았다.

"아냐."

강우는 고개를 저었다. 욕망을 떨쳐냈다.

"아무리 그래도 이건 아냐."

김시훈은 그에게 진심 어린 충성을 맹세한 부하이자, 영혼이 섞인 동료가 아닌가.

"시훈아……."

형 믿지?

"크흠."

짧게 헛기침을 한 강우는 방금 전 자기도 모르게 떠오른 생각에 다급히 고개를 저었다. 찰나에 불과했지만 자기가 생각해도 좀 혐오감이 드는 생각이었다.

'내가 그런 쓰레기일 리가 없어.'

무려 세계의 평화를 위해 악마교와 싸우는 중이었다.

하늘을 우러러 부끄러움 한 점 없는 자신이 그런 생각을 할 리가 없었다.

"그나저나."

자연스럽게 고민이 이어졌다. 레벨 제한을 푸는 조건. 단순히 이 조건을 알아냈다고 만족스러운 상황이 아니었다.

'수호자를 죽인다.'

방법은 알았다. 하지만 그렇다고 해서 가디언즈를 찾아 모조리 죽여 버릴 수는 없는 노릇이다.

'그거야말로 진짜 멍청한 선택이지.'

일단 기본적으로 수호자들은 악마를 비롯한 외계(外界)의 존재에게서 지구를 지키는 아군이었다.

알렉의 경우 그가 가진 일그러진 신념이 김시훈에게 악영향을 줄 수도 있기 때문에 제거했다. 하지만 다른 수호자들도 그와 같으리란 법은 없었다.

'사실 알렉도 시훈이만 아니었다면 그냥 내버려 뒀을 거고.'

외계 존재들의 범람은 세계의 위기를 초래한다. 그 위기에서 세계를 지키는 수호자들을 제거하면서까지 힘을 키우는 것은 현명하지 못한 선택이다.

'김치찌개를 지키는 동료들을 팀킬할 수는 없지.'

물론 그들을 죽여서 강우 자신이 어떤 외계의 존재도 당해낼 수 없는 강자로 거듭나는 방법도 있을 것이다.

하지만 여전히 좋은 선택은 아니었다.

'결국, 난 혼자다.'

한 손으로 할 수 있는 것에는 한계가 있다. 아무리 강해도 세계적으로 일어나는 혼란을 혼자서는 막을 수 없었다.

그렇다고 한국만 지키겠다는 것도 안일한 생각이다. 현대 사회는 이어져 있다. 괜히 미국 금리가 올라가면 한국 주식이 박살 나는 것이 아니었다. 한국이 무슨 내수만으로 완벽하게 돌아가는 나라도 아니고 다른 나라가 망하면 온갖 가난과 불황에 시달리다가 그대로 망해 버릴 것이다.

'그렇게 둘 수는 없지.'

아무리 그가 애국심이라 부를 만한 것이 없다고 해도 태어나고 자란 나라가 망하는 꼴을 보고 싶지는 않았다. 아니, 일단 다른 건 다 제쳐두더라도 한국에는 김치찌개가 있다. 망해서는 안 된다.

'무조건 지킨다.'

의지가 타올랐다.

강우는 주먹을 움켜쥐었다.

"그리고 무엇보다."

시스템 따위가 억누른다고 해서 그의 성장을 막을 수 있을 리가 없었다. 강해지는 방법은 하나가 아니었다.

"일단."

그는 가볍게 땅을 박찼다. 창공의 권능과 함께 몸이 하늘로 날아올랐다.

호텔 옥상에서 멀어진 강우는 근처 야산에 도착했다.

"확인해 볼까."

기대감이 눈빛에 서렸다. 예상치 못한 일이었지만 어쨌든 레벨 제한이 풀렸고, 레벨이 올랐다. 지긋지긋하던 6차 각성에서 벗어난 7차 각성에 도달한 것이다.

그렇다면 가장 먼저 확인해야 할 것은 하나.

'7차 각성 특성으로는 뭐가 나왔으려나.'

선물 포장지를 뜯는 것처럼 기대감에 부푼 채 상태창을 확인했다.

[7차 각성 특성: 영혼을 거두는 자(Rank: SS)]

효과: '포식의 권능'과 연동된 특성입니다. 악마들의 영혼을 온전히 흡수하여 자신이 지닌 영혼의 '격'을 상승시킵니다. 흡수하는 악마의 영혼이 강대할수록 더욱 효과가 커집니다.

"이건……."

강우의 눈이 빛났다.

일단 특성의 등급은 SS급. 지금 그가 사용하는 사기적인 무구 '마해의 열쇠'를 만들어냈던 특성과 동급이었다.

'영혼의 격을 상승시킨다는 게 무슨 말인지 잘 모르겠지만.'

영혼의 격을 상승시키는 것이 정확히 어떤 효과를 가지고 있는지는 알 수 없었다. 부정적인 효과일 리는 없겠지만, 구체적으로 뭐가 좋아지는지 모르는 상황.

잠시 고민을 이어가던 강우는 이내 생각을 접었다. 이런 건 어차피 실제 겪어보기 전까지는 알 수 없었다.

'포식의 권능과 연동됐다… 라.'

이건 어떤 의미인지 알 것 같았다.

포식의 권능은 기본적으로 대상의 모든 것을 잡아먹는다. 생명력과 마기, 권능까지. 영혼도 예외는 아니었다.

'그런데 먹는 방법이 좀 거칠지.'

포식의 권능은 영혼을 짓이겨 버린다. 애초에 흡수가 아니라 '찢어 삼키는' 개념이기에 권능에 잡아먹힌 영혼이 아예 사라져 버리는 것이다. 온전히 영혼을 흡수한다는 것은 포식의 권능에 새로운 기능이 추가된 느낌이었다.

"그리고."

'영혼을 거두는 자' 특성에서 가장 중요한 것은 따로 있었다.

강우는 상태창으로 다시 시선을 옮겼다.

'마령(魔靈).'

마신이 되기 위한 두 번째 단계. 달성에 필요한 두 가지 조건은 지금 당장 알 수 없었다. 하지만 지금 이 '영혼을 거두는 자'라는 특성이 마령의 달성 조건과 연관이 있을 것 같다는 확신이 들었다.

'생각해 보면 6차 각성 특성도 극마지체와 연관이 있었어.'

처음 악마의 창조술을 봤을 때만 해도 극마지체와 대체 무슨 연관이 있는지 알지 못했다. 하지만 마해의 열쇠를 만들며 두 사이의 연관성을 깨달았다.

'각성 특성과 마신이 되기 위한 단계는 연관이 있다.'

확실한 추측은 아니었지만, 충분히 생각해 볼 일이었다.

"어쨌든 악마를 직접 사냥해 봐야 알 수 있겠군."

급하게 움직일 필요는 없었다. 악마교가 있는 이상 악마의 등장은 필연이었다. 어떤 형태로든 악마는 지옥에서 건너올 것이다.

'그리고 건너온 악마를.'

남김없이 잡아먹으면 됐다. 이제까지 만 년간 그래 왔듯이.

"차연주를 좀 더 닦달해야겠네."

지금 그의 주 정보처는 레드로즈 길드였다. 이렇게 된 이상 가만히 있기보다 세계 곳곳에서 나타나는 악마들의 소식을 빠르게 접수하고 먼저 움직이는 것이 좋았다.

"일단 특성은 됐고."

강우는 자리에 앉았다.

눈을 감고, 정신을 집중했다.

'만마전.'

7차 각성을 통해 만마전의 봉인이 한층 더 약해진 것이 느껴졌다. 거대한 마기의 바다가 보였다.

'만마전의 마기를 스탯으로 승화시킨다.'

스탯과는 별개로 만마전의 마기는 따로 존재했다.

하지만 지금 이 상태로는 사용할 수 없었다.

'너무 질이 떨어져.'

만마전의 마기는 말 그대로 바다였다. 끝없이 넓고, 깊었다. 하지만 봉인이 완전히 풀리지 않은 이상 '깊은' 쪽의 마기는 사용할 수 없었다. 봉인이 약해지면서 풀려나온 마기는 어디까지나 '얕은' 쪽의 마기였다.

'예전이라면 그냥 사용했겠지만.'

마기를 고도로 압축하는 기술, 마정에 대해서 터득한 이후로는 그럴 필요 없어졌다.

"흐읍."

숨을 깊게 들이쉬었다.

김시훈에게 배운 천룡심법을 운용했다. 만마전에서 흘러나온 마기가 혈액에 녹아들었다. 굳이 기운을 단전에 집중하지는 않았다. 극마지체를 달성한 이후 그의 몸 전체가 하나의 단전처럼 변했기 때문이었다.

'근데 계속 이렇게 하다 보면……'

그의 심장 쪽에 자리 잡고 있는 만마전이 전신으로 퍼질 것같다는 생각이 들었다.

'아니, 퍼진다고 하기보단.'

그의 몸 자체가 만마전으로 변하리라.

"……."

심장이 뛰었다. 몸 전체가 만마전으로 변한다면 이제껏 그가 다룰 수 없었던 마기의 바다에서 가장 깊은 곳, '심연'이 자리 잡은 곳까지 손을 뻗을 수 있을 것만 같았다.

욕망이 끓었다. 조금 더, 조금 더, 만마전의 끝을 알아보고싶었다. 무리해서 만마전을 폭주시키면 더욱 많은 만마전의마기를 몸으로 끌어올 수 있을 것 같았다.

'아직.'

욕망을 끊어냈다. 무시무시한 갈증에 끔찍한 격통이 전신을 달렸다. 날카로운 쇠갈고리로 목을 긁어내는 듯한 갈증이었다.

'참아.'

다시 한번 욕망을 잘랐다.

마해의 열쇠를 만들 때와는 달랐다. 그의 본능이 '위험하다'

고 울부짖고 있었다.

"후우."

깊게 숨을 내쉬었다.

악마의 육체는 욕망의 고양을 불러일으킨다. 그것을 참는 것은 메마른 사막에서 눈앞에 물을 두고 마시지 않는 것과 같았다.

그럼에도 강우는 참았다. 끔찍한 격통도, 영혼이 말라붙는 갈증도 무시했다.

'익숙한 일이야.'

욕망을 참는 것은 익숙했다. 이제까지 만 년이라는 아득한 시간을 참아왔다. 고작 한 번 더 참는 것뿐이다.

[만마전의 마기를 스탯으로 치환합니다.]
[마기 스탯이 8 상승합니다.]

기다리고 있던 메시지창이 떠올랐다. 강우의 눈이 커졌다.

'8이나 올랐어?'

어처구니없을 정도로 엄청난 스탯 상승치. 혈액 속의 마기가 폭발적으로 증가한 것이 느껴졌다. 7차 각성을 통해 풀려나온 만마전의 마기가 그만큼 어마어마하다는 의미였다.

"어, 그러면 이제……."

강우는 상태창을 확인했다. 120이라고 적힌 마기 스탯이 보였다.

"뭐지?"

이전 그의 마기 스탯은 113. 거기에 8이 상승하였으니 121이 돼야 맞았다.

'근데 왜 120이지?'

고개를 갸웃거렸다. 그의 의문에 답하듯 푸른 메시지창이 떠올랐다.

[스탯 120에 도달하였습니다. 스탯의 '격'과 '효과'가 폭발적으로 상승합니다.]
[전설 등급 이하 장비가 지닌 스탯 상승효과의 격이 떨어져 스탯을 상승시키지 못했습니다.]

"이건 또 뭐야."

대충 내용은 이해했다.

스탯이 높아지면서 힘이 너무 강력해진 탓에 절대치로 스탯을 올려주는 장비의 효과가 막혔다는 것. 즉, 블랙펄 코트의 효과가 120스탯 넘게는 적용하지 않는다는 의미였다.

"크라켄의 분노."

재빠르게 버프를 사용했다.

[장비가 지닌 스탯 상승효과의 격이 떨어져 스탯을 상승시키지 못했습니다.]

역시 효과가 적용되지 않았다.

"……."

표정이 일그러졌다. 이로써 블랙펄 코트는 그냥 스탯 중가치가 없는 깡통 전설 장비가 되어버렸다.

"쯧. 그래도 마기 자체는 폭발적으로 늘어났으니 만족해야 하나."

왜 절대치 상승효과가 적용되지 않았는지 이해가 갈 정도로 몸 안에 마기가 들끓었다. 아직 발록, 리리스에게는 닿을 수 없었지만 어지간한 구천지옥의 악마는 손쉽게 썰어버릴 수 있을 정도.

'그런데 왜 이런 중요한 정보가 알려지지 않은 거지.'

스탯이 120에 도달하게 되면 전설 등급 이하 장비의 스탯 상승치가 적용되지 않는다니. 한 번도 들어본 적 없는 말이었다.

"……."

생각의 시간은 짧았다. 얼마 지나지 않아 답이 나왔으니까.

"그렇게 된 거였군."

강우는 실소를 흘렸다.

이 사실이 전해지지 않았던 이유. 생각해 보면 간단했다.

'없었던 거야.'

플레이어 중에 스탯 120 이상에 도달한 자가 없었기에 소문이 나지 않았던 것이다.

"슬슬 돌아가 볼까."

강우는 자리에서 일어섰다.

7차 각성의 효과는 상상 이상. 전신에 터질 듯이 쌓인 마기가 짜릿한 전율을 주었다.

'반년쯤 지났나.'

지구에 귀환한 지 반년.

강우가 지난 5년간 그 어떤 플레이어도 도달할 수 없었던 경지에 도달하기까지 걸린 시간이었다.

"좀 오래 걸렸네."

쯧.

◆ 8장 ◆
계획대로

알렉 오즈번의 실종. 사람들의 관심을 모았던 검룡과 정의의 검의 만남은 갑작스러운 알렉의 실종으로 무산되었다.

호텔에서 다급히 뛰쳐나간 것을 마지막으로 더 이상 모습을 보지 못한 그의 실종에 대해서 여러 추측이 쏟아졌는데, 가장 유력한 추측은 역시 악마교의 암살자였다. 한 달 전 사건 이후로 알렉에게 악마교의 암살자들이 따라붙었다는 것은 꽤나 유명한 이야기였으니까.

사람들은 경악했다. 월드 랭커 후지모토 료마의 정체가 사악한 악마숭배자였다는 것이 밝혀진 지 얼마 지나지 않아 알렉 오즈번이 죽었다. 월드 랭커도 죽이거나, 회유할 수 있을 정도로 악마교의 세력이 거대하다는 의미.

악마교를 한 번 쓸어내서 평화 속에 있던 한국에도 경종이 울렸다. 사람들은 무슨 전쟁이라도 일어난 것처럼 참치 캔과 같은 비상식량들을 대량으로 구매했다. 경제가 마비될 정도의 혼란이 일어난 것은 아니었지만, 거리 밖으로 나서는 사람들의 숫자가 확연히 줄어들었다. 악마교에 대한 공포가 한국에도 자리 잡은 것이다.

작성자(당근당근): 야, 어떻게 하냐. 회사 출근 못 하겠다. 개 무서움.
　└Shake: 오늘 우리 회사 3명 결근함;; 아 개 망했네.
　└내보내 줘: 얼마 전에 러시아에서 악마교가 사람 막 죽였다는데 우리나라도 그렇게 되는 거임?
　└집에 갈래: 검룡은? 검룡은 뭐 하고 있대?
　└ㅠㅠ: 몰라. 검룡도 안 보인데. 그리고 알렉이 뒤졌는데 검룡이 무슨 소용이냐?

사람들의 관심은 자연스럽게 한국의 신성(新星) 검룡 김시훈에게 향했다. 하지만 월드 랭커가 패배한 마당에 검룡이 뭘 할 수 있냐는 의견이 대다수였다. 그렇게 한국에는 악마교에 대한 공포가 점점 더 커지고 있었다.

후웅! 후웅!

푸른빛에 휩싸인 검이 섬뜩한 소리를 흘리며 휘둘러졌다.

천무진은 딱딱하게 굳은 표정으로 무서운 기세로 휘둘러지고 있는 김시훈의 검격을 막았다.

콰앙!

폭음이 터져 나왔다. 값비싼 돈을 들여 만든 수련실이 뒤흔들렸다.

대련은 계속 이어졌다.

"허억, 허억!"

거친 숨을 토해내는 김시훈을 본 천무진은 검을 내렸다.

"오늘은 여기까지 하지."

"더, 할 수 있습니다."

"……그 몸으로?"

천무진은 헛웃음을 흘렸다.

김시훈의 온몸은 땀으로 젖었고 당장에라도 쓰러질 듯 비틀거리고 있었다.

'하지만.'

열의가 담긴 눈빛만큼은 여전히 빛나고 있었다. 무인의 피가 절로 끓어오를 정도로 흥흉한 눈빛.

'무슨 일이 있었던 거지.'

알렉 오즈번이 실종된 날을 기점으로 김시훈의 태도가 변했다. 처절하고, 절박했다. 평소 수련보다 3배에 가까운 수련을 소화하고 있었다.

'덕분에 무공은 무서울 정도로 강해지고 있지만.'

천골이라는 재능에 처절한 노력까지 더해지니 김시훈이 강해지는 속도는 경악스러울 정도였다.

'걱정되는군.'

무엇이 이토록 그를 절박하게 만들었단 말인가.

몇 번을 물어봤지만, 김시훈은 대답하지 않았다.

천무진은 침음을 삼킨 후, 한 손을 들어 올리며 말했다.

"그럼 10분 휴식하고 다시 시작하지."

"하아, 하아. 알겠습니다."

김시훈이 쓰러지듯 바닥에 누웠다. 그런 그를 내려다보던 천무진은 이내 수련실의 밖으로 나왔다.

익숙한 청년의 모습이 보였다. 강우였다.

"시훈이는 어떻습니까?"

"하루 종일 수련하고 있네. 이걸… 열의라고 해야 할지 광기라고 해야 할지 모르겠지만 말일세."

"광기는 아닙니다. 시훈이는 그 정도로 약하지 않으니까요."

"음. 뭐, 그 말에는 동의하네. 하지만 걱정되는 건 어쩔 수 없군. 자네도 왜 갑자기 검룡이 저렇게 변한 건지 모른다고 했던가?"

"예. 제게도 말하지 않습니다."

"끄응. 알렉 오즈번과 연관이 있는 것 같은데 통 말을 하지 않으니."

천무진은 걱정스럽다는 듯 말했다. 강우는 희미한 미소를 지었다.

"힘을 갈망하는 것은 본능이니까요."

"아 참, 그런 김에 자네에게 하나 제안할 게 있다네."

"제안이요?"

강우는 고개를 갸웃거렸다.

천무진은 무거운 표정으로 말을 이었다.

"이번에 검룡과 몬스터 사냥을 나갈까 하네."

"호오."

"검룡에게 이제 단순한 수련은 큰 의미가 없네. 몬스터와 싸우면서 레벨과 실전 경험을 쌓는 게 좋아."

타당한 의견이었다.

"그럼 수원 S급 게이트에 가실 생각인가요?"

천무진은 고개를 저었다.

"상하이에 갈 생각이네."

"상하이라면……"

홋카이도처럼 SS급 게이트가 있는 장소였다.

"너무 이른 것 아닙니까?"

"걱정하지 말게. 내가 옆에서 잘 보조해 줄 생각이네."

천무진은 자신에 찬 목소리로 말했다.

강우는 살짝 고민에 잠겼다.

'김시훈을 중국에 보낸다… 라.'

처음 천무진과 계약한 조건에 어긋나는 일이었다. 하지만 지금 그에 대한 신뢰가 어느 정도 쌓인 상황에서는 문제없을 것 같았다.

"알겠습니다. 그게 시훈이를 위한 일이라면 그렇게 해야죠."

"끌끌, 검룡은 무서울 정도로 강해질걸세."

"알고 있습니다."

강우는 피식 웃었다. 그렇지 않다면 앞서 한 고생들이 의미가 없다.

"아, 그리고 그동안 통신 장비는 가져가지 않을 생각이네."

"폐관 수련이라도 하실 생각이십니까?"

"뭐, 그런 느낌이지."

천무진은 고개를 끄덕였다.

강우는 잠시 고민에 잠겼다.

'큰 상관은 없으려나.'

지금 당장 김시훈이 필요한 일은 없었다.

갑작스럽게 악마가 등장한다고 해도 마찬가지였다. 그에게 중요한 일은 성장을 하는 것이었고, 천무진이 제안한 방법은 성장에 가장 효율적인 방법이었다.

'괜히 폐관 수련이라는 말이 생긴 게 아니니까.'

게이트 사냥과 폐관 수련은 좀 느낌이 달랐지만, 그 핵심은 같았다.

성장이라는 것은 일종의 흐름이었다. 독서실에서 공부하고 있을 때 숨소리마저 거슬리게 느껴지듯, 아주 작은 방해조차 집중을 흩뜨릴 가능성이 있었다.

'정 급하면 종속의 권능으로 부르면 되니까.'

큰 문제는 없을 것 같았다.

"예. 알겠습니다."

"흐흐. 내일 바로 출발할 테니 그렇게 알아두게. 폐관 수련이 끝났을 때는 검룡이 자네보다 날 더 따를 수도 있겠군."

"하하하."

가볍게 웃음을 터뜨린 강우는 천무진을 지나쳐 누워 있는 김시훈에게 다가가며 말했다.

"그럴 일은 없을 겁니다."

아무리 천무진이 스승 같은 존재가 된다고 하더라도 김시훈이 자신보다 천무진을 더 따를 리는 없었다.

'그럴 수 없도록 만들었으니까.'

강우는 피식 웃으며 김시훈이 누워 있는 바닥 옆에 앉았다.

김시훈이 벌떡 일어섰다.

"아, 강우 형님!"

"누워 있어."

"아닙니다. 이제 슬슬 휴식 시간도 끝나가고요."

김시훈이 몸을 일으켰다. 순간 그의 몸이 비틀거렸다.

"으……."

"시훈아."

"아, 괜찮습니다, 형님."

그는 다급히 손을 저었다. 김시훈을 따라 일어선 강우는 나지막이 입을 열었다.

"그날 네게 무슨 일이 있었는지는 모르겠어."

"……."

김시훈은 굳게 입을 다물었다.

"왜 갑자기 이렇게 처절하게 수련을 하는지도 모르겠고."

"그건."

입술을 깨물며 검 자루에 손을 올렸다. 김시훈의 표정이 어두워졌다. 강우는 고개를 저으며 말을 이었다.

"걱정스럽긴 하지만 말리진 않으마. 더 이상 물어보지도 않을게. 대신……."

김시훈의 어깨에 손을 올렸다. 따뜻한 온기가 서로 교차했다. 김시훈의 눈이 커졌다.

"강해져라, 시훈아."

"형님······."

그의 눈에 희미한 눈물이 맺혔다.

김시훈은 감격에 찬 듯, 몸을 가늘게 떨었다. 검 자루를 움켜쥔 그의 손에 힘줄이 돋았다.

"알겠습니다, 형님."

타오르는 듯한 의지가 담긴 눈빛이 강우를 향했다.

강우는 몸을 돌렸다.

뒤로 돌아선 그의 입가가 비틀려 올라갔다.

'계획대로.'

터져 나오는 웃음을 참았다.

김시훈과 천무진이 상하이로 떠났다.

김시훈 문제를 깔끔하게 처리한 강우는 악마교의 움직임에 집중했다. 최근 들어 러시아에서 점점 활발해진 악마교의 활동.

"직접 한번 가봐야겠네."

계속해서 사건, 사고가 끊이질 않으니 확인하지 않을 수가 없었다.

강우는 차연주를 통해 악마교 사건이 일어난 러시아 지역들의 정보를 모았다.

"하아."

절로 한숨이 흘러나왔다.

거실에 앉은 그의 손에는 차연주가 건네준 러시아 지도가 들려 있었다.

"진짜 더럽게 넓네."

러시아의 땅덩어리는 비좁은 한국과는 차원이 달랐다. 분명 러시아 지도인데 무슨 세계 지도를 보고 있는 기분이었다. 저곳에서 어디 있는지도 모를 악마교를 무작정 찾을 생각을 하니 솔직히 암담함만 밀려왔다.

'이거 찾을 수 있으려나.'

솔직히 자신이 없었다. 차라리 대놓고 악마교가 날뛰기를 바라게 될 정도였다.

'그래도 가긴 가야지.'

다시 한번 한숨이 흘러나왔다.

뚜르르.

그때, 전화가 걸려왔다. 차연주였다.

"무슨 일이야?"

[강우, 너 지금 어디야?]

"집인데."

[지금 당장 TV 틀어봐.]

딱딱하게 굳은 목소리. 이전 이수역 사건 때와 뭔가 비슷한 느낌이었다.

강우는 차연주의 말에 따라 TV를 틀었다.

"이건⋯⋯."

포스트 아포칼립스처럼 폐허가 된 도시의 모습이 보였다. 박살 난 건물 사이에 거대한 검은 균열이 있었다.

-속보입니다! 현재 블라디보스토크에 대규모 몬스터가 출현했습니다!

블라디보스토크. 전 세계에 몇 없는 SS급 게이트 중 하나가 위치한 곳이며 5년 전 '격변의 날' 이후 삿포로나 상하이처럼 멸망한 지역이었다.

-그, 그 숫자는 현재 집계가 되지 않을 정도로 많으며 기존에 서식하던 SS급 몬스터들을 학살하고 만주 벌판 쪽으로 향하고 있습니다! 다행히 인명 피해 자체는 거의 없는 상황이지만 한국과의 거리가 짧아 신속한 대책이⋯⋯.

당황한 뉴스 캐스터의 목소리가 들려왔다. 카메라에 폐허가 된 도시에서 우르르 몰려나오는 괴물 무리가 보였다. 보는 것만으로 구역질이 쏟아지는 끔찍한 외모를 가진 괴물들.

"하, 하하."

자연스럽게 웃음소리가 흘러나왔다.

뉴스 캐스터는 대규모 몬스터가 출현했다고 말했지만, 강우는 알 수 있었다.

'악마교다.'

도시 속에서 걸어 나오는 몬스터의 정체는 무수한 마물이었다. 중간중간에 악마로 보이는 존재도 있었다.

강우의 입가가 올라갔다. 주먹이 불끈 쥐어졌다.

'욜로!'

뉴스 속보를 들은 후, 강우는 에키드나와 한설아를 데리고 레드로즈 길드로 향했다.

"야, 빨랑빨랑 못 움직여?"

"중국 측에 연락해서 악마교 위치 확인해!"

"대책 회의 장소가 어디라고? 비행기, 우선 비행기부터 싹 모아!"

레드로즈 길드의 상황은 말 그대로 난장판. 로비와 사무실 할 것 없이 사람들이 분주히 뛰어다니며 지금 사태에 대해서 파악하고 있었다.

사무실의 문을 열자 서류 더미에 파묻혀 있는 차연주의 모습이 보였다.

"왔어?"

차연주가 고개를 들었다. 평소와 달리 딱딱하게 굳은 표정이었다. 강우는 그녀에게 다가가며 물었다.

"일단 뉴스를 보긴 했는데, 정확히 무슨 상황이야?"

"블라디보스토크에 대규모 소환이 일어났어."

"대규모 소환이라고 하면……."

그녀는 무거운 표정으로 고개를 끄덕였다.

"정확히는 파악 안 됐는데 최소 백 단위의 악마를 소환한 것 같아. 엄청난 숫자의 마물도 함께 소환됐고."

"백 단위."

그 숫자에 자기도 모르게 입가가 올라가려고 했다. 강우는 올라가려는 입가를 애써 내렸다.

'이 기특한 새끼들!'

어처구니없을 정도로 넓은 러시아를 언제 다 조사할지 막막했던 상황을 악마교가 한번에 해결해 줬다. 대규모 소환에 성공한 그들을 끌어안아 주고 싶을 정도.

강우는 흡족한 미소를 지으며 자리에 앉았다.

"현재까지 피해 상황은?"

"원래 블라디보스토크 근처에 사람이 거의 없어서 인명 피해는 몇 없어. 문제는……."

"마물들이 이동하고 있다는 거군."

차연주가 심각한 표정으로 고개를 끄덕였다.

"속도도 꽤 빨라. 게이트 주변에 있던 SS급 몬스터들을 순식간에 쓸어버릴 정도로 강력하기도 하고."

사실 두 번째가 더 큰 걱정거리였다.

SS급 게이트. 그 게이트가 위치한 주변은 격변의 날 이후 5년이 지나도록 복구하지 못했다. 다른 게이트에서는 보기도 힘든 강력한 몬스터들이 게이트 밖으로 나와 그들만의 서식지를 만들었기 때문이었다.

다행히 일정 거리 밖으로는 몬스터가 서식지의 범위를 늘리지 않았기에 추가적인 피해는 없었지만, 여전히 그 주변은 인외(人外)의 영역이자 발을 디딜 수 없는 금지(禁地)였다.

그런데 그런 SS급 몬스터들을 학살했다. 악마교가 소환한 악마와 마물 무리가 얼마나 강력한 힘을 가지고 있을지 예측하는 것은 어렵지 않았다.

'하지만.'

강우는 꿀꺽 침을 삼켰다. 혀로 입술을 핥으며 입맛을 다셨다. 허기가 느껴졌다. 그에게 있어 끔찍한 악마 군단 무리는 영양가 만점의 도시락으로 보일 뿐이었다.

'마물은 큰 의미 없다만.'

영혼을 거두는 자가 효과를 발휘하는 것은 어디까지나 악마의 영혼. 욕망을 견디지 못하고 자아를 잃은 마물들의 영혼 따위는 흡수할 가치가 없다.

'할키온 같은 마물이면 몰라도.'

할키온. 마물 중에서 극히 드물게 지성을 가진 존재였다.

지성을 가진 마물은 어지간한 악마들은 쓸어버릴 정도로 강력했다. 그중에는 권능을 가진 존재도 있었다. 포식의 권능으로 잡아먹을 가치도 충분할 것이다.

하지만 그건 어디까지나 할키온 같은 마물이 있을 때의 이야기.

'영상에 보이는 건 대부분 삼천지옥 이하에 서식하는 마물들이었어.'

그중에는 지성을 가진 변종 마물은 없을 것이다. 변종 마물들은 대부분 팔천지옥 이상에 서식했다.

'그렇다면 악마를 최우선으로 노린다.'

단 한 마리도 남길 생각은 없다. 새롭게 각성한 특성, '영혼을 거두는 자'의 효과를 확인하기 위해서라도 최대한 많은 악마를 먹어치워야 했다.

"마물들은 어디 방향으로 향하고 있어?"

"만주 벌판 쪽으로. 이대로 중국으로 향한다면 모르지만, 한국 쪽으로 방향을 틀 수도 있어."

블라디보스토크는 북한, 중국과 인접한 지역이었다. 5년 전 격변의 날 당시 북한이 멸망해 버렸기에 한국 쪽으로 방향을 틀면 바로 대규모 전쟁이 일어난다.

"흠."

강우는 가늘게 눈을 떴다.

마물들의 방향에 따라 중국에도, 한국에도 대규모 전쟁이 벌어질 수 있는 상황. 이런 상황에서 취할 수 있는 가장 현명한 방법은 하나뿐이었다.

"중국 측 움직임은?"

"한국에 동맹을 요청했어. 인명 피해가 커지기 전에 만주 벌판에서 결판을 볼 생각인 것 같아."

"역시."

고개를 끄덕였다.

중국, 한국 둘 중에 어디로 악마들이 향할지 알 수 없다. 그리고 어느 한쪽에 공격이 집중된다면 감당하기 힘든 인명 피해가 발생할 것이다. 그렇다면 애초에 둘이 힘을 합쳐 위험 요소를 지워 버리는 것이 타당했다.

'밸런스는 좀 안 맞겠지만.'

중국은 동아시아권에서는 대적할 상대가 없는 최강의 국가였다. 인구가 많은 만큼 플레이어들이 많았고 국가 특성인지 '내공'이라는 고유 스탯을 가진 플레이어들이 많아 평균 전력이 강했다. 사실 한국과 일본을 둘 다 합친다고 해도 중국이 가진 힘에는 미치지 못하는 것이 현실이었다.

'뭐, 내가 있으면 다르겠지.'

강우는 피식 웃었다.

고작 개인의 힘으로 국가 간의 압도적인 전력 차를 뒤집을 수 있다는 광오한 생각이었지만 거짓은 없었다. 강우의 존재 하나만으로 한국은 세계 최강 국가인 미국과도 견줄 수 있을 것이다.

"그래서 어떻게 하기로 했어?"

"하얼빈 쪽에서 전략 회의를 한다고 참여해 달래. 그래서 지금 화랑부대랑 대형 길드랑 비행기를 구해서 하얼빈 쪽으로 향할 생각이야."

"그렇군."

"강우 너도 갈 거지?"

물어볼 것도 없었다. 망설임 없이 고개를 끄덕였다.

"물론이지."

짙은 미소가 지어졌다. 만찬의 시간이 다가오고 있었다.

얼마 지나지 않아 천소연까지 합류한 강우 일행은 레드로즈 길드에서 준비한 비행기를 타고 하얼빈으로 향했다.

"내가 태워다 줄 수도 있는데."

옆자리에 앉은 에키드나가 옷깃을 당겼다. 강우는 손을 들어 그녀의 머리를 쓰다듬었다.

"우리만 먼저 간다고 뭘 할 수 있는 상황이 아니니까."

다른 대형 길드에서도 지원 병력을 하얼빈 쪽으로 보냈다고 들었다. 전략 회의는 아마 그 모든 병력이 도착한 후에나 이루어질 것이다.

  "하아. 하필 아버님이 자리를 비우셨을 때 이런 일이 일어나다니……."

  천소연이 한숨을 내쉬었다. 그녀의 표정에는 걱정이 서려 있었다.

  "왜. 무슨 문제 있어?"

  "아버님이 없으시니 저희 숙부님이 대신 회의를 주도하실 텐데… 숙부님이 좀 한국에 대한 감정이 안 좋으시거든요."

  "숙부?"

  "예. 검귀 천무현이라고 들어보셨나요?"

  "아니."

  강우는 고개를 저었다.

  "아버님 때문에 많이 유명하지는 않지만, 중국 내에서는 손에 꼽히는 무인이에요. 천검문의 부문주시기도 하고요."

  "흠. 너보다도 천검문 내에서 영향력이 큰 거야?"

  "부끄럽지만… 그 말이 맞아요."

  천소연은 살짝 입술을 깨물었다. 천무진의 빈자리가 너무나 크게 느껴졌다.

  "어떻게든 되겠지."

강우는 느긋한 표정으로 등받이에 기댔다. 걱정은 없었다. 어떻게든 되지 않는다면, 어떻게든 되도록 만들 뿐이었다.

하얼빈까지의 거리는 얼마 멀지 않았다.

비행기에서 내린 강우 일행은 중국 측에서 제공한 차를 타고 하얼빈 시내에 있는 중국 플레이어 관리소로 향했다.

'여기도 만만치 않네.'

짧은 감탄사가 흘러나왔다.

동아시아 최강국이라는 이름에 어울리게 하얼빈에 위치한 플레이어 관리소는 거대한 위용을 자랑하고 있었는데, 베이징에 위치한 자금성을 연상시키는 중국풍 성이 있었다. 마치 무협 소설의 세계에 들어온 것 같은 착각이 들 정도로 웅장한 건축물.

강우는 고개를 두리번거리며 플레이어 관리소 안으로 들어갔다.

"응?"

"저기서 다들 뭐 하는 거야?"

입구로 들어서 회의실로 향하고 있던 강우 일행의 눈에 거대한 문 앞에 옹기종기 모여 있는 사람들이 보였다.

차연주가 빠르게 그 얼굴들을 살폈다.

"온누리 길드랑 사나래 길드네."

한울 길드와 미르 길드가 공중분해되면서 3대 길드가 되어 버린 대형 길드의 길드원들이었다.

차연주는 입구 앞을 신경질적으로 돌아다니는 중년 여인에게 다가갔다.

"현주 아줌마, 무슨 일이야?"

"내가 어딜 봐서 아줌, 아, 연주 너구나."

정현주. 수준 높은 힐러로 구성된 사나래 길드의 마스터였다. 후덕한 인상의 그녀는 표정을 일그러뜨리며 말했다.

"이것들이 아주 정신이 나갔어. 사람들을 불러놓고 지금 뭐 하자는 짓인지 모르겠네."

"왜 그러는데?"

"여기까지 왔는데 회의에 참여하지 말고 나중에 지시대로 움직이라고 하잖니?"

"뭐라고?"

차연주는 어처구니없다는 듯 헛웃음을 흘렸다.

전략 회의에 참여하지 말고 지시에 따라만 움직이라니. 막말로 한국인들을 싹 다 최전방에 배치하더라도 그에 따라 움직이라는 의미였다.

"이것들이 미쳤나."

자기들이 상관도 아닌데 일방적으로 지시에 따라 움직이라는 건 무슨 헛소리란 말인가.

차연주는 살기를 피어 올리며 회의실의 문으로 향했다. 중국인으로 보이는 두 명의 플레이어가 차연주를 막아섰다.

"꺼져."

"천무현 님이 회의 중이십니다. 지나갈 수 없습니다. 회의 결과는 나중에 통보해 드리겠습니다."

중국인 플레이어들이 어눌한 한국어로 말했다.

"꺼지라는 말 못 들었냐?"

"천무현 님께서는 지시에 따르지 않을 시 중한 동맹에 대한 재검토까지 고려하시겠다고 말씀하셨습니다."

"이것들이 진짜……."

차연주의 몸에서 강렬한 마력이 끓어올랐다. 당장에라도 폭발할 것 같은 긴장감이 주변을 짓눌렀다.

"……제기랄."

차연주의 입에서 거친 욕설이 흘러나왔다. 결국, 그녀는 힘을 거뒀다.

중국. 그들이 괜히 동아시아 최강국이라고 불리는 것이 아니었다. 함부로 그들을 건드리기는 힘들었다.

차연주를 대신해 천소연이 나섰다.

"지금 뭐 하시는 짓이죠? 이분들은 악마들의 침공을 막기 위해 힘을 빌려주시러 오셨습니다. 어서 비키세요."

"죄송합니다. 천무현 님께서 회의가 끝날 때까지 절대 들여보내지 말라고 말씀하셨습니다."

"하, 지금 장난하는 건가요? 아버님이 이 사실을 아시면……."

"천무진 님께서 자리를 비우셨을 때는 천무현 님의 명령이 우선입니다."

"……."

천소연은 굳게 입을 다물었다. 우려했던 일이 일어났다.

그녀는 몸을 돌리며 강우에게 말했다.

"죄송해요. 비상 연락망을 통해서 아버님에게 지금 바로 연락을 넣……."

"아, 괜찮아."

강우는 느긋한 태도로 그녀를 말렸다.

차연주와 천소연은 동그란 눈으로 그를 바라봤다.

"그렇다면 이대로 기다리실 생각이신가요?"

"그럴 리가."

"예? 그렇다면 어떻게……."

피식 웃으며 발걸음을 옮겼다.

어떻게든 되지 않는 상황이 벌어졌다. 그렇다면 해야 할 일은 하나였다.

강우가 문 쪽으로 다가가자 입구를 막아서던 두 명의 중국인이 무기를 빼 들었다.

"거기서 더 움직……."

강우가 손을 움직였다.

두 명의 머리를 잡은 강우는 그대로 회의실의 문을 향해 두 사람을 집어 던졌다.

콰아아앙!

문이 박살 나며 회의실 내부의 모습이 보였다. 천검문을 중심으로 여러 중국 대형 길드가 모여 있었다.

"이게 무슨……."

회의실 안에 있던 사람들의 표정이 일그러졌다.

문 근처에 앉아 있던 근육질 거한이 몸을 일으켰다.

"어떤 버러지가 감히 신성한 회의를 방해하느냐!"

그는 흉악한 살기를 피어 올리며 강우를 향해 다가왔다.

사람 머리만 한 주먹이 강우를 향해 휘둘러졌다. 랭커의 증거라고 할 수 있는, 유형화된 마력이 담긴 주먹.

턱.

"어?"

강우는 주먹을 가볍게 잡았다. 거한의 입에서 당황스러운 목소리가 흘러나왔다. 붙잡은 주먹을 뒤로 당기자 거한의 몸이 쓰러지듯 앞으로 기울어졌다.

강우는 거한의 머리를 움켜쥐려고 했다. 하지만 머리털 하나 없는 민머리인 탓에 순간적으로 손이 미끄러졌다.

'역시 대머리가 생존력이 좋네.'

그들은 모근을 버림으로써 힘을 얻었다.

강우는 머리를 대신해 거한의 목덜미를 움켜잡았다.

콰앙!

목덜미를 움켜잡은 채 머리를 그대로 테이블에 내려찍자, 폭음과 함께 단단한 원목으로 만들어진 회의실 테이블이 박살 났다.

강우는 방금 일어선 거한이 앉아 있던 의자를 뒤로 끌어 앉았다.

"……."

무거운 침묵이 회의실 안에 내려앉았다.

그들은 지금 상황이 이해되지 않는지 입을 쩍 벌린 채 강우를 바라보고 있었다.

"뭐 해?"

의자에 앉은 채 느긋이 다리를 꼬았다.

"회의 안 해?"

"뭐 하는 놈이냐?"

회의실의 상석, 한쪽 눈에 기다란 검상이 있는 사내가 낮은 목소리로 물었다. 검귀 천무현. 천검문의 2인자로 천무진의 동생이었다.

강우는 등받이에 몸을 기댄 채 대답했다.

"그건 오히려 내가 묻고 싶은 말인데. 너희야말로 기껏 지원군을 불러놓고 뭐 하는 짓이냐?"

"사공이 많으면 배가 산으로 간다."

"괜히 어디서 주워들은 명언 지껄이면서 헛소리하지 말고. 대가리에 똥만 찬 것도 아닐 텐데. 상황 파악할 수 있잖아."

"……."

무거운 침묵이 흘렀다.

그들도 머리를 장식품으로 달고 있는 것은 아니었다. 동맹을 제안한 측에서 회의에 참석조차 시키지 않고 일방적으로 지시를 따르라고 하는 것이 얼마나 안하무인격인 행동인지 잘 알고 있었다. 다만.

회의실에 모인 사람들은 천무현의 눈치를 살폈다.

"건방진 놈이로군."

천무현이 살기를 피어 올렸다.

그의 손이 검 자루를 움켜쥐었다.

"아……."

강우는 탄성을 흘렸다. 그는 깊은 한숨을 내쉬며 이마에 손을 올렸다.

"진짜 너 같은 놈들도 이제 질린다, 질려."

"……"

"자, 이제부터 천무현이란 인간에 대해서 설명해 줄게."

"……무슨 헛소릴 하는 거냐."

천무현이 날카롭게 눈을 빛냈다. 자신을 앞에 두고 자신에 대해서 설명한다는 건 대체 무슨 헛소리란 말인가.

강우의 말이 이어졌다.

"무지막지하게 뛰어난 형과 어중간하게 뛰어난 동생이 있었어."

"……"

"동생은 형의 그늘에 가려 한평생을 질투했지. 하지만 아무것도 하지 못했어. 결국 자신은 형을 넘어설 수 없었으니까."

천무현의 표정이 딱딱하게 굳었다.

"그런데 기회가 왔어. 형이 마침 자리를 비웠고, 몬스터 대군이 쳐들어오고 있지."

강우는 나지막이 말을 이었다.

"큰 공을 세우고 싶었겠지. 자신도 할 수 있다는 것을 증명하고 싶었을 거야. 그래서 지원 세력을 후방에 배치해서 전쟁에서 성과를 올리지 못하도록 만들었어."

회의실 앞에 있는 화이트보드에는 이번 전쟁에 대비해 진형을 짜둔 그림이 있었다.

사람들의 시선이 화이트보드로 향했다. 그림에 그려진 한국군의 위치는 최후방. 흔히 말하는 보급 부대에 가까운 진형에 위치해 있었다.

그에 반해 천검문의 위치는 전방이었다. 총알받이는 되지 않으면서도, 충분히 활약할 수 있는 위치.

"어떻게든 형에게서 벗어나려 발버둥 치는 머저리. 그게 바로 천무현이란 인간이다."

"……."

천무현은 굳게 입을 다물었다. 오늘 처음, 그것도 만난 지 5분도 지나지 않은 인간이 자신의 인생에 대해서 모든 걸 아는 것처럼 떠들어대고 있었다. 문제는.

"……네가 뭘 안다고 지껄이느냐."

그 말이 대부분 사실이라는 것. 천무현의 표정이 일그러졌다.

"이쯤 되면 그냥 첫 대사만 들어도 알겠다, 인마. 정말……."

강우는 지겹다는 표정으로 혀를 찼다.

"개성도, 재미도, 감동도 없어. 썩어 넘칠 정도로 흔하고, 지겹도록 뻔해."

"……."

"마감에 치인 작가가 대충 3초 만에 생각한 것 같은 인간이야. 제발 너 같은 놈들 좀 그만 만나고 싶다, 이제."

"크윽."

천무현은 입술을 깨물었다. 이제까지 들은 어떤 모욕적인 말보다 불쾌한 말이었다.

그는 차오르는 분노에 가늘게 몸을 떨었다. 검 자루를 쥔 손에 힘줄이 돋아났다. 단전에 자리한 내공이 그의 전신에 퍼졌다.

"하아."

강우는 한숨을 내쉬었다. 대충 앞으로의 전개가 머리에 그려졌다.

"자, 이제 분노를 참지 못하고 달려들겠지."

생각해 볼 것도 없는 일이었다.

강우는 시큰둥한 표정으로 손을 까딱였다.

"빨리 덤벼, 괜히 분량 잡아먹지 말고."

"이, 이럴 수가!"

"어떻게 검귀를 이리 간단히도……."

회의실에 경악이 퍼졌다.

단 5초. 회의실에 난입한 정체불명의 한국인이 검귀 천무현을 제압하기까지 걸린 시간이었다.

이성을 잃은 천무현은 검을 뽑아 들며 달려들었고, 패배했다. 회의실 안에 있던 무인들은 벽에 처박혀 기절한 천무현을 믿을 수 없다는 듯이 바라보았다. 검황 천무진이 오더라도 이렇게 쉽게 그를 제압하는 건 불가능했다.

"자, 이렇게 하자."

순식간에 천무현을 제압한 강우는 황당하게 자신을 바라보는 사람들을 향해 입을 열었다.

"어차피 서로 협력할 분위기도 아니니까, 같이 싸우되 각자 알아서 행동하는 거로 하자고."

지휘권을 분리하자는 의미.

사실 전쟁에서 지휘권을 분리하는 것은 꽤나 위험한 행동이었지만 지금 상황에서는 다른 방법이 없었다.

'괜히 손발 안 맞아서 치고받는 것보다야 이게 낫지.'

어차피 복잡한 지형도 아닌 벌판에서의 정면충돌이다. 전술 자체가 들어갈 여지가 많지 않았다. 그렇다면 차라리 함께 싸우되 알아서 싸우는 편이 훨씬 효율이 좋았다.

"그럼 서로 각자 알아서 갈 길 갑시다. 알겠죠?"

강우는 자리에서 일어나 몸을 돌렸다.

"가, 강우 너……."

어버버한 표정으로 차연주가 그를 불렀다.

강우는 그녀의 어깨에 손을 올렸다.

"그런 의미에서, 잘 부탁해."

"……뭐?"

뭐가 그런 의미란 말인가.

강우는 방긋 웃었다.

"이번에 한국군 지휘는 연주 네가 맡아줘."

"아니, 왜 내가……."

"아니면 장현재 씨에게 부탁하든가. 일단 난 못 해."

"네가 벌인 일이잖아."

"원래 일 벌이는 사람 따로 있고 치우는 사람 따로 있는 법이지."

"……."

차연주는 뒤통수를 한 대 얻어맞은 듯한 표정을 지었다.

군대의 지휘. 레드로즈라는 대형 길드를 이끄는 그녀도 경험해 본 적 없는 일이었다. 아니, 일단 경험을 떠나서 그녀의 성격상 어울리지 않는 일이었다.

"이, 이 쓰레기 자식."

그녀는 깊은 한숨을 내쉬며 이마를 짚었다.

중국 놈들에게 한 방 먹여준 것은 속 시원했지만, 대신에 어마어마한 부담을 떠넘겨 받았다.

"못 하는 이유가 뭔데? 너라면 지휘도 잘할 수 있잖아."

전쟁에서 지휘는 굉장히 어려운 일이다.

단순히 '여자는 모두 죽이고 남자는 모두 범하라!'라고 고래고래 소리치는 것이 지휘가 아니다. 각 부대의 특성을 모두 알고 있어야 하며 적절한 타이밍에 가장 효율적으로 부대를 움직여야 했다.

'하지만 강우라면.'

그가 이제까지 보여준 모습으로는 그 어렵다는 지휘도 완벽히 해낼 수 있을 것 같았다.

강우는 고개를 저었다.

"난 따로 할 일이 있어."

"……전쟁에서 싸우는 것 말고 할 일이 뭔데."

"하하. 그건 비밀로 해둘게."

대답을 피한 강우는 쓴웃음을 지었다.

'악마를 먹으러 간다고 할 순 없으니까.'

이번 악마교의 군대는 만 단위의 마물과 수백의 악마로 이루어져 있다. 여기서 강우에게 필요한 것은 악마.

'혼란을 틈타서 악마만 골라 사냥한다.'

적진 깊숙이 들어가야 하는 위험천만한 일이었지만 지금 그라면 문제없었다.

강우는 고개를 돌려 회의실에서 허둥지둥거리는 중국인들을 바라보았다.

'악마교가 정신을 차리지 못할 정도로 혼란만 만들어주면 돼.'

그렇게 만들기 위해서 이곳에 왔다.

아무리 그라고 해도 만 단위의 마물을 단신으로 뚫으며 악마들을 상대하는 건 부담스러운 일이다. 마물들의 시선을 돌리며 동시에 악마의 전력을 뿔뿔이 흩어지게 만들 전력이 필요했다.

'그 정도는 해줄 수 있겠지.'

방금 허무하게 당하긴 했지만, 중국이 가진 전력은 무시할 수 있는 수준이 아니었다. 악마만 자신이 처리해 준다면 그들의 힘만으로도 지옥의 마물들을 충분히 상대할 수 있을 것이다. 거기에 차연주를 비롯한 한국 세력까지 더해지면 길게 고민할 필요도 없었다.

'빨리 와라.'

강우는 기대감에 부푼 표정으로 주먹을 쥐었다.

악마의 신체 구조상 느껴질 리 없는 허기가 배를 간질였다.

3일이 흘렀다. 빠른 속도로 전쟁 준비가 갖춰졌다.

차연주는 갑작스럽게 맡게 된 지휘관의 일을 수행하기 위해 밤낮없이 머리를 싸매고 진형과 전술을 공부했다. 그리고.

"나, 나타났습니다!"

정찰에 특화된 특성을 가진 플레이어가 소리쳤다.

무거운 긴장감이 내려앉았다. 사람들은 플레이어가 가리킨 방향으로 고개를 돌렸다.

지평선 너머, 뿌연 먼지가 피어오르고 있었다.

"으, 으."

"대, 대체 몇 마리야?"

"5년 전으로 돌아온 것 같아……."

벌판에 모인 플레이어들은 공포에 질린 표정으로 몸을 떨었다. 이런 몬스터의 대규모 습격은 '격변의 날' 이후 처음 있는 일이었다.

"침착하고 전투 전에 정비부터 해! 아직 시간은 남았어!"

확성기를 든 차연주가 소리쳤다. 특수한 장치로 만들어진 듯 소리가 쩌렁쩌렁 울렸다.

그녀의 말대로 마물들이 도착하려면 멀었다. 마물들의 속도가 음속을 넘는 것도 아니고 지평선 너머에 보인다고 순식간에 도착할 리는 없었을 테니까.

"왔다."

강우는 눈을 빛내며 자리에서 일어섰다. 긴장감에 찬 다른 사람들과 달리 그는 짜릿한 흥분과 전율에 휩싸여 있었다.

'드디어 왔다!'

주시자의 권능을 사용하여 뿌연 먼지가 일어나는 지평선 너머를 살폈다. 영상으로 봤던 마물들의 모습이 보였다.

'아직 악마는 안 보이지만.'

분명 저 안에 있을 것이다.

강우는 입맛을 다셨다. 입술을 핥으며 주먹을 움켜쥐었다. 먹음직스러운 먹잇감들이 제 발로 그를 향해 다가와 주고 있었다. 악마교를 향해 몇 번이라도 고맙다고 인사해 주고 싶은 심정.

"좋아."

그는 흡족한 미소를 지으며 고개를 끄덕였다. 남들에게는 끔찍한 괴물들이 몰려오는 것으로 보일지 몰라도 지금 그에게는 두 발 달린 도시락들이 열심히 달려오는 모습으로 보일 뿐이었다.

"강우 씨."

마물들을 바라보고 있는 강우를 향해 한설아가 다가왔다. 그녀의 손에는 주먹밥이 들려 있었다.

"간단하게 드시라고 만들어 왔어요."

매력적인 제안이었다. 중국 쪽에서 제공한 보급형 전투식량의 맛은 최악이었기에 더더욱 먹고 싶었다.

하지만 이내 강우는 고개를 저었다.

"아니, 난 괜찮아. 에키드나 줘."

"이미 식사하신 건가요?"

"아니."

강우는 씨익 웃으며 마물들을 바라보았다.

"보기만 해도 배부르거든."

손을 들어 배를 쓰다듬었다.

'빨리 와라, 애들아.'

조금 있으면 시작될 만찬을 생각하면 벌써부터 배가 가득 찬 느낌. 강우는 속에서 올라오는 기운을 입으로 뱉어냈다.

"꺼-억."

◆ 9장 ◆
악의 사도

대군이 움직이고 있었다.

하지만 일반적인 개념의 군대와는 달랐다. 그 구성원들은 총을 든 병사가 아닌, 지옥에서 소환된 마물이었다.

마물들의 중심에 주름이 가득한 노인 하나가 느긋한 걸음으로 걸어가고 있었다. 마물들에게 둘러싸인 노인의 모습은 굉장히 이질적으로 보였지만 단순한 '기감'만으로 이쪽을 살핀다면 그렇게 느끼지 않을 것이다. 그 노인의 몸에는 마물과 같은 흉포한 마기가 가득했으니까.

오히려 이질적으로 느껴진다면 노인의 몸에서 흘러나오는 마기가 주변 마기보다 압도적으로 짙은 점에서 이질감을 느끼리라.

"좋군."

백발의 노인, 안톤 시도르비치는 희미한 미소를 지었다. 얼굴 가득한 주름이 움직였다.

그는 벌판을 가득 채운 마물들을 바라보며 고개를 끄덕였다.

'이로써 증명됐군.'

악마교에서 시도한 첫 대규모 소환. 이제까지 자잘한 소환을 통해 경험을 쌓은 악마교는 본격적인 '계획'을 시작했다.

이번 대규모 소환은 그 계획의 첫 단계. 계획이 궤도에 오르기 전 한 가지 사실을 '증명'하기 위한 테스트였다.

안톤은 웃음을 흘렸다. 이번 테스트는 감격스러울 정도로 성공적이었다.

'가이아 시스템은 약해지고 있다.'

가이아 시스템. 악마교가 오랜 세월 동안 붕괴시키기 위해 노력해 왔던 견고한 행성(行星)의 수호. 이제까지 악마교의 오랜 숙원을 방해하고 있던 그 방어기제가 서서히 힘을 잃어가고 있었다. 그들의 계획을 막고 있던 가장 결정적인 존재가 사라져 가고 있는 것이다.

'이로써 그분들의 힘도 더욱 강해지겠지.'

가슴이 뛰었다. 악마교의 정점. 그곳에 오롯이 존재하는 '악의 위상'들. 그들이 본격적으로 움직일 순간도 머지않았다.

-인간.

"음?"

그때, 그의 옆에서 걷던 존재가 입을 열었다. 박쥐의 날개, 산양의 뿔. 붉은 피부와 흉악한 외모. 짐승에 가까운 마물과는 달리 인간과 같은 지성을 가지고 있으며, 욕망을 따르는 지옥의 존재들.

"끌끌끌. 무슨 일이십니까."

-지금 향하는 곳에 인간의 군대가 있는 것이 맞나?

"예, 그렇습니다."

-흐흐흐. 그렇군.

오천지옥의 악마, 우타르는 음산한 마기를 뿌렸다.

인간. 하찮고, 나약하며, 저급하다. 수명에 묶인 필멸자이며 바닥에 기어 마땅한 가축이다. 하지만 그런 인간에 대한 지옥의 인식은 한 존재로 인해 크게 뒤바뀌게 되었다.

우타르는 그 점이 몹시 마음에 들지 않았다.

-인간은 고작해야 인간에 불과하다는 것을 이 우타르가 증명해 주지!

우타르는 패기로운 목소리로 말했다.

"아, 그건 나중에 하셔야 할 것 같습니다."

-뭐라?

"저희는 따로 해야 할 일이 있을 것 같으니까요."

안톤은 품속에서 사진 한 장을 꺼냈다.

날카로운 인상을 가진 청년의 모습이 찍힌 사진. 이전 삿포로에서 이뤄졌던 사건을 방해한 장본인이었다.

'이번 전쟁에 참여했다고 했지.'

중국인들과의 마찰까지 있었다고 들었다.

"흐음."

안톤은 흥미롭다는 듯 사진을 살폈다.

'한번 얘기해 봐야겠군.'

과연 추기경급을 압도하는 실력을 가지고도 그렇게 알려지지 않은 이유가 무엇인지. 무슨 이유로 지난 소환 의식을 방해했는지 확인해야 했다.

'알렉 오즈번 같은 인간은 아니다.'

아키야마를 통해 본 그의 모습에서 확신할 수 있었다. 불타는 정의감도, 악마교에 대한 적대감도 느낄 수 없었다.

'그 눈빛.'

익숙했다. 힘에 대한 갈망으로 채워진, 광기와 살의로 번들거리는 눈빛. 그런 인간에 대해 잘 알고 있었다.

'놈은 나와 동류다.'

그렇다면 그가 원하는 것이 무엇인지, 갈망하는 바가 무엇인지 상상하는 것은 어렵지 않았다.

'놈을 교단으로 끌어들인다.'

어렵다고 생각지 않았다. 악마교는 그 무엇과도 대체할 수 없는 고유의 강점을 가지고 있었다.

영생과 힘. 그 둘 중 어느 것도 인간으로서는 거절하기 힘든 악마교만의 강점이었다.

아키야마를 압도할 정도의 강자가 교단에 합류한다면 악마교의 향후 계획에 큰 도움이 될 것은 분명했다.

물론 거절한다면…….

'계획을 방해한 대가를 치르게 해줘야겠지.'

안톤은 음산하게 웃었다. 앞으로의 계획에 방해될 조짐이 보인다면 미리 제거해 두는 것이 옳았다.

-그 따로 해야 할 일이라는 건 뭐지?

"사람 하나를 만나려고 합니다. 혹시 모를 상황에 대비해 그쪽에 지원을 해주셨으면 해서요."

아키야마를 압도한 것으로 봤을 때 오강우란 청년이 지닌 힘은 최소 월드 랭커급. 정보가 많지 않은 강자를 대면하는 것인 만큼 보험은 많으면 많을수록 좋았다.

-하!

우타르는 헛웃음을 흘렸다.

그는 이글거리는 눈빛으로 안톤을 노려보았다.

-소환해 준 대가로 순순히 말을 들어줬더니 선을 넘는군. 나는 악마다, 인간. 내게 명령하지 마라.

"흠."

-나는 인간의 피육을 씹고 싶다. 지원을 한다는 얘기는 못 들은 거로 하지.

우타르는 고개를 돌렸다.

안톤은 난처한 표정으로 그를 불렀다.

"우타르 님, 죄송하지만 섣부른 행동은 금해주셨으면 합니다."

-흥, 인간과 전쟁을 하는 게 섣부른 행동인가? 이 오천지옥의 악마 우타르를 뭐로 생각⋯⋯.

"아뇨, 그런 게 아니라요. 악마교의 뜻을 거스르는 일은 되도록 하지 말아주셨으면 합니다."

안톤은 사근사근한 목소리로 말했다.

-뭐라?

어처구니없다는 목소리. 자연스럽게 헛웃음이 다시 터져 나왔다.

우타르는 감히 자신에게 '복종하라'고 말하는 안톤을 바라보았다. 건방지기 짝이 없는 그 모습에 속이 뒤집어질 것 같았다.

-네가 정녕 미쳤⋯⋯!

우타르가 거대한 손을 들었다. 무식한 크기의 주먹이 휘둘러지기 전에, 안톤은 품속에서 검은색 양피지로 된 책을 꺼냈다. 그 순간.

쿠드드드득!

-크윽! 뭐, 뭐냣!

바닥을 뚫고 나온 수십 개의 검은 손이 그의 몸을 붙잡고, 어마어마한 힘이 그를 짓눌렀다.

-커헉!

피부가 찢어졌다. 뼈가 우그러지며 무릎이 꿇렸다. 우타르의 눈이 경악에 물들었다.

"부디 제 말을 들어주실 거라고 믿습니다."

안톤은 웃었다. 무시무시한 마기가 주변에 휘몰아쳤다.

악의 사도 안톤 시도르비치. 교단 내에서도 '위상'들에게 인정받은 존재이자 어지간한 지옥의 악마들은 명함조차 내밀지 못하는 강자.

-이, 이 빌어먹을 인간이!

우타르가 포효했다.

"아쉽네요."

탁.

책이 덮어졌다.

바닥에서 솟아 나온 무수한 검은 손이 우타르의 몸을 처참히 찢어발겼다.

침묵이 내려앉았다.

"전군 준비!"

차연주의 외침이 벌판에 울렸다.

진형에 따라 뭉친 플레이어들의 표정이 긴장감에 물들었다. 그들의 시선에는 끔찍한 괴물들이 얼마 남지 않은 거리를 질주해 오고 있는 것이 보였다.

"제, 제길."

레드로즈 길드원 중 하나가 떨리는 손을 붙잡았다. 비단 그만이 아니라 다른 사람들도 비슷한 상황이었다.

마물의 군단. 그들이 풍겨내는 마기의 기운이 플레이어들을 짓눌렀다.

"정신 차려! 격변의 날과는 달라! 우리에겐 몬스터와 싸울 수 있는 힘이 있다!"

차연주의 외침에 플레이어들은 꿀꺽 침을 삼켰다.

격변의 날. 헤아릴 수 없는 사람들이 죽었고, 무수한 나라가 멸망했던 그날.

"마, 맞아!"

"할 수 있다!"

플레이어들은 불안감을 씻기 위해 서로를 다독였다.

차연주는 고개를 돌려 옆을 바라봤다. 중국 측 플레이어 진영이 보였다.

'더럽게 많네.'

과연 중국이라는 탄성이 흘러나올 만큼 중국이 보유한 플레이어 숫자는 많았다.

'상황은 저쪽도 비슷한가.'

중국어로 말하고 있기 때문에 뭐라 하는지는 몰라도 플레이어들끼리 서로 다독이는 건 마찬가지인 모양.

'하긴.'

차연주는 날카로운 눈으로 마물들을 바라보았다.

1, 2만은 우습다. 최소 5만이라고 추정될 정도로 끔찍한 숫자였다. 두려워하지 않는 것이 이상했다.

'그래도.'

주먹을 쥐었다. 그녀는 격변의 날을 떠올렸다.

쏟아지는 몬스터들에 의해 힘없이 학살당하던 사람들. 지금은 그때와 달랐다. 그녀에게는 괴물과 싸울 수 있는 힘이 있다. 이곳에 모인 사람들에게도.

"크아아아아아!!"

"키에에엑!"

마물의 괴성이 가까워졌다. 플레이어들은 무기를 들었다.

차연주는 허겁지겁 품속에 넣어둔 종이를 꺼냈다. 그곳에는 지난 3일간 열심히 구상해 둔 전략이 적혀 있었다.

"우선 마법사 클래스부터 캐스팅 준비!"

직접적인 교전 전에 원거리 공격부터 쏟아붓는 것은 대규모 전투의 정석이었다.

"그 다음에… 어, 그러니까. 탱커 클래스가 돌진 공격부터 막고 일단 뒤로 물러나! 그 다음에 V형으로 진형을 구축해서 마물들을 진형 안쪽으로 유도해! 그리고……."

차연주는 쪽지를 읽으며 계속해서 전술을 얘기했다.

"연주 양, 그렇게 말해서는 못 알아듣네."

"읏……."

화랑부대의 단장, 장현재가 한숨을 내쉬며 다가왔다.

지금 한국 플레이어들은 여러 대형 길드의 전력이 하나로 합쳐진 형태였다. 함께 훈련할 시간이 많은 것도 아니었는데 저런 손발이 정확히 맞아야 구사할 수 있는 복잡한 전술을 구사할 수 있을 리가 없었다.

"어……. 그, 그러니까."

3일간의 벼락치기. 하지만 막상 때가 되니 뭘 어떻게 지시해야 할지 생각나지 않았다.

차연주는 표정을 구겼다.

'나랑 안 맞아.'

지휘는 자신과 어울리지 않았다. 피가 튀기는 전투가 오히려 더 잘 어울렸다.

"현재 아저씨, 역시 아저씨가 맡아줘."

그녀는 옆에 있던 장현재에게 확성기를 반강제로 건네고는 씨익 미소를 지었다. 손목에서 붉은빛과 함께 쇠사슬이 뿜어져 나왔다.

"아 참, 할 말 하나 남았다."

그녀는 장현재에게 건넸던 확성기를 집어 들고는 있는 힘껏 소리쳤다.

"어렵게 생각하지 마! 경험치 이벤트라고 생각해! 이번 기회에 경험치 좀 확 당겨보는 거야!!"

차연주는 확성기를 든 채 소리쳤다. 곳곳에서 웃음소리가 터져 나왔다. 팽팽해진 긴장감이 한결 줄었다. 레벨 업이라는 말에 눈을 빛내는 플레이어도 있을 정도였다.

"허."

장현재는 헛웃음을 흘렸다. 설마 이런 식으로 플레이어들의 욕망에 불을 지필 줄은 그도 생각 못 했다.

"가자, 얘들아!! 아, 우리 애들이 아닌 사람도 있지. 뭐, 어쨌든! 모두 열심히 싸워! 아무도 죽지 마! 다치지도 마!"

터무니없는 지휘. 전략도, 전술도 없다. 듣고 있는 플레이어들조차 헛웃음을 흘렸다. 하지만, 그 효과는 뛰어났다.

공포에 잠식되었던 분위기가 순식간에 반전됐다. 뜨거운 열기가 플레이어들 사이에 흘렀다.

차연주는 거칠게 발을 굴렀다.

쿵!

묵직한 진동이 퍼졌다. 그녀의 외침이 전장을 울렸다.

"데마시아!!!"

전투가 시작됐다.

"이야아아아아!"

차연주가 땅을 박찼다.

그녀는 수십 줄의 쇠사슬을 이용해 바닥을 후려쳐 몸을 높게 띄웠다. 그리고 그대로 손을 내리그어 붉은 쇠사슬 줄기로 선두에서 달려오는 마물의 머리를 후려쳤다.

"키에에에에엑!"

살덩어리가 흉측하게 녹아 붙은 것 같은 외형을 지닌 마물이 쇠사슬 한 방에 몸이 터져 버렸다. 그와 함께 마법사 클래스 플레이어들의 포격이 쏟아졌다.

콰아아아앙!!

귀를 멀게 하는 폭음. 마물들이 내지르는 괴성과 비릿한 살내음. 후끈한 열기가 플레이어들의 피부를 때렸다.

마물들은 전열에 쌓인 시체를 밟고 돌진했다. 탱커 클래스 플레이어들이 앞으로 나섰다.

전투를 시작한 것은 중국 쪽도 마찬가지.

마법사 클래스는 드물지만, 중국 측에는 내공을 가진 무인 클래스 플레이어가 많았다. 인간으로서는 불가능한 신체 능력을 바탕으로 병장기를 휘두른다. 마물의 사체가 빠른 속도로 늘어났다.

"으랏챠!! 덤벼라, 이놈들아!"

거대한 방패를 든 태수가 방패 모서리로 마물을 내려찍었다. 흉악한 외모와 몸집 탓에 마물이 마물을 때려잡는 것 같은 착각이 들었다.

"단장님, 저희도 나서겠습니다."

"아따~ 거 끝이 안 보이네! 화연 씨, 우리 이 전쟁이 끝나면 같이 식사나 한번……."

"구현모 단장님은 오른쪽을 부탁드립니다!"

"아……."

바람에 휩싸인 채 달려 나가는 백화연. 한껏 분위기를 잡던 구현모는 허망한 눈빛으로 그녀의 뒤를 쫓았다.

"크아아아아!"

마물들과의 전투가 이어졌다.

당장의 전세는 플레이어들 쪽이 우위였다. 대부분의 마물들은 구천지옥 내에서 일천지옥에 속하는 최하급 마물들이었기 때문에 플레이어들이 상대하기 어렵지 않은 전력이었다.

물론, 그중 케르베로스처럼 강력한 포식자도 존재했지만 그건 플레이어 측도 마찬가지였다.

"덤벼, 이놈들아!"

선두에 선 차연주가 양팔을 뻗었다. 붉은 쇠사슬이 마물들을 휩쓸었다.

백화연이 그녀가 있는 곳으로 달려왔다.

"연주! 도와주러 왔다!"

"이쪽은 괜찮아! 그보다 중국 애들 쪽은 어때?"

"천검문을 중심으로 마물을 돌파하고 있다."

"아, 저놈들 너무 앞으로 가는데."

차연주가 불안한 표정으로 중얼거렸다. 근접 클래스가 많은 만큼 돌파력을 따라잡을 수가 없었다.

"화연아! 그 여우 계집애한테 좀 더 천천히 전진하라고 연락해!"

이대로 가다가는 한국 플레이어들과 중국 플레이어들이 따로 고립되어 버린다. 그렇게 되면 함께 싸우는 의미 자체가 없었다.

백화연은 고개를 끄덕이고는 수정 구슬을 꺼내 들었다. 천소연에게 직접 연락하려는 것이 아니었다. 연락 방법도 없을뿐더러 설사 연락할 수 있다고 해도 자신의 말을 듣지는 않을 것이다.

"강우, 부탁이 있다."

[응. 말해봐.]

"천소연에게 연락해서 진군을 조금 늦추도록 해다오. 속도가 너무 빨라서 따라갈 수 없다."

[알았어.]

연락이 끊어졌다.

백화연은 굳은 표정으로 검을 휘둘렀다. 마물의 몸이 반으로 갈라졌다.

당장의 전세는 플레이들 쪽이 우위. 이대로만 무난히 지나간다면 어렵지 않게 승리를 거머쥘 수 있을 것 같았다.

'문제는 악마.'

균열에서 나타난 것은 마물만이 아니었다. 영상에는 분명 악마의 모습도 찍혀 있었다. 그것도 백에 가까운 악마들의 모습이.

악마교에 대한 정보가 조금씩 풀리면서 마물과 악마의 차이에 대해서는 그녀도 알 수 있게 되었다.

단순 육체 스펙으로만 따지면 마물이 강하다. 하지만 악마에게는 인간과 같은 지성이 있었다. 그들이 어떻게 나올지 예측하기 힘들었다.

'그라면 할 수 있다.'

백화연은 강우가 있을 방향을 슬쩍 돌아보았다.

아직 그는 본격적으로 전쟁에 참여하지 않은 상태. 이번 전쟁에서 그의 역할은 변수가 될 악마들을 처단하는 것이다.

'믿겠다.'

그녀는 진각을 밟으며 검을 휘둘렀다. 검 끝에서 만들어진 바람의 칼날이 마물을 갈랐다.

"웅. 그래. 진군 속도를 좀 늦춰줘."

[네, 강우 씨.]

백화연과의 연락을 마친 후, 바로 천소연에게 연락한 강우는 그녀가 부탁한 대로 진군 속도를 늦춰달라고 요청했다. 천소연은 망설이지 않고 요청을 받아들였다.

고개를 돌려 중국 플레이어들이 있는 쪽을 바라보았다. 천소연의 명령에 따라 진군 속도를 늦추는 모습이 보였다.

'천무현이 충격으로 인해 참전하지 못했다고 했던가.'

지금 천소연이 천검문의 지휘관이 된 이유를 떠올리며 피식 웃었다.

이름 모를 한국인 플레이어에게 순식간에 제압당한 천무현은 충격을 받고 드러누웠다. 육체적으로 이상이 생긴 건 아니었다. 어디까지나 심리적인 충격이었다.

'끝까지 엑스트라 같은 놈이네.'

왠지 앞으로 더 이상 그의 얘기를 들을 수 없을 것 같다는 직감이 들었다.

강우는 몸을 일으켰다. 그는 부상당한 플레이어를 치료해

주고 있는 한설아를 슬쩍 바라보며 에키드나를 불렀다.

"에키드나."

"응."

"여기서 설아를 지켜주고 있어."

"강우는?"

그는 고개를 돌렸다. 마물 무리와 싸우고 있는 플레이어들이 보였다.

가볍게 몸을 풀었다.

"일단 나도 참전하려고."

"악마가 나올 때까지 기다린다고 하지 않았어?"

"나올 생각을 안 하니까."

강우는 가늘게 눈을 떴다.

끔찍하게 쌓인 마물들의 무리. 그곳에 악마로 보이는 존재는 없었다. 창공의 권능으로 날아올라서 확인도 해봤지만 대체 어디에 간 건지 그 모습이 보이고 있지 않았다.

'계획이 틀어졌다.'

아예 악마들이 모습을 보이지 않을 거라고는 예상치 못했다. 강우는 마음에 들지 않는다는 듯 혀를 찼다.

'생각을 잘못했어.'

악마가 보이지 않는다. 이 사실 하나만으로 꽤나 많은 것을 알 수 있었다.

'놈들의 목적은 전쟁이 아니다.'

만약 그들의 목적이 이 전쟁에서 승리함으로써 얻어지는 거라면, 악마가 전쟁에 나서지 않을 이유가 없었다. 아니, 애초에 그런 목적이었다면 이토록 무식한 방법으로 쳐들어오지는 않았을 것이다.

'이 마물들도 쓸모없는 존재였을 거야.'

거의 버리다시피 마물을 소비하고 있었다. 만약 마물들을 중요한 전력이라고 생각했다면 이렇게 허무하게 소비하지 않았을 것이다.

'소환의 목적이 달랐어.'

마물과 악마를 소환해서 무언가 하려는 생각이 아니었다. 소환 '그 자체'에 의미가 있었던 것이라고밖에 생각할 수 없었다.

'그리고 쓸모없어진 마물들을 버린다.'

미네랄을 다 캐낸 일꾼을 적진을 향해 돌진시키는 것과 마찬가지였다. 악마교에게 있어 이 마물들은 그냥 다루기 귀찮은 계륵 같은 존재에 불과했다.

"쯧."

마음에 들지 않았다. 남은 음식 찌꺼기를 처리하는 듯한 상황. 그들이 바라는 대로 움직여야 한다는 사실은 몹시 그를 불쾌하게 만들었다.

'악마들은 아예 다른 곳으로 빼낸 건가.'

알 수 없었다. 다만, 지금 당장 마물들의 무리 안에서는 보이지 않았다. 기대감에 부풀어 있던 식욕이 허망하게 입가를 맴돌았다.

"알았어. 아무도 설아를 건드리지 못하게 만들게."

흐웅! 콧바람을 뿜으며 에키드나가 말했다. 강우가 가볍게 그녀의 머리를 쓰다듬자 콧바람 소리가 한층 거세졌다.

"그럼 잘 부탁해."

"응."

에키드나를 뒤로하고 한창 격렬한 전투가 벌어지고 있는 전장으로 향했다.

마물과 플레이어들이 뒤엉켜 격렬한 전투를 벌이고 있었다. 강우는 그 끔찍한 전장 속을 마치 산책이라도 나온 것처럼 느긋한 걸음으로 걸어갔다.

"키에에에엑!"

'어디에 있을까.'

마물이 달려들었다. 가볍게 손을 휘저었다. 달려들던 마물의 몸이 폭죽처럼 터졌다. 계속해서 걸었다. 느긋한 걸음이었지만 속도는 빨랐다.

그는 순식간에 교전 지역을 넘어 적진에 들어섰다. 교전을 기다리던 마물들이 떼거리로 그에게 달려들었다.

"크크르르!"

"쿠아아아아아!"

'그렇게 멀리 있지는 않을 거야.'

손가락을 까딱였다. 반지의 형태가 변했다. 마해의 열쇠가 거대한 방패로 변했다. 마물들의 공격이 방패를 때렸다.

쿠득!

"키이이이익!"

방패를 씹는 이빨이 박살 났다. 휘둘러지는 손톱이 방패에 튕겨 뒤집어지며 피가 쏟아졌다.

강우는 한 걸음 앞으로 내디뎠다.

'무작정 달려들었다고는 해도 마물들은 뭉쳐 있었어.'

"크아아아아!"

'서로 잡아먹지 않은 것만 생각해도 누군가 조종하는 존재가 있었을 거야.'

"키에에엑!"

'대체 어디로 숨은 거지.'

"쿠에에엑!"

적진 깊숙이 들어온 먹잇감을 향해 마물들이 단체로 몰려들었다. 방패에서 기다란 가시가 돋아났다. 마해의 열쇠가 강렬히 회전했다.

카드드드득!

마물들의 몸이 믹서에 갈리듯 처참하게 갈려 나갔다. 살점이 사방으로 튀어 올랐다.

마물의 무리에 섞여 있던 케르베로스가 강우를 향해 불을 뿜었다. 강우는 오른손을 들어 올려 쏟아지는 불길을 후려쳤다. 불꽃이 마물들을 향해 쏟아졌다.

"크르르르르!"

케르베로스가 거대한 입을 벌렸다. 사람 하나는 간단하게 씹어 삼킬 수 있을 정도로 거대한 입이 강우를 노렸다.

턱.

"끼이잉?"

그가 사람 머리 크기만 한 이빨을 붙잡아 그대로 뒤로 당기자, 이빨이 뿌리째 뽑혀 나갔다. 케르베로스가 처량한 비명을 흘렸다.

강우는 계속해서 마물 무리를 가르며 앞으로 나아갔다. 하지만 아무리 깊숙이 들어가도 악마는 보이지 않았다.

강우의 표정이 점점 짜증에 물들었다. 고작 이딴 놈들을 기대한 것이 아니었다.

'일단 이놈들이라도 먹어볼까.'

포식의 권능을 사용했다. 검은 연기가 뿜어져 나가 케르베로스를 덮었다.

우드드득!

뼈가 씹혔다. 살점이 찢어지며 검은 연기 속으로 빨려 들었다.

"역시 이놈들로는 안 되네."

영혼을 거두는 자의 특성이 발휘되지도, 마기 스탯도 오르지 않았다. 질이 떨어져도 너무 떨어졌다. 고레벨 플레이어가 저레벨 사냥터에 가서 학살을 한다고 해서 경험치가 오르지 않는 것과 같았다.

'악마가 필요해.'

갈증이 났다. 입술이 말라붙었다. 이런 대가리만 많은 똥개 따위로는 만족할 수 없었다. 느껴질 리 없는 허기가 그를 자극했다. 먹음직스러운 음식을 기대하고 있었는데 이렇게 허무하게 사라져 버리니 짜증이 몰려왔다.

"크르르르."

마물들이 뒤로 물러났다. 그들의 눈에 공포가 서렸다.

강우는 천천히 발걸음을 옮겼다. 그가 앞으로 나아가자 그만큼 마물들이 뒤로 물러났다. 그때였다.

슈욱!

갑작스럽게 나타난 검은 손 하나가 그를 노렸다.

강우는 눈살을 찌푸리며 검은 손을 붙잡았다. 주변에 있던 마물들에게서는 볼 수 없었던 공격.

"음?"

강우는 그를 노리고 쏘아진 검은 손에 새하얀 쪽지 하나가 잡혀 있는 것이 보였다.

쪽지를 집어 들었다.

새하얀 쪽지에는 삐뚤빼뚤한 한국어가 적혀 있었다.

[얘기를 나누고 싶다.]

강우의 눈이 가늘어졌다.

"뭐야, 이건?"

식권인가?

To Be Continued

스켈레톤 마스터

WISHBOOKS GAME FANTASY STORY
더페이서 게임 판타지 장편소설

오직 힘으로 지배되는 세상 일루전!

"스켈레톤 소환."

└ 미친…….
└ 저거 스켈레톤 맞아요?
└ 뭐가 저렇게 세?

수백이 넘는 소환수를 지휘하는 자,
극악의 난이도를 자랑하는 직업 조폭 네크로맨서!
8년 전으로 회귀한 강무혁의 도전이 시작된다.

「스켈레톤 마스터」

"나는 이곳에서 강자가 되겠다!"

OTHER VOICES

악마의 음악

WISHBOOKS MODERN FANTASY STORY

경우勁雨 현대 판타지 장편소설

[악마의 목소리가 담긴 음악으로
세상에 행복을 줄 수 있을까?]

지미 헨드릭스부터 라흐마니노프까지
꿈속에서 만나는 역사적 뮤지션!

노래를 사랑하는 소년에게 나타난 악마.
그런 소년에게 내려진 악마들의 축복.

악마의 음악

수많은 악마의 축복 속에서
세상을 향한 소년의 노래가 시작된다.